小说写作一本通：

从创意到出版

Writing a Novel
and Getting Published

（第2版）

2nd
Edition

〔英〕乔治·格林
George Green

丽兹·克雷默
Lizzy E. Kremer

著

闻佳　译

人民文学出版社
PEOPLE'S LITERATURE PUBLISHING HOUSE

著作权合同登记号 图字 01-2024-3304

图书在版编目（CIP）数据

小说写作一本通 ：从创意到出版 ：第2版 ／（英）
乔治·格林 丽兹·克雷默著 ；闫佳译. —— 北京 ：人民
文学出版社，2024. —— ISBN 978-7-02-019036-2

Ⅰ．I054

中国国家版本馆CIP数据核字第2024NL3821号

责任编辑　汪　徽
装帧设计　刘　远
责任校对　杨益民
责任印制　苏文强

出版发行　人民文学出版社
社　　址　北京市朝内大街166号
邮政编码　100705

印　　刷　北京新华印刷有限公司
经　　销　全国新华书店等

字　　数　304千字
开　　本　710毫米×1000毫米　1/16
印　　张　23　插页3
印　　数　1—5000
版　　次　2025年1月北京第1版
印　　次　2025年1月第1次印刷

书　　号　978-7-02-019036-2
定　　价　79.00元

如有印装质量问题，请与本社图书销售中心调换。电话：010－65233595

目　录

导　语

要是有人告诉你写小说很容易，他们显然是在说胡话而不自知。从我们的经验来看，写小说是一项艰苦的工作。即便如此，每年出版的小说数以万计，还有几十万本正待印刷，这足以证明辛勤的努力会带来回报。

还有一个好消息：本书将为你的努力提供灵感和支持。你想创造一件新东西，但不必从头开始。你面临的每一个问题，其他作者都曾遇到过，也解决过。如果你想知道写小说是怎么一回事，本书将提供从完善写作方法到寻找出版社的各种建议和示例。欢迎你进入写作者的世界，祝你好运！

关于本书

本书包含了你需要知道的有关小说写作和出版的所有信息。我们从事小说写作、创意写作教学和出版工作近40年，本书将我们历年的见解融合、提炼，为你节省时间和精力。如果你想去读我们读过的所有书籍，去掌握我们所拥有的全部经验，去做我们做过的所有训练，那么，本书的大部分内容你就不用再看了，但你肯定得扩建住宅，搞一座家庭图书馆，还会变老至少40岁。借助本书，你无需再造轮子，做无用功。很多时候，作家写了一些东西后会想，"唔，这很好，我想知道以前有没有人想过要这样做？"

本书为此类问题提供了答案。

本书还可以帮助你避免重蹈覆辙，不犯别人犯过的错误。我们自己犯过错，也收集了别人犯过的错，你看过这本书，就不会搞砸了。这样可以节省你的时间，缓解你所承受的压力，免于陷入尴尬境地。

你是愿意阅读20本各自提供少许有用信息的书，还是更愿意阅读一本几乎包含所有信息的书？显然是后者。

为说明我们讨论的内容，我们会用很多不同的小说作为例子。你不必读过所有这些书（虽说我们认为这些书值得一读）也完全能理解我们的观点。你会注意到，我们经常以简·奥斯汀的《傲慢与偏见》为例子。如果你想只读一本书作为本书的辅助参考，我们建议你读一读它。那是个很棒的故事，结构优美，有很多值得讨论和思考的地方。但如果你不想读也没关系 —— 我们已经整理好了这本书的创作要素，你需要的一切都在这儿了。

我们的大胆假设

所有的作者都必须对读者做一些假设。我们确信你属于以下一个或多个群体：

- ✓ 你完全是个初学者，正在考虑日后写小说的可能性，本书会为你提供所需的基础。你可以从头开始，逐步学习。
- ✓ 你有一个很棒的创意，也有一定的写作经验，但不知道如何推进它，这本书会给你指明正确的方向。你可以从书中选出自己认为需要指导的地方，并从那里继续阅读。
- ✓ 你已经写完了小说的一部分，甚至全写完了，但它似乎压根没法看。本书可以帮助你针对所写内容提出正确的问题，找到正确的解决方案。你可以将本书视为解决问题的工具。

✓ 你的小说已经写完了，但不知道下一步该怎么做，本书有你所需的信息和提示。你既可以把本书当作一份对照检查单，也可以把它当作跻身出版界的导游手册。

不管你的小说写到了什么程度，本书都能为你的成功助力。

本书使用的图标

本书页边空白处的图标，突出显示特别有趣或重要的信息，或者两者兼而有之。以下是我们在本书中使用的图标。

特别好的建议，会用这个图标突出强调。

这个图标表示在你阅读一章或在写作生涯中要记住的信息。

这个图标提醒你应该躲开某种想法，它可能给你带来麻烦。

这个图标表示以实例说明我们在正文中解释的要点。有时实例比解释更有用，但我们绝不仅仅只提供实例 —— 我们有更多的话要说！

这个图标代表有点出人意料的建议，以及"试试这么做，虽然有点奇怪，但可能对你有用"的技巧。

接下来去哪儿

你现在有几种选择：

✓ 你可以快速浏览章节目录，挑出你感兴趣的部分阅读。或者你正着手处理某个方面的问题，那么就去阅读涉及这些问题的章节。这是个很好的阅读方法。

✓ 你可以从头到尾粗读一遍，然后选出对你最有用的部分细读。这样也很好。

✓ 你可以从头开始全文细读。我们也推荐这么做。当然，你会对某些部分给予更多的关注，这不足为奇。等你看完了，你可以把它作为参考书，看看你大脑里哪些观念需要更新。

✓ 如果你非常具有创造力，总是做出人意料的事情，你也可以用任何奇怪、神奇的方式使用本书。完全没问题。

第一部分　入门

在这部分，你将了解到：

✔ 找到合适的工作空间和工具，开始干活。工具可以是昂贵的全新笔记本电脑，也可以是简单的笔记本和圆珠笔。

✔ 考虑你的读者群体和小说的篇幅。

✔ 带着作品接触出版机构时要现实一点。

✔ 掌握基本语法。

✔ 开始像作家一样思考。

第1章

进入写作者的世界

. . . .

在本章中，你将了解到：

▶ 对你自己和你的动机进行评估

▶ 了解你的读者

▶ 打磨你的文章

▶ 接触出版机构

▶ 克服困难

. . . .

写小说可不像组装平板衣柜那么简单。如果是的话，那就容易多了。你把所有文字和想法都摆在地板上，翻阅说明书，并确保需要用到的东西你都有。接下来，你只要按照步骤安装，到最后你就能完成一部小说。简单吧。

但写小说不是这样的。每个作家的写作过程都不同。当然了，也不是每个人的过程都完全不同。对许多作家来说，大部分环节是一样的。但你写作经历中最重要的部分是你独有的。

问题在于，写小说不像组装衣柜，它没有说明书。你没法看着图纸说，"哦，我明白它完成后会是什么样子。这口箱子里装着我需要的所有东西，我清楚地知道要如何把它们组合到一起。"虽然有像本书这样的指导手册，可以帮助你了解其他人如何应对你所面临的挑战，但归根结底，没有其他人能够替你写出小说来。

在撰写小说并考虑出版时，你要记住以下关键概念：

✓ 永不放弃，坚持写作。

✓ 不断阅读，挖掘自己的技艺。

✓ 对你想做的事情要保持信心，但也要考虑走错路的可能性。

✓ 信任这个过程。

了解自己

了解自己意味着诚实地面对自己和现状。如果你了解自己，你就知道你可能会使用什么样的逃避策略，从而提前做好准备。

你必须了解你自己，才知道是否有能力完成写小说必须做的事情。比如，你能不能对朋友们说："我现在不能跟你们出去了，等我写完这一章再来找你们。"不接电话，不刷任何社交媒体，你能做得到吗？你能否告诉同住的室友"我现在要关上门工作几个小时"？就算他们打算看一部你想看的电影，你也能做到吗？如果他们说你很无聊，很扫兴，他们决定不跟你出去玩了，你能否一笑置之呢？

你能否让写作成为你生活中美好的事情，而不是一件想要逃避的苦差事，只有兴致来了才写，一个星期才写一次？最重要的是，你能否安排好自己的生活，以便每天或几乎每天都有时间写作？你能拿出对待午餐的态度来对待写作吗？也就是说，你每天都坐下来吃午餐，除非碰到最不寻常的情况，你都不会忘记吃午餐。你必须这样看待自己的写作。老实说，你觉得自己做得到吗？

如果你做不到，你能训练自己做到吗？哪怕你很累了，哪怕你心情低落，哪怕你毫无兴致，你也能坐下来写作吗？那些出版过小说、受到读者喜爱的作者就是这么做的。他们不会等到心情舒畅时才匆匆写下几章黄金内容。他们坐下来埋头苦干，就像你一样。成功写作需要你这么做。

了解你的读者

　　你的读者不欠你任何东西，连扫一眼你的文字的义务都没有。你能引起读者兴趣的唯一方法就是尽可能拿出最精彩的书。那么，要怎么才能做到呢？先从读这本书开始吧。

　　除此之外，你需要让自己知道读者是什么样的人。一本书如果写给在伦敦从事媒体工作、喜欢聚会的年轻女性，那就不大适合居住在苏塞克斯乡村的退休男性。两者大概率是不一样的。（如果你能写一本同时吸引这两种人的书，我们认识一些出版商想和你谈谈！）你要了解你的读者是什么人，并确保你能打动他们。

　　你的读者是什么人？最简单的回答是"和我很像的人"，这是个不错的开始。如果你喜欢读通俗科幻小说，你也写通俗科幻小说，那么，你的读者就是和你一样的人，喜欢你所喜欢的读物。

　　然而，说不定你还想吸引那些喜欢其他类型读物的人，他们会读你的小说，然后说，"嗯，我通常不读这类东西，但这不仅仅是一本通俗科幻小说，还有精彩的浪漫故事情节，它提出了各种有趣的政治观点，它让我彻底重新考虑我对死刑的态度。对了，这本书里居然有一份很棒的甜菜根汤食谱。"这里我们稍微有点夸张，但你应该明白我们想说的意思了。具备这种广泛吸引力的书被称为跨界小说，是出版商们梦寐以求的圣杯。写一本这样的书，人人都能发财。奥德丽·尼芬格（Audrey Niffenegger）的《时间旅行者的妻子》（*The Time Traveler's Wife*）就是一个很好的例子。

　　那么，跨界读者是什么人呢？大概是愿意接受不同体验的人。除此之外，就很难说了。哈利·波特系列作品的读者是什么人？你兴许会回答，"8到14岁喜欢冒险的小男孩和小女孩"，但我们都知道，这些书的吸引力远远超出了这个范围。

你要如何找准读者呢？至少在写作阶段，你还不需要这么做。你只管写你想写的书。等到你提交手稿的时候，你的经纪人和（或）出版商很可能会说，"我喜欢它，真的很喜欢。不过，我想提一些建议。浪漫情节很美好，能不能再强烈一点？战斗结束得有点太快了；我希望它能持续得久一点，比如来一场单挑作为高潮戏 ⋯⋯"诸如此类。这些人了解出版市场；他们会判断你的书应该瞄准哪里，并在必要时把你引导到那个方向。（当然，你不一定非得同意他们的看法。）

写作时你可以有一个读者的总体形象。"一个住在爱丁堡，上文法学校的14岁男孩"有点太过具体。在这个阶段，你描绘的读者样子不妨像这样："喜欢刺激的冒险故事的人，对船感兴趣，不太在乎浪漫情节。"

你不是为自己写作。当然，你必须喜欢自己的书，但永远不要忘记你的读者。如果你曾经想过，"唉，说实话，我没尽全力做到最好，但我不想费事儿修改了"，或者"我累了；管他的，这部分很混乱，但我懒得修改了"，你的读者一定会注意到这些想法，一定不会原谅你。你的书必须尽全力写好。没得商量。

记住：写作就是编辑

小说家做的事情，实际上不是创意写作。这本书鼓励你进行创意重写。

如果你每天写三页纸（也就是大约1000字），那么写一部小说（写出足足9万字）大约需要3个月的时间。写一部小说并打磨完成要花3个月到30年的时间。幸运的是，对大多数人来说，并不需要30年那么久，但花上一年左右还是很正常的。

多出来的9个月是用来重写：删削、变化、重新结构、重新措辞、打磨、润色 —— 一遍又一遍，直到你的小说呈现出最佳状态。

这个过程和雕塑没有什么不同：你可以相对快速地制作出一个标枪手的模糊形状 —— 一坨大约2米高的疙瘩，顶部有一根细长的棍子，也许还有两个较小的凸起当成脚。接下来，你才开始真正的工作：切割、塑形、打磨等等 —— 这就是编辑和润色了。

写作无非是把细节做到完美。

进入市场

我们不会说假话，不会告诉你获得出版合同很容易。仅在英国，2013年就出版了超过18万本书。这些书里成为畅销书者为数寥寥。虽然我们无法确定到底有多少本小说最终得以出版，但公允地说，倘若其他所有条件相同，你成为畅销书作者的概率并不大。好在并非其他所有条件都相同。

那么，有什么方法可以提高成功概率呢？就从阅读这本书开始吧。我们为你收集了很多建议，关于写什么、怎么写、怎么让重要人物注意到你写的东西。

本书第五部分有更多关于出版的信息。在第五部分中，你还可以找到对自助出版的全面介绍。就算你没法让出版社对你的小说产生兴趣，仍然可以从网上找到读者。2013年，英国自助出版的图书数量几乎与传统出版社相同。当然，你还是得努力让读者发现你，我们同样为你准备了相关的技巧。

磨炼自己

出版小说，需要清醒的现实态度和对自己的绝对诚实。如果你认为出版一本小说很容易，你可是大错特错。你必须面对出版市场的真实情况，而不是你想象出来的市场。这意味着绝不能骄傲，要勇于学习，做好研究，完成任何需要做的事情，以最大限度地提高你的机会。最重要的是，出版意味着长时间的埋头苦干。

如果这听起来太麻烦，或者感觉这很商业主义，是在出卖自己，那么你是有其他选择的。我们还很年轻的时候（而且，可能有点自负，还特别天真），英国广播公司（BBC）的一位剧本编辑曾经对我俩其中一个说，"要么忍着，要么走人。"他是对的（虽说可能不太礼貌，也没那么体贴）。

扳着指头算一算

你只需要算一下就会意识到，出版一本书不是件容易事。从尼尔森图书数据（Nielsen BookData）来看，2013年英国出版了超过18.4万本新书。一年18.4万本。其中近4万本是成人小说，所以，除非你是为青少年或儿童市场写作，否则，你每年有4万名竞争对手。此外，别忘了那些已经出书并仍然在售的作家：D.H. 劳伦斯、格雷厄姆·格林、简·奥斯汀等人已经占据了大量的书架空间，书架上空出来的地方很有限。

这些人都是你的竞争对手，出版机构在看到你的小说时，也会想起他们。他们会问自己，"我们已经有格林、劳伦斯和奥斯汀的书了，还有布克奖得主和其他名家的书，我们还没动手开干，大部分书架就已经摆满了。光是今年一年，还可能有4万本新小说问世。所以今年我们只能再出版几本而已。这本书足够好吗，好到能够把这些竞品都挤到一边去？"—— 这就是为什么只有最优秀的书才能通过筛选。

本书的目的是帮助你把自己的小说写得尽量精彩，并确保它有最大机会获得关注，从竞争中脱颖而出。

保持礼貌

跟同行作者、经纪人、出版商、读者以及任何你接触的人打交道时，务必有礼貌、讲道理。别发牢骚、别抱怨，切莫诋毁别人。（有句老话说得好："往上爬的时候别踢人，因为等你下来的时候，大家还会碰面。"）你永远不知道将来可能会需要谁的帮助，所以不要树敌。

尤其要对秘书、接待员有礼貌。这么做，不仅仅因为这么做是对的（这些人经常拿着菲薄的报酬干辛苦活），也因为他们是守门人。他们可以帮助你，提出有用的建议，并愿意为你付出额外的努力。他们当然也可以让你多等等，把你晾在外面。

当然，你必须照顾好自己，别当受气包，但是碰到那些不尊重你的人，最好的做法是有尊严地走开。

遵守期限

只要你答应了交稿的期限，就务必遵守。

设定交稿期限的诀窍在于，一开始就设定现实可行的计划。大多数人会低估做某件事所需的时间，没有给自己留出足够的时间。老实说，大多数人也不会立刻动手开始做，总喜欢到最后关头匆匆赶工。早点开始，做完之后再放假。

在遵守时间期限的同时，搞清楚人们的要求，按照这些要求去做。如果出版机构希望你的稿件用粉红色的纸张打印，并采用哥特字体加斜，别争辩，照着做就行。说到底，制定游戏规则的人是他们。抱怨这类事情纯属浪费时间，只有外行才这么做。请做个专业人士。

第2章

融合你的天赋和技巧

· ·

在本章中，你将了解到：

▶ 融合天赋和技巧

▶ 掌握技巧

· ·

那么，你已经决定写一本小说了。你可能听过这样一句老掉牙的话：人人心底都有一本小说。这句话当然说得不错，一如任何人心底都有一首交响乐，或者一栋完美设计的房子。任何人都可以尝试写小说、谱曲或者盖房子。但结果并不是人人都能拿出一部好小说、一出好交响乐，或者造出一栋好房子。

为了创作出你最好的小说，你需要天赋和技巧。本章将告诉你这些东西分别是什么，以及你需要做些什么来理解和运用它们。

把天赋和技巧结合起来

写作是天赋和技巧的结合：

✓ 天赋就是一些人所说的创造力，不过，我们认为它不仅仅是创造力。天赋当然包含你的创意，但也包括你的性格、你的处境、你的情节构思，以及构成你故事的一切。大多数想成为作家的人都曾困惑于自己是否具备写小说所需的天赋。但奇怪的是，天赋是最容易的部分。你生来就带有一定天赋。

✓ 技巧是本书的重点。技巧可以让你展示天赋。不妨把技巧看作是你画作的画框，它可以帮助你以最佳方式讲述故事。此外，有了技巧，你可以让一切井然有序。技巧能确保你先修好承重墙，再安装屋顶，还能保证巨大的功能性窗户面朝太阳而不是背对太阳。

运用天赋寻找主题

天赋是一件美妙的东西，而把天赋表达出来，有无穷乐趣，这便是写作令人惬意的部分原因。

不同的作家有不同的天赋。在你选择主题并动手写小说之前，想想你的天赋。问问自己：

✓ **我喜欢读什么样的作品？**

你喜欢阅读的作品，往往是写作的最佳起点。如果你这辈子只读硬汉侦探小说，那么，细腻的浪漫爱情小说可能不是你尝试写作的最佳选择。犯罪小说不仅是你最熟悉的类型，而且，你的天赋可能会令你擅长写犯罪小说。这并不是一套铁板钉钉的规律，但这是个很好的起点。

✓ **我对哪些主题了解最多？**

老话说，只写你熟悉的东西。当然，你要谨慎对待这条建议：如果你最熟悉的是躺在床上看电视，那么，这可能不是你写小说的最佳主题。然而，最好的作品通常都基于作者对主题有着清晰而深刻的认识。这种认识可以让你描绘出更具说服力、细节更丰富的画面，让读者感觉你知道自己说的是什么。

✓ **我过去写的哪些作品效果最好？**

回想一下人们对你以前写过的东西有什么样的反应。你是否曾把自己写的东西拿给别人看，发现他们反应热烈？（记住，是他们对你的作品本身反应热烈，而不是对"你居然写出了作品"反应热烈。）想想哪种类型的作品受人欢迎：是描述性的、简洁明快的、第一人称还是第三人称的，它有大量的对话吗？接着，问问自己：

- 为什么这篇文章效果好？
- 现在我写什么主题，可能会让我再次成功？

✓ **我的优点和缺点各是什么？**

你是风趣自信，还是害羞自谦？请深入认识自己，因为你的优点决定了你作为一名写作者的优势。例如，你与周围人相处的方式，会很自然地影响你对故事人物的塑造。

回答了这些问题之后，你便可以开始思考技巧问题了。

驾驭技巧

根据《钱伯斯词典》（*Chambers Dictionary*）的解释，"技巧"（technique）是"熟练的程序或方法"。要了解一件事怎样做，只要学会所有技巧就行。

技巧可以让你最好地展示天赋。你可以通过经验和直觉掌握一些技巧。然而，有些基本的技巧很难掌握，所以要尽早着手学习它们。

如果你不知道什么是技巧，别担心。技巧是可以培养的！

一些作家认为，对技巧的关注约束了自己，还在一定程度上威胁到了他们的创造力。他们把自己的天赋比作一匹雄奇的野马，自由地驰骋在创造力的辽阔平原上，它视线所及，都受它的主宰。而技巧就像是给他们的天赋之马安上了马鞍和缰绳，约束了它自由驰骋的本能。这些作家认为技巧是限制性的，认为它使壮观之物变成了寻常的、单调的、乏味的东西。

我们认为这是不正确的（当然，技巧太多很明显会产生束缚）。继续沿用上文的比喻，如果你让马完全自由地奔跑，它兴许偶尔能朝着正确的方向跑，但不会赢得任何比赛。给马套上缰绳和马鞍，你就可以让它朝着任何你希望的方向飞速驰骋；它可以用来驮东西、拉东西、追东西。

最优秀的作品通常源于天赋和技巧的完美结合，技巧使天赋得以充分表现。不妨这样看：拿两个同样有天赋的青少年足球运动员为例。其中一个人每星期训练5天，并接受一位对他很了解的教练指导。另一个整天独自在街上游荡，只有碰巧有球滚到自己脚下时才踢上两脚。五年后，你最希望这两名球员中的哪一个加入你的球队？

技巧不会妨碍你，相反，它让你充分展示自己的天赋。最优秀的作品是天赋和良好技巧的结合。

当然，你想要有原创性——我们也想帮助你尽可能地写出原创性作品。但想要有原创性，需要你对自己想做的事情的基本运作方式有深刻的认识。毕加索革新了艺术透视。为此，他首先必须了解透视是如何运作的。如果你想把东西写得让人叹为观止，首先你必须了解写作的基础知识。写小说需要的不仅仅是把字写出来。贯穿本书，我们将专注于技巧方面，天赋方面由你自行发挥。有位叫儒贝尔（Joseph Joubert）的智者曾经写道："有想象力而无学问的人，就像有翅膀但没有脚。"我们完全认同。

阅读其他作者的作品

提高自己技巧的方法之一是阅读其他作者的作品。作家有时会说，"我没有时间读书，我忙着写呢。"好吧，如果这是真的，我们不会说"停下来！"但实际上我们才不相信呢。哪怕最忙碌的作家也不可能一直都在写。

以下部分列出了三个原因，说明为什么你需要阅读其他人写的小说。

借鉴经验

如果你想成为一名脑外科医生，除了参加各种讲座、阅读资料等等，最好的方法是：

1. 观察你能找到的最优秀的脑外科医生。
2. 弄清楚脑外科医生做什么，为什么这么做。
3. 尝试模仿脑外科医生。

我们承认这一过程很难，最后一步尤其困难。幸运的是，至少在这方面，写作比脑外科手术容易。

小建议

每当有人读了你的作品，说"哦，这让我想起了某某"，或者"你一定很喜欢某某"，或者"你读过某某的作品吗"，请把对方的评论写在你一直随身携带的笔记本上（你当然有这个习惯！）。这个人也许是在胡说八道，但你很快就会看出来是不是这样。阅读别人推荐给你的书，比你自己费劲一本一本找来读下去要快得多。

请你找一本书，该书作者写的东西，可能跟你想写的一致（不管是主题、风格还是技巧方面）。找到之后就把它读了。弄清楚作者想做什么，以及它是否适合你。如果它对你有用，那就借鉴作者的方法。如果它不适合你，分析它为什么不适合，这有助于你找到别的方法。现在，去试试看吧。

其他作者是你最好的老师。

避免再造车轮，节省时间和精力

当然，如果你愿意，你可以自己琢磨出结构、情节、角色、叙事声音（narrative voice）等方面的所有理念。但这样的话，你必然会写很多不成功的作品，经历许多错误的开篇，而且很可能仍然无法达成目标。你也可以换种做法，毕竟，早已经有许多作者研究过相同的问题。有些作者完全地解决了这些问题；还有一些取得了部分成功。任何已出过书的作者，都比你走得更远。所以，省点时间吧，阅读其他作者的作品，判断它是否适合你，之后继续前进。

写作跟学弹吉他差不多。你必须发现如何演奏这种乐器，这一点是免不了的。但至少在你开始之前，你没必要去发明音阶和乐谱。早就有人完成了的事，为什么还要再做一遍呢？

你要明白，写作应该是有趣的

给生活找麻烦的方法多种多样，如果写作是自找麻烦，你干吗还要这么做呢？因为你必须写作。你渴望写作，就像你想要去挠发痒的地方一样。有时候你会忘记写作的困难，只感受到它有趣的一面。一如导演伍迪·艾伦（Woody Allen）对性爱的评价：即使它不好，也仍然很棒。读到一本好书，会让你想起这个道理。

我们大多数人开始写作，是因为很久以前曾读到过一本让自己彻底着迷的书。我们放下书，对自己说："我也想试试看。我想讲一个故事，讲述一个能影响别人的故事，就像那个故事影响了我一样。"思考这个目标很有趣，朝着这个目标前进很有趣，实现这个目标也很有趣。而阅读则提醒我们所有这一切。

培养你的风格

定义何为风格很棘手。风格是很多东西的综合体，包括所用的词语（长还是短？常见还是冷僻？讲究技巧吗？行文是风格化的还是口语式的？）、词语的呈现方式（是对话、描述还是叙述？）、视角（第一人称、第二人称还是第三人称？），还有时态、幽默的使用和类型等等。

把简·奥斯汀和汤姆·克兰西（Tom Clancy，美国畅销军事小说作家）拿到一起读，你绝不会分不清这两位作家。奥斯汀的句子通常都很长，庄重，思考周到；克兰西的句子几乎都是短促有力、锐利精炼的。阅读其他作家的作品时，请留意其中存在的模式。

你的风格来源于你读过和写过的一切，所以你需要广泛阅读，尽量多写。接着，你需要审视这些作品（包括你自己的），看看哪些对你有用，哪些失败了。想想两者各自所用的语言。作者想做什么，怎样做的，它是否见效？

我们都读过某本畅销书，心想："写得太烂了，大家为什么会买这么烂的书呢？"这本书可能写得的确糟糕，但作者肯定做对了一些事情，因为这是一本畅销书。你需要知道"一些事情"是什么；你自己说不定也想做做看。

有时候，你喜欢读一本书的原因很简单，因为作者使用了短句，或者使用了许多少见的描述性词汇。如果这是你喜欢的文风，思考一下你怎么做才能达到一样的效果。

你可能会担心，关注其他作家的风格，最终只会让你"山寨"别人，而没有培养出自己的风格。这种情况不太可能发生；写得像别人，这太难了。以模仿其他作家风格为生的人会告诉你，这是一件很辛苦的事情。让我们假设真的出现了这种情况 —— 你读了某人的书，开始用同样的风格写作。如果你读的是蹩脚作家的作品，那可真是一件坏事。但阅读优秀作家的作品，向他们学习，这没什么不对。对大多数人来说，在他们自己的风格中多融入一点海明威或伊恩·麦克尤恩 (Ian McEwan) 的风格，会是件好事。

试着寻找一种让你感觉舒服的表达方式。如果有人说，"你应该多像海明威那样写"，这并不是说你要去模仿海明威，而是说你可以向他学习。（提出建议的人或许认为你的句子写得太长了。）

不要抄袭。要阅读、观察、学习，取你所需，继续前进。

第3章

开始写作

在本章中，你将了解到：

▶ 构思你的小说 —— 也可以不构思！

▶ 组装零件

▶ 动手写

写小说是一个非常复杂的过程，你必须同时控制好很多个要素。

为了让事情在自己控制之下，不妨把写小说想象成这样一个项目：它从几乎无限的可能性开始，在接受和拒绝这些可能性的过程中逐步向前推进，最后收束到一个点上。

当你开始写的时候，你可以朝着任何方向发展，创造任何角色，让他们做任何事情。随着你做出各种决定，你会逐渐聚焦到你想要去的地方。你肯定会走错路，不得不掉头往回走，一路上你也会多次改变主意，但你所做的每一个决定都让你更接近最终成果。

决定进行构思还是直接扑上去

说到构思，小说家可分为两大类："构思型"和"直扑型"。

✓ **构思型**：有些作家在动笔之前就已经在脑子里构思好了整

部小说的情节。我们认识一位小说家，她会在动手之前在墙上贴满卡片和纸条，她移动卡片和纸条，撰写更多的笔记来填补空缺，直到她清楚地知道什么事情会在什么时候发生，如何发生。最后，她开始动笔。

如果你是一个构思型写作者，你通常会做很多笔记，对角色了然于心、知道故事的基础样貌和背景设置。在你真正开始写作之前，所有的想法都已经到位了。你可能对故事情节也有了不错的考量，比如故事中发生了什么、谁要做什么。故事的整体塑造方式和结构，你也已经胸有成竹。

小建议

无论你是哪一类写作者，为情节做一个梗概都是个好主意 —— 这不是为了束缚你，而是为了提醒你原本想要到哪儿去。你要定期更新故事梗概，把最新添加的内容考虑进去，这有助于你看到自己所做的事情是否合乎情理。这份故事梗概不应该超过一页。

✓ **直扑型**: 有些作家只靠着一点点的想法，就动手开始写，看看它会发展到什么地方。他们对故事的内容可能有个大概的设想，也许有一份提纲，一两个角色，一段情节思路，然后他们就直接扑上去，投入其中，毫不拖泥带水。他们更喜欢尝试而不是理论 —— 你说不定就是这一类的写作者。

许多作家都是通过"哐哐写"的方式完成作品的，就好像要是不先写出一两万字，小说就没法聚焦并真正清晰明了起来。

警告！

如果你更像直扑型而不是构思型写作者，很正常。动手开始写就行。如果你写到第五章的结尾感到力不从心，请别惊讶。（没人知道为什么是在第五章的结尾，但总是这样。）你写完了第一次大危机……接下来要干什么？你折腾了好几天，把这篇草稿和其他稿件一起塞进抽屉最底层，开始动手写下一个绝妙的点子。那我们就等到你的新故事写到第五章结尾再见面吧。

那么，哪种方法更好呢？就写作时间而言，其实没有太大区别。你可以事先构思，也可以边写边整理。

表3—1 构思型和直扑型各自的优势

构思型的优势	直扑型的优势
你浪费的写作时间更少。	你不必等待，可以开始行动，趁热打铁。
你的思路不太可能枯竭。	等你写到思路枯竭的时候，你已经写了不少内容了，因此，你能够很好地判断这个创意是否值得继续写下去。
你可以像在棋盘上挪动棋子一样，在脑海中操纵角色和事件，感受到无限的刺激。	你的角色和事件可以把你导向出乎预料的方向，让你大感刺激。

是否进行构思，会对故事产生很大影响。直扑上去的问题在于你会对自己做出的选择产生执念。如果你已经写了4章，然后隐约感觉不太行，但因为你已经花费了时间和精力，你很可能会试着修修补补，想让它变得好些，而实际上你可能应该放弃它。这种情况在构思型作品中不太可能发生：就算你偏离了原定路线，你也不会在跑偏的部分浪费多少时间和精力，改动它也没那么痛苦。

直扑型作者也经常会遇到爱打"新角色补丁"的问题，也就是每当他们在故事里遇到问题，便会引入一个新角色。这么做有时可以取得良好效果，但也可能带来一大堆刻画粗糙的角色，他们唯一的功能就是补救一些具体问题。

反过来说，构思型作者有可能对作品进行"过度构思"。如果你直扑上去开始写，完全凭感觉走，你不太可能抗拒一个不寻常的设想，你会让角色自然而然地展开一些行动。而如果你正在规划故事，对于一些乍现的灵光，你很可能还没有尝试就会想，"不行，这行不通"。

要记住

在某种程度上，你是构思型还是直扑型写作者，取决于你的大脑如何运转。记住你的天生倾向。就像这本书中的大多数内容一样，适合你的做法就是最好的。

如果你和大多数作家一样，那么你对构思的态度就介于两者之间：你喜欢对将要发生的事情抱有一些想法，但大量的空白你都还没有填补。你会先写，做些研究，再写，琢磨接下来会发生什么，做一些构思，接着再写一点。尽快动手开始写小说，但先思考一下自己要往哪里走，不时停下来进行更深入的思考。

写作和构思并不等同。你可以随时在脑中构思，但写作时间有限。所以，如果你必须选择，一定是先写作，后构思。

小建议

中庸之道是亚里士多德的重要理念。简单地说，它指出：通常而言，避免极端做法，你会做得更好。本书中，我们经常使用"取你所需"这个说法来表达同样的意思。无论你做什么，不管是吃饭、喝水、锻炼或写作，如果你每件事都做到适量，任何事都不过分追求，你就会变得更好。所以，不妨像个古希腊人：不要染上"构思强迫症"，也不要做个发狂的"直扑汉"。

要记住

无论你决定用哪种方式来写，都不要让构思过程阻碍写作，这很重要。总有一天你得坐下来写小说！为自己设定一个截止日期：选择一个你确定要坐下来开始正式写作的日子。或者，至少对自己的动机做一番审视：你是真的在构思，还是只是在逃避写作？

任何妨碍你写作的事都是坏事。

把构思当成回避策略

有些作家把构思作为逃避写作的借口，虽说这是个极端的想法，但并不罕见。我们有个学生，非常敏锐，是个优秀的写作者。她正构思写一部以中世纪为背景的历史小说。她非常喜欢中世纪，喜欢研究和探索这个时期的一切内容。课程结束后，我们讨论了大家的构思，我们问她下一步要做什么。她笑着说："我还有一本教科书要看，之后我就动手写小说。"6年后，我们又遇到了她。我们问她小说写得怎么样了。她笑着说："我差不多准备好开始了，但我还有一本教科书要看……"

准备素材

本节讨论的是在开始之前如何做好基础工作，并告诉你需要着手思考的事情，比如基本情节，使用经典原型，设定背景等等。后面的章节将更详细地讨论这些主题。

做好研究

想必你总是在写自己了解的东西，或者，你写的东西对你来说很新鲜，因而能激发你的想象力。尽管对你要写的东西做研究很重要，但最重要的仍是写作。你可以稍后再刻画细节。

查找研究资料恐怕会耗费很多时间，所以，在需要的时候一定要寻求帮助 —— 不要浪费可以用来写作的时间！查找信息的地方包括：

- ✓ **图书馆**：这一信息来源经常被低估，图书馆里常常有学识渊博的工作人员。
- ✓ **新闻机构**：查问当地新闻机构是否有可供使用的数据库。
- ✓ **朋友和亲戚**：你写的东西涉及某段历史时期，如果你认识在这段时期生活过的人，别犹豫，向他们请教。如果你要了某些情况或技能，又认识这方面的专业人士，也要向他们请教。他们不仅能提供信息，而且还能给你一些独特的个人体验细节，让内容变得有趣和可信。
- ✓ **互联网**：网络是寻找信息的金矿。如果你对上网找信息不太有信心（或者就算你挺有信心），不妨读一读瑞瓦·巴什（Reva Basch）和玛丽·艾伦·贝茨（Mary Ellen Bates）的

《在线研究傻瓜书》（*Research Online For Dummies*），一定能让你受益匪浅。

思考情节的基础元素

本节为你概述情节的基础元素。第 7 章对写作的这一方面进行了更全面详细的讨论，不过，这里的内容已经足够让你写下去了。我们将在第 8 章讨论角色，这在情节中很重要。

寻找创意

从某种程度上说，想出一个创意很容易。你身边到处都是创意：打开电视，翻开报纸，甚至只是和别人说话，创意就从四面八方涌向你。困难的部分在于选择一个好创意。

你要做的第一件事就是把你的创意记下来，晾上一小会儿，也许是一两天。然后再看一看。很多你第一次想到时感觉不错的创意，短时间内就熄火了，这说明这个创意并不太好，或者并不适合你。把创意静置一段时间，可以淘汰掉很多不如人意的创意，以免你在它们身上浪费时间。

那么，一个好的故事创意需要达到什么样的标准呢？一个好的创意应该是这样的：

✔ **令人兴奋**：首先，这个创意必须让你感到兴奋。你要写很长时间，所以，如果你一开始就不兴奋，6 个月后一定会碰到大麻烦。你可能觉得这显而易见，但我们知道，很多人动手写小说的起点，都是自己并不真正感兴趣的主题。他们经历了一段可怕的时光，最终不得不停下来，因为他们对这个创意感到厌倦。务必谨慎选择，因为你是要为它投入大量时间和精力的。

✓ **简单**：从简单开始。查理·卓别林曾说过，他只需要一张公园长椅、一个警察和一个漂亮姑娘，就能编出一个故事来。用作家的话来说，这就是一个情境、一个反派以及一个为之争斗的元素。

首先，你需要一种情境（可以是宽泛或具体的地理位置，也可以是以事件为中心的时间点，比如家庭成员去世、聚会、车祸等）。你需要一个角色，有某种渴望，而后你要有另一个角色，也有某种渴望。而这两个角色的渴望必须相互排斥。（例如，查理·卓别林和警察都爱上了那个漂亮的姑娘，但不可能都娶她。除非你的故事就是卓别林和警察打算同时娶这姑娘！）

✓ **独特**：问问自己，你的创意是否与众不同。如果这个故事已经广为人知，它有什么独到之处呢？把一个熟悉的故事稍微换个壳再讲一次，没有太大意思。什么能让读者（和出版社）认为你的创意有个新角度呢？

把你现有的素材用起来

你的小说可能还没有一个能讲给人听的完整故事，但你兴许已经有了一些相当确定的创意。一开始，你的基本创意可能如下所示：

我知道故事发生在今天的佛罗里达，主角和我差不多大年纪，但个子更高，更健壮，青少年时代或许碰到了什么不好的事情，我还拿不太准。我知道这跟一笔遗产有关，而且肯定会涉及谋杀。尸体藏在一大堆树叶下面；很久都没人发现。反派是个镶着颗金牙的俄罗斯人，他喝了太多的咖啡。故事开始于一片森林，在第一个场景中，附近有一座带绿色百叶窗的小房子。最后一场戏发生在一艘豪华的大游艇上，我知道有一场赛马的对抗戏，爱情戏份也主要发生在那里。还有一张棋盘，非常华丽，跟我三年前在大英博物馆看到的那张差不多。这张棋盘最终会成为找到凶手的一条重要线索，虽然我还不知道为什么，也许它带有一个秘格。主角的母亲住在老人院，主角每星期都去看望她，她非常敏锐，在他走错方向的时候会帮他及时指出来。她很像我奶奶。还有一只狗，一只斑点狗。我一直想养一只斑点狗……

换句话说，你最初的创意很可能乱七八糟的 —— 交织着你认识的人和地方，以及你想融入小说的事情。你看见过它们，梦到过它们，读到过它们，想象过它们。有些很清晰；有些几不可辨，只是一个手势或一件衣服。你会有一些或大或小的空白之处。这些起初的想法或许没法在一本小说里全部讲完。这没什么。上文的例子为你提供了一种类似地图的东西（并且提醒你，一定要把创意写下来，因为只有这样你才能看到它们的形状）。

尝试原型

本书后面所有关于写作结构的讨论，都会碰到原型（archetype）的概念。（我们向所有阅读此书的心理学家道歉，因为我们使用这个词的含义比他们宽泛得多。）我们用原型来指代在人类故事叙述史中反复出现的主题和形象。它们是作家创作故事时（似乎发自本能）所追求的东西。如果你想了解原型，可以去读一读相关资料，但现在你只需要知道有这种东西存在即可。就算你没有有意识地使用它们，可能也知道它们的存在。凡是读过或撰写奇幻小说的人都对原型很熟悉（例如，《魔戒》中就充满了原型），虽然你未必使用了这个称呼。

同样的创意、主题（theme）和动机（motif），反复出现在不同类型和风格的故事中。（本书第5章指出，世上的故事种类数量其实不多，是有限的，但无需了解这些内容，你也可以理解本章。）

这些原型反复出现的原因，并非一目了然。为什么有那么多人写公主呢？为什么公主对那么多人如此重要呢？为什么鲜血是一个强而有力的象征？为什么人们读到吸血鬼的故事时总是感到毛骨悚然，为什么吸血鬼是这么大受欢迎的主题？

想想看：布莱姆·斯托克（Bram Stoker）的《吸血鬼伯爵德古拉》（*Dracula*）和玛丽·雪莱（Mary Shelley）的《弗兰肯斯坦》（*Frankenstein*）都是非常受欢迎的畅销书。关于吸血鬼的书（和电影）有成千上万，但相对而言，由多余的人体躯干组成的巨大死人的书（和电影）就很少了。（不，僵尸跟科学怪人不是一回事。）为什么一个主题这么受欢迎，而另一个却没这么红呢？我们认为，一个以血为中心的故事具有深刻的原型共鸣，而《弗兰肯斯坦》的故事缺乏这一点。（这只是我们的个人看法罢了，并非确凿结论。）

至少有部分原因在于，公主和鲜血都属于原型。它们出现在世界各地的童话故事里。在《睡美人》故事里，它们甚至是一起出现的！

以下是一些最常见的故事叙述原型：

- ✓ 家庭成员为了一些象征自己是谁的东西（农场、生意、房子、财富）展开争夺。
- ✓ 对受到某种（种族的、性别的、身体的、社会的）毒害的深深恐惧。
- ✓ 一种必须击败或克服的巨大非人事物，如高山、海洋、巨蜥或大猩猩。
- ✓ 一个孩子，在成长过程中遇到家庭关系困难。
- ✓ 一个有某种（身体的、情感的、心理的）创伤的角色，这种创伤妨碍了他成为可能成为的人。

无数小说和电影都包含这些原型，它们构成了故事的基础，这绝非偶然。人人都知道这些主题，很多人在生活中亲身应对过它们。

不是所有的故事都包含原型，或者说，它们的呈现方式未必有助于你的写作。但不管怎样，你要先想想你正打算写的故事。你的故事主题或许可以被视为一个原型。不要为了试图写出完全原创的东西就拒绝它 —— 你最终会放弃大部分故事！相反，你应该思考一下以往的故事是如何开始、发展和结束的，想一想你是否希望自己的故事遵循同样的路线。看看原型故事的结构。原型故事的塑造方式给了你一套可以用来讲述自己故事的模板。

你不必遵循或复制传统的原型故事线，但你可以使用故事线来激发思考，把潜在的可能性撞击出来，比较和对照不同故事元素。所有这些都有助于你创作出自己的故事。

该隐和亚伯的原型，暗示了两兄弟之间正常的同胞角力。这种角力可能逐渐演变成威胁两人关系的东西，或是通过引入一些特定的新东西（比如爱或欲望、嫉妒或贪婪，等等）来使之达到临界点。兄弟中的一人采取了不可挽回的行动，并承受其恶果。这就是原型。现在该你发挥想象力了。如果是亚伯杀了该隐呢？如果整件事只是个可怕的误会呢？如果该隐和亚伯是姐妹呢？你所做的每一个改变会像涟漪一般，在整个故事中产生连锁反应。

如果读者意识到你使用的是哪个原型，会给他们带来一整套心理参考点。不要害怕去深究这些想法。

要想深入理解为什么原型很重要，请阅读卡尔·荣格的《记忆、梦、思考》（*Memories, Dreams, Reflections*）。这本书为你提供了完整的心理学定义和所有其他相应内容。从作家的角度来看，克里斯托弗·沃格勒（Christopher Vogler）的《作家之旅》（*The Writer's Journey*）也很有用。

设定地点

首先要记住的是，地点是你故事中的一个角色。这听起来可能有点奇怪，但不妨想想看：如果你把莎士比亚《罗密欧与朱丽叶》的主角放在英国威尔特郡一所舒适的乡村小屋里，你会得到一个故事；如果你把两人放在撒哈拉沙漠的中心地带，你就会得到另一个不同的故事。你的角色与地点互动，一如角色彼此之间在互动。所以，你必须谨慎选择背景环境。

地点会给你的故事带来各种东西。例如，地点自带氛围：把故事设定在20世纪30年代的纽约会带来一种氛围；放在公元50年的罗马则会带来另一种。地点还带有物理特征，当你的角色在景观中移动时，他们必须应对这些特征。地点里包含着诸多元素 —— 有些危险，有些有用，全都可能是你故事的一部分。地点促成了某些活动，也遏制了另一些活动：你可能不会在南极晒日光浴，你肯定不会在雷区打曲棍球，等等。

在写作中，"写你熟悉的东西"这条建议可能适用于选择地点。你大概会像许多作家一样，纯粹为了方便，选择写一个类似你在那儿长大的或现在生活的地方；这样可以省去编造或者做调查的时间！也就是说，你总是可以研究一个地方，并重新把它用文字创造出来。你可能会选择一个对你来说很陌生、很有趣，并因此想要写下来的地方，这也很好。

我们的建议是在以下两件事中择一行事：

✔ 如果你知道自己想把故事设定在某个特定的地点，那就把故事围绕你选择的地点展开 —— 威尼斯、科孚岛、纽卡斯尔或任何地方。

✔ 如果你心里还没有明确的地点，不要急着一开始就写得太具体。只管先写故事。随着故事的发展，你会越来越明白需要些什么才能让故事运转起来，之后，你再决定确切的地点。

把你想要设定的故事地点的特征列出来。这些词通常（但不总是）描述了你正在写的故事。你要寻找的词语类似"不通风""尘土飞扬""寒冷""雾蒙蒙"和"潮湿"。把这张清单放在手边，并随着写作的进展不断添加，或者发现故事朝着意想不到的方向发展，你也可以随时调整。这张清单可以帮助你专注于你想要实现的目标。

坐下来写吧

空白页面就是你的敌人，而写满文字的页面是你的朋友。300页的文字，不管质量如何，都比300页白纸更接近于一部完成的小说。因此，任何能帮助你把文字付诸纸面的事都是好事，而任何不能让你写作的活动都很糟糕。

不必操之过急

在读书会等类似活动上，出过书的作家经常被写作新手追问一个问题："我怎样才能找到经纪人？"这是一个很好的问题，也很重要。但这不是你现在需要考虑的问题。（如果你正在问自己这个问题，我们会在第16章给出答案。）你的小说才写了三章就想找经纪人，就像你第一次上驾驶课就想成为特技驾驶员一样。那一天会到来的，但你首先还有些工作要做。

找到称手工具

找到自己需要的工具，这事儿相当简单。如果你要盖房子，你需要一把锤子、一把锯子和一大堆其他东西。如果没有这些，你没有太大成功的机会。替代品不管用：一块石头不能成为一把好锤子，一根羽毛不能为你切割木板。

写小说需要一个工作空间，最好是一个你不必在每次写作结束后就要把所有东西都收起来的地方；你需要快速地顺着上次的进度往下写。你需要一张桌子和一把椅子。你可以安静地写，也可以听着音乐写，以适合你的方式为准，但别太纠结于合适的氛围，要不然，一旦环境不完美，你就有了不写的理由。从前有些人，一边抱着拍打安慰哭泣的婴儿，在肮脏的厨房里兜圈子，同时在信封背面用潦草的笔迹写下小说。你可以尽量保持愉快的环境，但别让它成为一种执念。

不是所有写作者都看重写作工具，但很多人的确很重视这事儿。一台高端笔记本电脑和一套称手的写作软件，或者，如果你更偏爱手写，削尖的铅笔，厚重光滑的纸张，一支合适的钢笔，一个昂贵的笔记本，一套优秀的资料分类系统，这些东西都可以帮助你写作，让你对自己所做的事情感觉良好。（传统手写方式的优势在于，如果事情进展不顺利，你不会分心去玩游戏、上网、收发电子邮件。不妨考虑使用一台不接入网络的笔记本电脑，只用于写作。）你可能还需要一本字典和一本同义词词典。任何能提升写作过程愉悦感的东西都值得拥有。但千万别光顾着把玩文具，忘了动笔写！

另外，别忘了，写作是一项工作，完成之后一定要犒劳自己哟。

战胜干扰

所有的作家都会碰到干扰 —— 作为人，除了写作还有别的事情要做。你会玩电子游戏，吃午饭，打扫房子，回复电子邮件，或者听你最喜欢的广播节目，这样的例子数不清。

没关系，我们都是容易犯错的凡人。但要认识到这些活动的本质。如果它们是你写作期间的标点符号，是有价值的思考时间，为你充电，让你精神焕发地回到写作中，很好，没问题。然而，如果它们完全替代了你的写作行为，你就得坐下来好好想一想了。你是在写作，还是在做别的事情？如果有一天，你发现自己说（本书的两位作者之一就碰到了这样的情况）："我只是想清洁一下烤箱，我已经拖延了6个月了，之后我再来写。"那么，你其实是在欺骗自己。

你不把小说写出来，就永远也出版不了。

为写而写

如果你想等到缪斯女神降临到你肩膀上才开始动笔，可能要等很久。开始写吧。写什么都可以。

关掉你的"质量控制"开关。不要理会那个坏天使，不要理会那些泼冷水的声音，比如："这不好。那个词是错的。这一段完全不合理。你知道你必须回过头去修改。多糟糕的句子啊！你想不到合适的词，想破脑袋也想不出来，你现在最好是停下来。"等等等等。不管你内心的声音怎么打击你（我们都听到过这样的声音，尽管形式不同），别理它。

每当你写下一些东西，即使你认为它毫无意义，你也离找到故事真正应该发生的情节更近了一步。无论你写了什么，在这个写作过程结束时，你都比刚开始时更接近小说的完成。

刚开始写的时候，对故事所做的各种决定不要太固执，要保持开放性。专注于推动故事的发展。选择一个你熟悉的场景，或者一个有所了解的场景，把它写下来。这一幕发生在小说的什么地方并不重要。别担心开头、中间和结尾。把你想到的东西都写出来。写下只言片语的对话、描述、角色概述、俏皮话，以及任何你想到的东西。你的小说就像一床拼布被子，此刻你只是把一块块补丁贴起来，看看它们是什么样子。一切尚未确定。单纯地把东西写出来，看看会发生什么。

你刚开始动笔时，不一定非得写出小说的开头。在这个阶段，你说不定还不知道第一个场景是什么呢。你也许认为自己知道，但如果不是极其确定故事要从哪里开始，这个开头你就写不出来。你如果没写过许多故事，就很难知道第一页需要说些什么。所以不要把时间浪费在开头上，现在不是时候。你知道故事在某处会发生某事？那就从这里开始，努力推进。（我们将在第7章讨论一个好的开头应该具备哪些特点。）

处理好今天能写出来的东西，改天再担心未来。出现了问题再解决，不必试图一次性解决所有问题。如果你在盖房子，需要先把墙砌好，接着才能盖屋顶。就算你在砌墙的同时造好了屋顶，也要等到墙壁足够坚固了才能把屋顶放上去。所以，放轻松。总有一天，你会浏览自己的手稿，检查每一个逗号。但那不是今天。今天你要着眼于大局，小细节以后再说。

来杯奶茶

填满空白页面的一种方法是设定目标，每当完成目标，就犒赏一下自己。我们认识一位作家，他的书桌旁边放了台小冰箱。每天晚上当他坐下来写作，他会在冰箱里放两瓶啤酒。几个小时工作结束时，他会把这两瓶啤酒当作奖励喝掉。（顺便说一句，不管他刚刚完成的工作质量如何，他都能得到这一犒赏，奖励的是自己把内容写了出来。）我们知道有些人在咖啡馆写作，每写完3页就给自己点一份甜甜圈。有些人跟自己约定，每当写了一个小时，就可以去游泳。有些人跟自己约定，只要写了一个小时，就不必去游泳。犒赏是什么都可以。设定一个现实的、适合自己的目标。我们是写作者，又不是苦行僧。（除非我们有人真的也是苦行僧。）写作是一项艰苦的工作，所有能让你渡过难关的东西都不妨用起来。但别自我欺骗。你必须给自己设定一个合理的目标，只有达成目标才获得奖励。

什么是合理的目标呢？对大多数人来说，1000个单词（差不多3页）似乎是比较合适的。如果你想设定超过3页的目标，当然很好，但要是写太多导致你第二天太累而无法工作，就不好了。调整好自己的步伐。如果接下来一个星期有特殊安排，那就给自己定一个平均目标：只要5天内完成5000字就行，如果你第一天写了2000字，接着错过了一天，那也没关系。

质量不是问题。关键是要把文字写出来；小说完成的时候，你可以考虑哪些地方需要修订，但在这个阶段，你光是写就行了。和我们上面提到的那些人一样，如果你是会对奖励有所反应的人，那就一定要犒劳自己。

重视练习

人们叫我"好运高尔夫球手"。我发现，我练得越刻苦，运气就越好。

—— 盖瑞·普莱尔（Gary Player，冠军高尔夫球手）

假设有一天，从未跳过舞的你决定成为一名芭蕾舞演员。你拼凑了一些套路，表演给你的芭蕾舞演员朋友看。她是会说"太棒了。继续这么做下去，你很快就会成为专业舞者"，还是会提出一些更现实的建议，比如"也许你需要接受一定的训练，学习些舞步，练习动作，掌握每一名舞者运用的基础技术，再尝试走职业道路"？

你也许极具才华，但你也可以看看周围所有极具才华的人。与技艺精湛的乐手交谈，他们会告诉你，他们每天都练习简单的音阶。跟世界级足球运动员交谈，他们会告诉你，他们每天都在练习基本的控球技巧。

想象一下，你需要接受一台非常危险的脑部手术，你需要从两名外科医生之间选出一人为你操刀。你请他们分别告诉你为什么应该信任他们。一个人说："嗯，我一直很擅长脑外科手术，而且我随时都在练习，确保我能做到最好。"另一个说："我一直很擅长脑外科手术，所以我不需要练习。"你想要哪一个医生在你脑袋上钻眼儿？

我们建议你每天至少做以下一件事，最好是全部都做：

✔ 早晨一醒来就写上10分钟。可以写任何东西，从你记得的梦境开始，随意发挥。没有规则，只管写就好。

✔ 写3页你的故事（800字到1000字）。

✔ 描述你当天遇到或观察到的某个人，写300字。

✔ 给自己写300字的信，描述你到目前为止的写作，反思你正在做的事情，以及进展如何。

✔ 读一章小说，或是一篇短篇小说，享受阅读乐趣！

享受写作过程

从你动手写小说的那一天起，你就踏上了一段旅程。你不知道要花多长时间，甚至不知道会在哪里结束。所以，要记住的第一件事就是：玩得开心！

写作当然是工作，但它并不仅限于此。写小说很有意思，出人意料，发人深省，最重要的是，它带给人满足感。如果不是这样，如果它只是工作，谁会做呢？

写小说应该是有趣的 —— 至少一开始应该这样。也许有一天你会对这一切感到厌倦，但那离现在还远很。

尽情享受吧。与你的角色"玩"起来。享受创造情境的乐趣。投入到写作带给你的创意和可能性当中。写的时候别急着跳进框框。你在小说中做出每一个决定，都意味着排除了一连串其他的可能性。你最终需要做出这些决定，但在早期阶段，要保持开放心态，哪怕走错方向也无所谓。如果某件事看起来很有趣，就去试着写一写，看看它会把你引向何方。如果结果是徒劳无益，你可以回过头再来。

随时盘点创意

这听起来可能很奇怪，但很多人一开始写作，创意就源源不断地喷涌而出，让他们大吃一惊。（这也是写作令人兴奋的原因之一。）起初，创意的涌现激发了灵感和激情，写完整部小说仿佛指日可待。这些创意是大多数写作者投身创作的原因。

当你冒出一个好创意，你会想要停止手头在写的部分，投入到新创意上。新创意显然总是比你正在写的东西更好。你会想，"我写的东西突然变得这么乏味，我必须停下来，动手写刚想到的绝妙新创意，要不然我就会忘了，再也想不起来。"

麻烦的是，过上一段时间，你的大脑就记不住这么多新想法和可能性了。

这下你感到害怕了。你有这么多绝妙的创意，但要是你忘记了一个，特别是那个最关键的，那要怎么办才好？而且，你还不知道哪一个是最关键的。

如果你放弃展开新创意，你最终会得到大量没有展开的非常短的创意。坚持足够长的时间，也许有一天你会写出一本小说，但这种做法太慢了。

你需要一套系统。每当你冒出一个没法立刻用起来的创意，我们建议采取以下步骤：

1. 你想出一个新创意，且觉得正在写的小说中某处与该创意相关，就在此处标记一个数字。（我们发现，从数字1开始效果最好！）

2. 把同样的数字写到用来记录此类创意的电脑文档里，或者，写到单独的笔记本上。（买文具的机会又来啦！）

如果你不习惯在电脑页面之间切换，用真正的笔记本是个很好的开始。

如果你想出来的创意与你正在进行的工作没有直接的联系，把它写到索引卡上，放进一个盒子（文件系统对日后的检索会大有帮助）—— 你也可以对电脑上的文件采用同样的做法。

务必使用某种可以对不同文件分类命名的系统。哪怕是很简单将之称为"角色创意"、"描述"等，也能减少你以后检索的挫败感。

3.忘了它，继续写下去。

一定要把创意写下来，不要让它影响你正在做的事情，确保你日后需要时能找到它。这样你就不会再担心自己的好创意会消失了。只要把它们写下来，加上一个交叉索引的号码，以后很轻松就能找出来。

要是你对正在写的东西感到厌倦，打开你的创意文件。如果一个之前的创意眼下看起来仍然不错，它可以成为你接下来要写的内容。

逐个思考每一个创意，确保自己给了它们公平的机会。如果创意看起来有用，那很好。如果没用，也没关系，把它放进一个文件夹（可以叫它"垃圾箱"或者其他你喜欢的名字）。不管什么时候，你梳理完一个创意，认为它行不通，那就把它放进"垃圾箱"文件夹。千万别删除。请相信我们，你会惊讶地发现，那些看起来没用的东西往往之后能回收利用。万一后来一个创意变得没那么精彩了，你也不用浪费时间跟进它。

也许这个创意很好，也许不怎么样，反正你都留着它，而且你也没有停止写作。不管怎样都是你赢。

没有什么会被浪费掉。保留你的笔记和早期草稿（不管它们看起来多么荒谬）；总有一天你会用到其中一星半点的内容。

摆脱困境

悄悄跟你说，你需要面对这样一个事实：写小说并不总是一段能让你感到愉悦和充实的经历。总有一天，你会想拿起笔记本电脑使劲朝墙上扔。写作可能会让人恼羞成怒。你已经把故事整理好了，你知道开头、中间和结尾，你已经写了一半多，但角色就是呆板乏味，闷闷不乐，就是不愿意显得鲜活生动。如果你的角色陷入泥潭动弹不得，或者当你进入低谷，写不出有用的东西，不妨试试这些建议来重启你的创造力：

- ✔ **在小说中，把你的主人公放到他不可能遇到的情境之下。** 让詹姆斯·邦德去服装店工作，让达西先生去洗碗，让布里奇特·琼斯[①]到教堂做礼拜。什么都行。

- ✔ **像访谈节目主持人那样采访你的角色。** 模拟对话可能很无聊，但你至少可以了解角色是怎么说话的。（第8章提供了一些提问示范。）

- ✔ **颠倒一切。** 把你遇到困难的场景里的女性角色变成男性，把男性角色变成女性。把异性恋角色变成同性恋，把同性恋角色变成异性恋。如果是晴天，就改成雨天。如果是白天，就改成夜晚。如果角色开心，就让他们难过。如果他们富有，就让他们变穷。如果他们年轻，就让他们变老……诸如此类。颠倒之后，写同样的场景。如果有些部分不合情理，没关系；其他部分可能比之前更合理了。说不定，你的主人公应该是一位70岁的老太太？

---

① 詹姆斯·邦德是英国作家伊恩·弗莱明创作的"007系列"小说的主人公，是英国情报机构军情六处的特工。达西先生是简·奥斯汀《傲慢与偏见》的男主角，出身富有贵族家庭。布里奇特·琼斯是英国女作家海伦·菲尔丁创作的小说《布里奇特·琼斯的日记》（*Bridget Jones's Diary*）的主人公，是一位生活在当代伦敦的单身职业女性。—— 编者注（若无特别说明，本书脚注均为编者注）

第二部分 从基础开始构建故事

小建议

英雄类型排行榜前5名

✓ **约翰·韦恩式的英雄。** 超凡角色是很好的主角形象。读者会觉得他们有趣，激动人心。然而，如果你不希望你的主角是英雄，那么不妨把这个角色以某种方式跟英雄人物联系到一起，这通常会起作用，因为行动往往会围绕英雄式人物展开。

✓ **像你爸妈那样的英雄。** 不是所有的英雄都有着显而易见的"英雄味"。单亲父母靠菲薄的收入抚养残疾孩子，这或许不像在枪林弹雨里冲锋陷阵那么英勇，但这两种行为都涉及自我牺牲，都令人钦佩。

✓ **甘地式的英雄。** 让一个理智、无私、动作很少的英雄变得有趣，奥妙在于揭示这个人的行为为何重要。

✓ **意想不到的英雄。** 有些英雄是在偶然之中卷入情境的。你选择让角色置身何种情境当中，会让读者对他们产生不同的反应。

✓ **不是英雄的英雄。** 你可以设定一个几乎什么也不做的英雄。然而，想让读者保持对这样一个角色的兴趣很难。你需要细腻的笔触和敏锐的讽刺感，引出故事的重要内容，让读者保持兴趣。

在这部分，你将了解到：

✔ 深入挖掘情节和角色的复杂性。

✔ 绘制出主角将要经历的旅程，你将怎样安排这段旅程的步调，让读者一直想往后翻页，想知道接下来会发生些什么。

✔ 发现一些有用的技巧，帮助你想象场景和角色。

✔ 寻找一些窍门，让你即使在感到困顿时也能继续往下写，并根据这些理念构建故事。

✔ 受到激发，让你的小说取得真正的进展。

第4章

追随英雄之旅

在本章中,你将了解到:

▶ 踏上旅程

▶ 一步步构建旅程

▶ 梳理不同类型的英雄

本章的中心思想是,所有神话故事都遵循相同的基本模式。当然,这并不意味着所有的故事都应该是一样的,只不过,它们通常使用相似的基本结构,就像几乎所有的房子都有屋顶和墙壁一样。这种结构中蕴藏着发挥巨大创造力的潜能。

一如本章标题所示,英雄(也就是主角,主人公)踏上了旅程(可以是地理意义上的旅行,但更重要的是情感上的、精神上的、从童年到成年的,甚或是所有这些同时发生),在这样做的过程中,英雄离开了故事开始时所处的位置。

如果你想更深入地了解本章的观点,可以阅读克里斯托弗·沃格勒的《作家之旅》,该书详细介绍了我们在此简要概述的理念。

并不是所有的故事都涉及我们这里所说的英雄。你兴许正在写一部轻松的风俗喜剧。然而,即使你的小说与本章所举的例子迥然有别,仍然有一些要点适合每一名作者。最重要的是,我们应该将每个故事视为主角的旅程。一个人从一个地方开始,到故事结束时来到了另一个地方。所以,就算你认为自己的故事跟神话没有什么相似之处,这一章仍然很有用。

让英雄踏上征程

你所熟知并喜爱的许多了不起的故事，都符合英雄之旅的模板，从起点前往终点，一路上发生转变。

J.R.R. 托尔金的《魔戒》中佛罗多的故事，就是一个很好的例子。佛罗多的旅程，既是地理上的，也是个人层面的。他发现了许多关于世界和自己的事情，包括友谊、勇气、善与恶的本质。故事结束时，他回到了自己最初生活的地方，但对他来说，一切都发生了不可逆转的变化。阿喀琉斯（希腊神话英雄）、贝奥武夫（古英语史诗中的北欧神话英雄）和卢克·天行者（电影《星球大战》的主人公）的故事也是英雄之旅的好例子。从这种意义上来说，劳拉·克劳馥（Lara Croft，电影《古墓丽影》的女主人公）和詹姆斯·邦德这样的英雄，就不符合这样的旅程主题，主要是因为他们并没有因自己的经历发生很大的改变。

从写作的角度来看，重要的是英雄在旅途中经历了许多阶段，对此，我们将在下一节展开探讨。

英雄之旅有点像一份经过检验的可靠食谱，总能做出美味的蛋糕：你可以随意调整配料，仍然能得到相当不错的东西。当然，你可以决定不使用这份食谱。你可以决定做一种新的蛋糕，不使用糖、面粉或水。坦率地说，如果你还能让它尝起来不错（有些人真的能做到），那就去做吧，祝你好运。本书中，我们鼓励你调整配料的比例，加入额外的配料，去掉旁枝末节，改变形状，有时发明新的风味，但不管怎么说，还是一定要制作能叫人认出来是蛋糕的东西。

关键在于，所有读者都知道并认可英雄之旅这种类型的故事。我们都会对它有反应。

如果你的故事与英雄之旅完全不同，倒也无可厚非。你的主人公可能会在整个故事里坐在扶手椅上打瞌睡，惦记着晚饭，或者和几个朋友在街上闲逛，谈论下一杯酒从哪里来，在这种情况下，英雄之旅模板显然不适用。但你必须回答一个非常重要的问题：你要带给读者什么样的故事作为英雄之旅的替代呢？你需要找到一种方法来激发、感动、刺激并吸引读者 —— 换句话说，让他们手不释卷，半夜都不肯睡觉。你需要给读者一个想要读完整个故事的理由。你当然能找到一种好的解决方案，但你可能需要花很多时间进行思考。

帕特里克·聚斯金德（Patrick Suskind）的小说《香水》（*Perfume*）很好地说明了如何在保持读者兴趣的同时，跳出英雄之旅的严格限制。主人公在任何方面都算不上英雄，但一个独有的特点（对气味异常敏感），让他与众不同。在某种程度上，他的旅程已经开始了；他现在正处于一个转折点，这将决定他余生的方向。读者在阅读中享受这种不同寻常的方式，想看到接下来会发生什么。同样，阿加莎·克里斯蒂所创作的侦探波洛也没有遵循英雄之旅。读者的兴趣在于看波洛推断出凶手是谁。

英雄之旅并不是讲述故事的唯一方式，但是许多故事都围绕着这种主题而变化展开，所以花点时间去思考它是值得的。本节的要点不是让你必须遵循英雄之旅的配方，而是告诉你，这是一种能保证你的故事引人入胜、吸引读者的有效方法。

探察旅程的各个阶段

在《千面英雄》（*The Hero with a Thousand Faces*）一书中，约瑟夫·坎贝尔（Joseph Campbell）提出，经典的神话故事（包括我们在内的许多人都称之为英雄之旅）分为12个阶段，如下所述：

- ✓ **平凡的世界**：故事的起点。

- ✓ **冒险的召唤**：发生了需要采取行动的事情。

- ✓ **拒绝召唤**：英雄在某种程度上并不愿意响应召唤。

- ✓ **与导师相遇**：英雄得到了支持。

- ✓ **跨过第一道门槛**：旅程开始。

- ✓ **考验、盟友和敌人**：对抗变得一目了然。

- ✓ **内部洞穴**：到达英雄之旅的关键点。

- ✓ **磨难**：决战。

- ✓ **奖励（或夺剑）**：决战之后。

- ✓ **回归之路**：决战的余波。

- ✓ **重生**：英雄的行动受到认可。

- ✓ **带着灵药凯旋**：故事结束。

在实践中，这一切意味着什么呢？ 表4-1展示了三个故事的相应阶段，两个故事你可能熟悉，有一个你可能不太熟悉。最后一个例子《伊丽莎白》（*Elizabeth*），指的是凯特·布兰切特（Cate Blanchett）主演的同名电影，讲述了伊丽莎白一世统治早期的故事。如果你对女王的历史有所了解，就算没看过电影也能理解这些阶段。这是一个很精彩的故事。

表4-1 "英雄之旅"示例

旅程的阶段	《指环王》	《星球大战》	《伊丽莎白》
平凡的世界	夏尔（中土大陆）	卢克的家	少女时代和浪漫
冒险的召唤	佛罗多发现自己是持有魔戒的人	卢克逃出，知悉了"自己到底是谁"的一些内情	玛丽垂死；伊丽莎白或将成为女王
拒绝召唤	佛罗多吓得半死，不愿去做	困惑：卢克感受到原力的两股不同力量在自己身上拉扯	伊丽莎白否认有任何野心以自救

（续表）

旅程的阶段	《指环王》	《星球大战》	《伊丽莎白》
与导师相遇	碰到了甘道夫	碰到了欧比旺	沃尔辛厄姆和其他人向伊丽莎白进言
跨过第一道门槛	动身前往魔多	训练，发现绝地武士之道	以女王身份迈出第一步
考验、盟友和敌人	冒险，山姆和古鲁姆	冒险，韩·索罗和达斯·维德	战争和阴谋
内部洞穴	最终对决，魔戒变得更加强大	意识到自己和达斯·维德的关系	发现叛国者
磨难	与自己和古鲁姆的斗争——他能克服魔戒的力量吗	原力的光明面和黑暗面的抉择	伊丽莎白必须对最亲近的人采取不利行动
奖励	选择把魔戒扔进火里	选择了光明原力，摧毁死星	她的统治根基稳固
回归之路	放弃希望并知足，而后获救	回到朋友们身边	她必须展望未来
重生	发现自己的力量	从少年成为男人	她放弃了婚姻和爱情的前景
带着灵药凯旋	离开；回到往常的生活，但过得更好了	众人欢呼	她拥有了绝对的权力和安全感

在澳大利亚肥皂剧中讲述一个自由自在的英俊青年的故事

这里，我们提供一个虚构的故事，名叫"澳大利亚肥皂剧里一个自由自在的英俊青年"。

有个青年叫卡尔（他总叫这个名字）来到这个地区居住。他人挺好，但总是惹麻烦——并不是什么坏事，都是些年轻人的小破事儿。他过着快乐而毫无目标的生活，冲浪、闲逛、追女孩。（平凡的世界）

卡尔很喜欢名叫卡拉（没错，她总叫这个名字）的女孩，但他根本配不上她。一天，他向她诉说了自己的感受。卡拉说自己不可能和他这样一个没有目标、随波逐流的人展开一段认真的感情。同一天，一个英俊的警察把卡拉从抢劫犯手中解救出来。卡尔深受鼓舞，心想："那就是我要做的事。"他告诉那些不相信他的混子伙伴们，他要去当警察。（冒险的召唤）

卡尔申请当警察。他们拒绝了他，因为他没有通过数学考试。卡尔不喜欢别人觉得自己蠢，对自己教育程度不怎么高这件事，他总是有点怨气，所以他对警察说，那就算了吧。他自怨自艾，喝得酩酊大醉，在沙滩上睡着了。（拒绝召唤）

正打算去冲浪的疯汉鲍勃发现了醉倒在海滩上的卡尔。疯汉鲍勃是镇上唯一一个从不对卡尔评头论足，也不为难他的人。我们现在看出，疯汉鲍勃一点儿也不"疯"，只是个我行我素的人。原来，疯汉鲍勃还是一位离职的数学老师。他提出给卡尔辅导数学。如果卡尔努力学习，他能及时参加考试，进入警校。卡尔高兴地同意了。（与导师相遇）

卡尔有生以来第一次努力学习。疯汉鲍勃对他很严厉。他们赢得了彼此的尊重。卡尔接下来通过了数学考试，重新申请当警察。他的申请获得接受。（跨过第一道门槛）

卡尔的警察同学在警察基础训练期间为难卡尔。带头的人是凯尔，他知道卡尔过去是个小混混，还告诉了其他人。其他学员受凯尔影响，把卡尔当成圈外人。严厉的教官认为卡尔是个懒鬼，影响不好，这让他的受训日子很难过。有好几次卡尔都想放弃，但他不想辜负唯一相信自己的疯汉鲍勃。只有另一个学员，凯尔的女朋友凯莉（这个角色总是叫凯莉），不知怎么地看透了卡尔的内心，鼓励他坚持下去。（考验、盟友和敌人）

尽管困难重重，卡尔还是顽强地坚持了下来。最后一项测试是夜间实战训练（严厉的教官不停地说，"这次失败，你就完蛋了"），要求两组学员划着小独木舟，前往布满巨大蜘蛛和螃蟹的海滩。沙子埋着装满软糖豆的麻袋。学员们必须找到麻袋，并在黎明前把它们带回去。卡尔似乎不愿意去，严厉的教官斥责他是个胆小鬼。卡尔向凯莉坦白，他夜盲，讨厌螃蟹，害怕蜘蛛，害怕独木舟，对沙子和麻袋过敏，讨厌软糖豆。这项任务是对他的终极考验。卡尔告诉凯莉自己打算退出。凯莉的眼里噙满失望的泪水，她说也许凯尔是对的，他永远都是一个失败者。（内部洞穴）

学员们准备参加训练时，卡尔及时赶到。他花了一整天的时间来记住地图。他成功地划到海滩上。他强迫自己不去理会螃蟹和蜘蛛，靠着凯莉偷偷给他的哮喘药，他得以毫不费力地拿起麻袋。（磨难）

凯尔怂恿其他学员在海滩上举行软糖豆派对。大家都因为吃了太多软糖豆而发病。只有卡尔和凯莉（凯莉开始看出凯尔的真实性格）没有吃豆子，所以没有受到影响。一场突如其来的风暴卷走了众人的背包，包括指南针、地图等等。其他学员感到困惑和害怕，后知后觉地意识到卡尔有领导才能，因为他颇有先见之明地记住了地图，没有吃掉他所有的软糖豆，他们转而向卡尔寻求帮助。（奖励）

卡尔眼下面临着抉择：把同伴们留在危险里，独自胜利返回；或者留下来帮助他们。最终，他成功地为所有人指出了返回的路。凯尔试图撒谎，把功劳揽到自己身上。训练官指责卡尔把所有人都置于危险之中。其他学员说出了关于凯尔的真相，他们承认自己之前都错了，是卡尔救了大家。凯尔被开除，卡尔现在成了大伙的一员。（回归之路）

现在，这群团结在一起的死党们一起毕业了，疯汉鲍勃激动得泪流满面，在卡尔获得警察徽章的那一刻，他们热烈地鼓掌。（重生）

教官握着卡尔的手，承认自己判断有误。卡拉抬头看着卡尔的眼睛说："我真为你骄傲。"卡尔没有理会卡拉，而是拥抱了相信自己、在训练过程中一直支持自己的凯莉。除了势利的卡拉，人人都热烈地欢呼着。（带着灵药凯旋）

字幕滚动，英雄之旅结束。

当然，并不是所有出色的故事都按同样的顺序呈现相同的12个阶段。你的故事里不一定会用到所有这12个阶段，自然也无需给它们分配同等的篇幅。请注意，表4-1中的各个故事以不同的方式组合起英雄之旅的元素。每个故事中，旅程中特定阶段分配到的时间也不同。还要注意，《伊丽莎白》的故事并非一场凯旋的战斗；她在旅程中做出了巨大的牺牲。

用不着写奇幻史诗才能发现英雄之旅的用处。没有骑士、剑、毛茸茸的侏儒、戒指或宇宙飞船，英雄之旅也能派上用场。它可以是查尔斯·狄更斯小说中大卫·科波菲尔的旅程，也可以是电影《跳出我天地》（*Billy Elliot*）里比利·艾略特从约克郡煤田到伦敦萨德勒威尔斯剧院舞台的旅程。它可以是乡村歌手约翰尼·卡什（Johnny Cash）从吸毒成瘾的自大狂走向自我接受与救赎的旅程

（旅程往往以某种形式的救赎告终），也可以是托马斯·克伦威尔（Thomas Cromwell）的旅程，从伦敦贫民窟一路崛起，成为这块土地上最有权势的人，然后再到……这个故事，你应该自己去读读看。每个故事对英雄之旅的理解都略有不同，但它们都使用英雄之旅来帮助构建故事。

"英雄之旅"适用于各种层次的故事叙述，但宽泛地说，它最适合宏大主题——也就是故事中有一个强大的中心人物，积极参与某种形式的任务。

优秀的说书人会把各种元素混合起来，以经典故事作为新故事的起点。这是他们之所以优秀的一部分原因。不管怎么说，英雄之旅是一种思考如何构建故事的有效方式。只需要稍微花一些时间，想想怎样将模板应用到你自己的工作中。就像这本书里的其他内容一样，拿走你需要的东西。

将你的英雄分类

英雄是各种各样，形形色色的。重点不在于他们是不是肌肉发达、貌美如花、智力超群或完成了惊人壮举。英雄做的事情需要不同寻常的品质——或者更准确地说，这些品质并不陌生，但品质的"量"不同寻常。例如，他们可能异乎寻常地顽强或坚持不懈、拒绝屈服。他们的勇气可能是身体上的，也可能是道德上的。一位母亲拒绝接受自己的儿子犯了谋杀罪，尽管所有人都认为他有罪；她不畏整个城镇的反对，投入自己的一生和所有的资源证明儿子无辜；她牺牲了自己的健康和退休金，最终让儿子获释——这举动之英勇，一如士兵拒绝离开哨岗。关键是，英雄之旅的模板可以帮助你构建故事，因为旅程包括胜利和挫折、悲剧与凯旋，并提醒读者黎明前总会经历最深的黑夜。

约翰·韦恩式的英雄

超凡角色是很好的主角形象。读者喜欢跟随他们，经历英雄事迹，至少从表面看，他们比那些没有天赋、不强壮、不英勇的角色更有趣。老话说得好，英雄倾向于朝着大炮轰隆作响的方向跑去，而不是像我们其他人一样朝相反的方向逃开。这种倾向意味着他们的生活通常更加刺激。

然而，如果你不希望你的主角是英雄，那么不妨把这个角色以某种方式跟英雄人物联系到一起，因为行动往往会围绕英雄式的人物展开。

记住，女性也经常会投身到这类英勇壮举当中，创造出同样有趣的故事。圣女贞德就是一个很好的例子（她还拥有一位与众不同的导师：上帝，这让故事更有趣了）。

像你爸妈那样的英雄

不是所有的英雄都有显而易见的"英雄味"。单亲父母靠菲薄的收入抚养残疾孩子，这或许不像在枪林弹雨里冲锋陷阵那么英勇，但这两种行为都涉及自我牺牲，都令人钦佩。

从某些方面看，一时冲动做一些令人兴奋和危险的事情，要比连续几年做一些必要、困难且乏味的事情容易得多。

小建议

一位女性因为爱自己的孩子而照顾他们，从没想过要去做任何其他事情；另一位女性原本可以成为首席芭蕾舞演员，但为照顾残疾的女儿，她牺牲了自己的事业。显然，前者不如后者有趣。两人在道德上没有高下之分，但从写作的角度来看，哪个角色能吸引读者的兴趣是毋庸置疑的。一个人失去的东西越多，故事可能就越有趣。请注意，这个人失去的东西可能是物质的、情感的或精神方面的。

甘地式的英雄

让一个理智、无私、动作很少的英雄变得有趣，奥妙在于揭示这个人的行为为何重要。

纳尔逊·曼德拉（Nelson Mandela）是很多人心目中的英雄，不是因为他的军事活动，而是因为他的尊严，他不曾让近30年的监禁扭曲自己的精神。

如果蹲监狱的是一个爱独处的人，一生中大部分时间都坐在电视机前，软弱无能，那么，把他不正当地监禁起来，虽然仍是一种暴行，但这个故事就没有什么趣味了。（至少，从外人的眼光来看没什么意思。毫无疑问，有人可以把这样的故事写得有趣。）

然而，如果这个被冤枉入狱的人是一位科学家，有探索精神，丰富的想象力，对寻找治疗癌症的方法感兴趣，还有一个深爱她的丈夫和年幼的孩子，他们迫切需要她，那么几乎所有读者都会兴趣盎然地读她的故事（哪怕这时候读者还不知道她努力保持自尊，不让自己崩溃，不愿签署可疑的认罪书以求获释）。她的被囚禁之所以重要，不仅是因为它代表了不公正，还因为它影响了他人和社会。

意想不到的英雄

有些英雄知道自己为什么会处于某种情境，比如战场上的士兵。另一些英雄则是意外卷入某种情境的。看到别人遭到抢劫而出手相助的人，通常并未经过深思熟虑，只是出于冲动或本能。写这样的英雄故事，会促使读者问自己是否也会做同样的事情。有些人可能会认为这种行为太过鲁莽，而另一些人则钦佩这种行为。

不管怎样，这种故事很有趣，因为它在跟读者交谈。

你还需要考虑一个人的背景及其所处环境对其行为产生的影响。下面两个故事给人的感觉是截然不同的：前者是一个老妇人，患有癌症，没有家人，只剩下一星期的生命，她要冒险去做某事；后者是一个年轻的新婚女人，才刚怀孕，即将开始梦想的工作，她冒同样的风险要去做某事。这里重复一遍：这两个故事没有好坏之分，但它们是不同的。你选择让角色置身于何种情境当中，会让读者对他们产生不同的反应。

不是英雄的英雄

你完全可以（至少在理论上是这样）在故事里设定一个几乎不采取任何行动的英雄。你不需要有任务、导师或任何英雄之旅之类的东西。当然，在某些种类的故事中，英雄之旅是行不通的（但你仍可以借鉴其中的部分要素）。

在某些故事里，主角可以光是坐在沙发上，仍然是英雄。然而，想让读者保持对这样一个角色的兴趣很难。你需要细腻的笔触和敏锐的讽刺感来引出故事的重要内容，以维持读者的阅读兴趣。

举一个例子：酒鬼的冲突来自内心，他的斗争主要是跟自己进行。他要努力把自己从酗酒状态拉回到清醒状态。这个故事很重要，因为如果他没有成功，就会失去孩子。（孩子不必出现在故事中，读者只需要知道他们的存在即可。）你第一部小说就写这样的故事，门槛很高。

我们建议，如果你想写一部关于酒鬼的小说，不要把冲突完全内化。角色内心与外在的斗争至少一样多，描写一些主角对朋友、家人影响的场景。这样做会让故事更容易处理，而且你的故事也不会完全没有心理洞察。

第5章

谋篇布局与设计情节：故事的运用

在本章中，你将了解到：

▶ 考察基本情节

▶ 让基本情节变成你自己的

▶ 知道"偷"和"借"的区别

本章将帮助你在写作中有效地运用"故事"。我们描述故事的概念，然后讨论如何在你的写作中运用它。

每一部小说都需要一个故事。事实上，这正是小说与新闻报道或说明文之间的区别。当然，有很多种不同的故事（故事类型大致分为7种，我们将在本章中展示），以及许多不同的处理方法。一旦你理解了基本原理，你就可以尽情地发挥了。

尝试区分情节、故事和叙述

> 故事就是把你的角色追赶到树上，然后朝他们扔石头。
>
> —— 戈尔·维达尔（Gore Vidal），作家

身为作家，你需要理解小说情节（plot）、故事（story）和叙述（narrative）之间的相互关系。我们将在下文提供这些要素的定义和观察方法。

区分情节和故事

情节和故事密切相关，在一些词典中它们几乎是同义词；但从小说作者的角度来看，它们并不完全是一回事：

- ✔ 情节是小说的蓝图或结构。
- ✔ 故事是诸多事件 —— 也即小说中发生的事情。

换句话说，情节是框架，故事是画面：情节包括背景、主题等元素，这些元素将故事置于一种情境之下。

要记住，故事中的事件不会在真空条件下发生。需要一副好的骨架（情节）来支撑身体的其余部分（故事）。如果骨架不够强壮，所有的身体部位最终会乱糟糟地垮倒在地上，而不是昂首挺胸地行走。

许多小说在情节和故事之间都存在相当多的重叠，所以并不总是区分得很清楚。不过别担心，你可以把它们融合起来，结果也很好。

我们在朋友中进行了一项不怎么科学的小范围调查，结果显示人们对故事和情节这两个词的用法感到很困惑。本章中，我们使用"故事"一词时，也表示情节。这样一来，我们就把画面和画框放到了一起，视为整体。

要讲故事，而不是平铺直叙

你碰到过乏味的家伙吗？只要这人一说起话来，不超过10分钟，你就开始怀疑活着还有没有意义。乏味的家伙不理解叙述和故事的区别。E.M. 福斯特（E. M. Forster）在《小说面面观》

（*Aspects of the Novel*）中举了一个例子，说明两者的区别：

> ✓ 叙述：国王死了。一个星期后，王后也死了。
> ✓ 故事：国王死了。一个星期后，王后哀痛而死。

本书中，我们用叙述来表示没有动机的故事，你也可以说，叙述告诉你"是什么"，故事还同时告诉你"为什么"。

小建议

故事不仅告诉你发生了什么，还包含了其他一些重要的特点：

✓ **动机**：故事告诉你某件事为什么发生。而叙述对为什么不感兴趣，只告诉读者发生了什么。故事涉及动机和结果，以及事情的发生是出于什么原因。

✓ **相关性**：故事只告诉你需要了解的东西，以填补有用的背景，帮助你理解事件。叙述往往会漫无目的地讲到一些与故事主旨完全无关的人物和事件。作为讲故事的人，你只需向读者提供必要的信息。

✓ **对比**：故事需要光，也需要影。叙述把每件事都看得同等重要，描述天气的篇幅跟描述有趣事情的篇幅一样多。故事会时不时地加速、减速，有时大声叫喊，有时窃窃低语，让幽默和严肃的部分保持平衡。叙述则比较单调，缺乏变化。

喘口气。为你自己找个好故事。

故事太多，时间太少

有人说，基本的故事类型只有6个，也有人说是7个、10个、

36个，又或是只有一个。故事的种类取决于你如何看待它。不同的观点并不真正存在矛盾，只是看待故事这一概念的方式有所不同罢了。既然是你花钱买单，放心选择你喜欢的角度就行。

我们认为最有用的看待方式是：最基本的故事分为7种。

紧紧把握7种最有用的故事

表5-1涵盖了小说所需要的几乎所有情境。要求栏里列出了经典故事原型，但请注意，示例栏中的条目（包括电影、民间传说以及书籍）大多围绕基本理念发挥、演变。不是所有人都认为电影《布里奇特·琼斯的日记》（*Bridget Jones's Diary*）是灰姑娘的故事，但它讲述的是一个自认为没有吸引力、不值得关注的女性，发现自己被英俊王子（甚至同时来上两个英俊王子）追求的故事！这是经典的灰姑娘样式。

表5-1 7种"基本故事"

名称	又名	要求	示例
阿喀琉斯	有致命缺陷的英雄 悲剧英雄	一个高尚的人物，因为性格上的缺陷而失败	《奥赛罗》、《燃情岁月》（*Legends of the Fall*）里的特里斯坦、《白鲸》里的亚哈船长、亚瑟王传说里的圆桌骑士兰斯洛特、阿喀琉斯
灰姑娘	美德终有回报	一个角色最终因为了不起的美德或坚贞品行而获得胜利	《简爱》、《跳出我天地》、《冷山》、亚瑟王传说里的圆桌骑士加拉哈德、英国小说家凯瑟琳·库克森（Catherine Cookson）的大部分作品
永恒的三角关系	两人为伴，来了第三者……	每个人都无法得到自己想要的一切，一段关系受到损害	亚瑟王/兰斯洛特/桂妮薇尔（亚瑟王的王后）、《英国病人》、《飘》、《爱到尽头》（*The End of the Affair*）、《相见恨晚》（*Brief Encounter*），《马丁·盖尔归来》（*Martin Guerre*）、《布里奇特·琼斯的日记》

（续表）

名称	又名	要求	示例
罗密欧与朱丽叶	命运多舛的恋人	两个人相爱，但种种事件阻止了他们过上幸福的生活	《乱世有情天》（*Charlotte Gray*）、《相见恨晚》、《金刚》、《哈洛与茂德》（*Harold and Maude*）、《傲慢与偏见》、《魔戒》、《马丁·盖尔归来》、《罗密欧与朱丽叶》、《兰斯洛特和桂妮薇尔》（*Lancelot and Guinevere*）
圣杯	远征 危险的旅程	角色踏上了一段充满危险的旅程，去寻找、收集或交送某种贵重之物	亚瑟王传说里圆桌骑士加拉哈德的故事、《杀戮战场》（*The Killing Fields*）、《洛基》（*Rocky*）、《拯救大兵瑞恩》、《魔戒》、《冷山》、《白鲸》、《海啸奇迹》
报应	伺机以待的过去	来自过去的秘密浮现出来，困扰主人公	《蝴蝶梦》（*Rebecca*）、《人性污点》（*The Human Stain*）、小说《卡斯特桥市长》（*The Mayor of Casterbridge*）、《亚瑟王》、《马丁·盖尔归来》、《魔戒》、《罗密欧与朱丽叶》
邪不胜正	按照奥斯卡·王尔德的说法，这就是"虚构的含义"	经历了许多考验和磨难后，好人终于获胜，坏人遭受惩罚	《魔戒》、《罗宾汉》（*Robin Hood*）、《角斗士》（*Gladiator*）、《正午》（*High Noon*）、《辛德勒的名单》、《亚瑟王》、"007"詹姆斯·邦德系列

大多数故事都涉及这7种基本故事中的不止一种，而且，大多数故事也可以轻松地归入不止一个类别。请注意，表5-1中《相见恨晚》放到了两个类别。《魔戒》囊括了7种基本故事中的大部分类型，这倒也并不奇怪，因为它是一出很长的三部曲。《亚瑟王》的故事也一样。《马丁·盖尔归来》同时放在"罗密欧与朱丽叶""永恒的三角关系"和"报应"这三类。莎士比亚的《罗密欧与朱丽叶》是故事分类的模板，同时也属于"报应"类别。《冷山》既属于"美德终有回报"，也属于"远征"任务，不一而足。

每一个故事还可以包括它的对立面和介于两者之间的一切。例如，一轮远征，既可能非常成功（《魔戒》），也可能不太成功（《冷山》），或者像《白鲸》一样，既成功（大鲸死了）又失败（几乎所有人都死了）。在《辛德勒的名单》中，善良的胜利与周围的邪恶相比显得微不足道，但这正是重点。

这些例子里的大多数都是围绕观众的期待跳舞。例如，詹姆斯·邦德的小说（和电影）总是以邦德的胜利结束，这意味着"邪不胜正"（万岁！），但邦德有时是一个相当令人不快的角色，他多多少少会为达目的不择手段（嘘！给他喝倒彩）。然而，"相当邪恶的家伙（但站在我们这边，所以是件好事）战胜了极其邪恶的敌人"这个类别听起来就没那么好玩了。你懂我的意思吧？

从上面的例子中可以看出，这7种故事可以组成多种故事形式。关键是要想办法把这些熟悉的故事以意想不到的方式讲出来，把熟悉的食材混合成不熟悉的组合，创造出新的菜肴。

运用这7种基本故事

你的小说要使用这7种基本故事类型中的哪几种？如何进行组合？确定之后，你写起故事来就会更加清晰。每种故事都有惯例、要求、期待等等。你可以选择遵循故事的套路，也可以违背套路，或者运用某种故事的一部分套路，其余部分则另作处理。搞清楚你自己的故事类似这7种故事里的哪一种，会为你提供一条行进的路线，评估这条路线，你可以决定是到这条线路上来个短途周边游，或是干脆打造自己的全新路线。

你可以借助以下描述判断这7种故事的哪些方面有助于自己的写作。

对准阿喀琉斯之踵

这个故事的主人公需要有巨大的潜力。这可以表现为有特殊天赋、出众学术研究、非凡创造力、出色领导力，或者拥有特别善于激发他人情感的本领。要点在于，你的主人公有能力实现一些与众不同的事情，无论是发现治愈癌症之道，绘出一幅杰作，还是让他们的伴侣比以往任何时候都更幸福。

铺垫好主人公成就伟大事业的潜力（可能已经取得了一些成就），你必须揭示出可能妨碍这个人成功的性格缺陷。

你的书要讲述主人公如何在缺陷困扰之下，奋力实现自己的潜力。

请参考下面的主人公清单，每一条都暗示着不同的可能性。为简单起见，我们的描述非黑即白，但请记住，写作过程有着近乎无限丰富的灰度层次！

✓ 一名杰出的科学家，因为傲慢自大疏远了同事。你的故事可以考虑主人公的以下方面会受到什么影响：

- 她的事业
- 她和同事共同参与的项目
- 有可能从项目成功中获益的人
- 她的人际关系

所有这些情境（以及其他许多情境），都有变成故事的潜力。

✓ 一名已过巅峰期的拳王，他的自尊心不允许他拒绝挑战或输掉比赛，所以他在一场本来没必要参加的比赛中输得很惨。可以考虑这对主人公的以下方面可能产生什么影响：

- 他的健康
- 他的自尊心
- 他的人际关系
- 他的职业前景

✓ 一名美丽、有天赋的电影明星，无法面对自己正在变老的事实，毁灭性地迷恋上一个比她年轻得多的男子，而且她知道这人并不爱她。这一举动：

- 让她感觉年轻了？
- 让她感觉衰老了？
- 挽救了她的尊严？
- 推迟了不可避免的事情？
- 带给了她幸福？
- 让她陷入悲伤？

✓ 一名骁勇善战的将军，哪怕面对压倒性的败局也不肯承认，因为拒绝了撤退的机会，他的军队被歼灭。于是他：

- 承认自己犯错？
- 否认自己犯错？
- 更诚实地面对自己、同伴和家人？
- 成为了更优秀的战士？ 还是更蹩脚的战士？

✓ 丈夫深爱妻子，但无法保持忠贞，这毁掉了两人的关系：

- 这令他幸福还是悲伤？
- 这对他的妻子有什么影响？
- 这对他自己有什么影响？

这些主人公拥有一些共同的特点：

✓ 令人钦佩的天赋或品质
✓ 成就伟大的能力
✓ 可能会妨碍他们发挥潜力的性格缺陷

奖励灰姑娘的美德

"灰姑娘"故事中的主角拥有某些宝贵的东西，或是体现了一种品质、一套价值观，而其他人或主角所处的环境想将之夺走。

令人垂涎的物品也许是：

- ✓ 戒指、汽车、步枪或画作这样的财物。
- ✓ 天真、善良或自由精神等品质。
- ✓ 美妙的歌声、美丽的脸庞或天赐神力等身体特征。

对主人公来说，不管这东西是什么，失去它都是难以忍受的。通常，想要拿走它的人心怀恶意，但也不一定非得如此 —— 实际上，如果是因为爱而失去了什么，故事会更有趣。

在这里，主角的奖励不是获胜，而是他们坚持了自我。他们可能会赢，但这不是重点。关键是他们恪守了自己的信仰或立场。

陷入永恒的三角关系

在这种故事里，常常会产生两两之间的三组关系。无论每种关系多么短暂，它一定会在故事的某个时间点上隐隐若现。在某个时间点上，相互吸引往往会来回拉扯。也就是说，邪恶的精神变态者跟踪和恐吓某人的故事，也可以属于这一类 —— 我们反复说，传统的故事类型只是起点，并非限制。

"永恒的三角关系"故事中的紧张感，来自人物在各种可能性之间的挣扎，他们明白自己求而不得。不管是传统故事还是跟踪狂故事，这一点都是适用的。

当然，三角关系不一定只涉及人。主人公也可以在美好的工作（要求主人公必须常驻日本）和心爱的伴侣（对方除了法国哪儿也不能去）之间犹豫不决。

罗密欧和朱丽叶的永恒浪漫

这一定是所有故事中最古老、最常见的故事了。这个故事有最刻板的套路，因此，读者对它也有最多的例行期待。

利用读者对故事的熟悉。为读者带去惊喜，让他们爱上你，在这对恋人的爱情之路上设置意想不到的障碍，让他们经历尽可能多的波折和沮丧。

寻找圣杯

圣杯可以是拿在手里的具体之物，也可以是主角需要经历或发现的东西。

远征不一定非得是有益的，光荣的，或者有价值的；也不一定要惊天动地。[在电影《史崔特先生的故事》（*The Straight Story*）的真实旅程中，主人公想在死前修复与兄弟的关系。]

重要的是，圣杯和远征对主人公来说意义重大。（更多相关信息请参见第6章。）如果你的角色满脑子想的都是到某家咖啡馆喝杯咖啡，那么，这杯咖啡就是圣杯。

面对报应

来自过去的某件事或某个人回来困扰主角，任何这样的故事都可以称之为报应故事（Nemesis story）。

报应可以是任何东西：既可以是一桩惊天秘密，也可以是一件在当时没有多大意义的事件。它至少要和一个角色（比如主人公）有联系。重要的是，当你在讲述这个故事的时候，报应必须以一种与以往不同的新方式影响角色的生活。

正义战胜邪恶的见证

所有读者都认为自己知道这种故事里会发生什么。无论你把英雄埋到多深的地下，向她发射多少子弹，把她扔下多高的悬崖，读者都知道她并没有真正死去，而是会及时出现，拯救世界。骑兵队伍总是在最后一颗子弹用尽之前（而不是之后）赶到。

当然，正义并不是总能战胜邪恶——至少不是完全战胜。但一定要记住，如果你允许邪恶胜出，你的读者可能会感到失望、上当，甚至感觉受到了威胁。

让正义总体上获胜，但也让足够多的邪恶继续存在，是比较好也比较现实的妥协之道，这样一来，读者会知道还有工作要做。（"那个好人为了让我活下来而牺牲了。为了纪念他，我要清理这座城镇，我发誓，不把整个肮脏的老鼠窝都送进地狱，我绝不罢休！"聚集在一起的勇敢新公民们大声欢呼。全书结束。）

你要明白：每一个故事都有人讲述过

不成熟的诗人模仿；成熟的诗人窃取。

——T. S. 艾略特，诗人

许多写作者都担心，自己读的书会过分影响自己写的故事，使自己的故事不够原创。如果你是这样一个忧心忡忡的写作者，那么，请听我一言：别担心。

毫无疑问，你会受到所读书籍的影响。如果它们对你毫无影响，它们就不是好书。莎士比亚最精彩的故事，大多来自拉斐尔·霍林斯赫德（Raphael Holinshed）的编年史。

一个作家担心自己的故事是不是原创，就仿佛一个陶艺师担心黏土作为一种材料是不是原创一样。重要的不是你选择了什么，而是你做了选择之后如何运用。

要记住

毫无疑问，你的故事不是原创的。本章的内容正是想表达这一观点。

你可以决定写一个最老套、最陈腐、最俗气的故事：男孩遇见女孩、男孩失去女孩、男孩得到女孩。记住，你有两种选择：

✔ 你可以借鉴你上个星期读过的小说和其他你知道的老套故事，写一些类似的东西。

✔ 你也可以像优秀作家一样，从你所见、所闻、所读中汲取灵感，以此作为出发的跳板。

男孩遇见女孩。在哪里？在宇宙飞船里 —— 像《2001太空漫游》里那样的大飞船。他们要去哪里？他们不知道。男孩是个退役伤残飞行员，富二代，举止有点像……谁？《傲慢与偏见》里的达西先生？很好。看起来有点像你的朋友哈利，但兴许个头更高，更严肃，像詹姆斯·斯图尔特（James Stewart）。女孩是军火专家，不，是狙击手，在执行特殊任务。她是《古墓丽影》的主角劳拉·克劳馥，但由梅格·瑞恩（Meg Ryan）扮演 —— 更精灵古怪，背景更扑朔迷离。不，是劳拉·克劳馥，要像梅格·瑞恩那么精灵古怪，但长得像你六年级时喜欢的那个女孩。要长头发……

此处的要点，是从你能找到的任何地方"掠夺"需要的一切，把它们混合到一起。别犹豫，也别担心。扑上去，这么做很有趣。

关于剽窃，简单说两句

完全抄袭别人的作品并把它当作自己的作品来展示，这是一个非常糟糕的想法。它不光是偷懒，是不合法、不道德的，而且也愚蠢、没必要（而且肯定会被发现）。世界上有数以百万计的故事，数不清的事件、人物和地点组合。既然到处都有新故事等人挖掘，为什么要去抄袭别人呢？

你怎么判断什么是抄袭，什么不是呢？请运用你的常识。你不能写一本以中土世界为背景，关于霍比特人和会说话的树的书，但你可以写一种叫作巴蒂的奇怪的人，他们住在一个叫作瓜德里格的地方，那里鱼会走路，猪会抽烟。（说不定已经有人这么做了，但我想你明白我们的意思。）本书的核心思想是，你不需要抄袭别人的作品。

第6章

探索大概念

在本章中，你将了解到：

▶ 聚焦主题

▶ 找到你的目的

▶ 思考你的写作材料

▶ 注入重要性

▶ 总结成30秒的推销简报

你想在小说中表达什么？搞清楚这一点并不容易。有时候，作者是最后一个才搞明白的。本章将帮助你探索小说的主题，提炼出它的本质，在你向读者兜售自己的作品时，这是一项至关重要的技能。

寻找主题

从本质上讲，你的故事主题就是要回答如下问题："你的书在讲什么呢？"我们并不想要这样的回答："嗯，讲的是一个小伙子到伦敦去看他女朋友……"这是故事，而不是主题。主题是你在讲述故事时所探究的东西。大多数小说都不止一个主题，但你不妨列出一个主要主题，外加其他次要主题（这样会让你写起书来更容易）。表6-1列出了一些著名作品的主要及次要主题。

要记住

小说的主题，在不同读者眼里看来不一定都相同。由于个人经历或强烈的信念，能让人产生强烈共鸣的主题也有所不同。所以，有时你跟人谈论一本书时会听到对方说，"我认为这本书是关于奴隶制的，"而你心想，"当然，那是主题之一，但我认为它更多的是在强调家庭团结的重要性。"你们两个或许都是对的。

一部小说还有可能表面上是关于一件事，实际上是关于另一件事。例如，你可以把《傲慢与偏见》看作是对上流社会人士的有趣讽刺，直到你意识到，如果贝内特家的姑娘们不早早找个好人家结婚，她们要么成为家庭教师，要么只能去做仆人。因此，贝内特太太关注的事情，就从一个蠢女人向上爬的愿望，变成了对家庭福祉合理而明智的担忧。同样，石黑一雄的《长日将尽》（*The Remains of the Day*）既可以解读为一个人对自己处境的盲目无知，但也可以视为整个社会的寓言。这两重主题都说得通。主题可以并行不悖地运行在故事的不同层次上。

拥有一个主题，可以确保你的小说是关乎某些东西的。如果有人问，你的小说是关于什么的，你却只能回答，"呃，跟什么都没关系。"这很难吸引读者产生阅读的兴趣。倒不是说一本书的主题必须是一件惊天动地的大事。杰罗姆·K. 杰罗姆（Jerome K.Jerome）的《三人同舟》（*Three Men in a Boat*）的主题可以说成是"浪费时间"，但这本书既有趣又逗乐。所以，问问自己，你的主题是什么。

小建议

有一个方法很有用，那就是问自己，"在这个故事里，我在乎些什么，我希望读者在乎些什么？"你在乎的事情就是你的主题。

表6-1 主次主题

小说和作者	主要主题	次要主题
简·奥斯汀《傲慢与偏见》	19世纪的社会风俗	跨越社会界限的爱情

（续表）

小说和作者	主要主题	次要主题
希拉里·曼特尔（Hilary Mantel）《狼厅》（*Wolf Hall*）	权力	在压力下保持人性
兰诺·丝薇佛（Lionel Shriver）《凯文怎么了》（*Talk About Kevin*）	一位母亲挣扎着理解自己精神错乱的儿子	美国文化
石黑一雄的《长日将尽》	一个男人拒绝承认自己错了	错失的机会

检验你的前提

> 没有前提就写一个故事，就像划船不用桨。
>
> —— 詹姆斯·弗雷（James Frey），作家

　　前提（premise）是你写故事的原因。如果你愿意，前提也可以成为小说的目的（purpose）。你需要一个前提，因为有了前提，你才有一个故事。

　　问问你自己，你的书的前提是什么：你想通过故事表现些什么？故事结局与之前发生的事件有什么关系？前提是基于因果关系的。你有一个故事，在故事里，你的角色卷入冲突并得出某种结论；一些事情的发生，是因为其他事情的发生而导致的结果。

小建议

　　如果你不能从自己的故事里找到前提，我们强烈建议你整一个出来。一个没有前提的故事，就像一辆没有发动机的汽车。一辆没有发动机的汽车看起来仍然像一辆汽车，但它开不走。一个没有前提的故事通常看起来像个故事，实际上却并不是。真的，它不够格。

　　在非虚构类作品中，前提大多很容易看出来，有时只需要看标题就可以。一本书名为《恺撒大帝高卢战史》，那么它八九不离

十是讲述这方面内容的。你可以放心地假设，一如书名，这本书的目的是讲述恺撒大帝在高卢的战争，作者想要说服你相信他在书中所呈现的恺撒大帝的形象 —— 他是一个军事天才，一个幸运的冒牌货，或是作者所持有的任何观点。

身为非虚构类作品的读者，你会思考这个前提，对照你对这个主题的了解，对照其他人写过和说过的观点进行检验，而后选择接受或者拒绝作者的观点。

小说的前提或目的与非虚构作品有所不同。小说并不寻求证明所谓的普遍真理。例如，一本小说并不能让你相信杀人永远是错误的。一本小说只能告诉你，在小说中描述的情况下杀人是错误的。它只能力求说服你，放到其自身的条件下，故事是真实的。虚构出来的普遍真理很难找到。

假设你想以"所有的男人都是无情的猪"为前提写一部小说。你创造了一个角色，维克多，他的一生都在攫取他想要的一切，践踏任何挡他路的人。他无情地、漫不经心地追求别人，不需要了便随手抛弃。他没有任何可取之处。无论他走到哪里，他留下的都是大笔的债务、破碎的心和未能兑现的承诺。维克多是头无情的猪吗？毫无疑问。维克多的存在是否证明所有的男人都是无情的猪？当然不能。这部小说只证明你虚构的人物维克多是头猪。

让我们举个简单的例子。如果一个男人因为跟另一个男人的妻子发生婚外情，死于与后者的决斗当中，那么，这里的前提便是"爱上别人的妻子会要了你的命"。前提在故事中得到了满足。然而，如果还是这个男人，爱上了另一个男人的妻子，与她发生了婚外情，结果却在出差时被汽车撞死了。那么这里的前提 ……是什么呢？地球上存在汽车就是为了惩罚奸夫吗？这可行不通。你仍然可以讲述这个故事，但你需要一个不同的前提。

想一想"言之有物"

很多小说写出来，其实什么都没有讲。它们大多有一些好的想法，或许很有趣，写得很好，里面有有意思的东西，但它们仍然缺了点什么。这就像真正的营养品和垃圾食品之间的区别：垃圾食品可以填饱你的肚子，有时味道也挺好，但它并不是一顿像样的饭。

一本真正有意义的小说可以改变你看待世界的方式，改变你思考的方式，甚至改变你的生活。

听起来有点严肃？当然。诸多言之有物的小说都很严肃，但也有很多不那么严肃。你的小说是否严肃并不重要，关键在于你必须清楚你的意图是什么（如果你的确有意图的话）：你想要向读者传达什么，整个故事的要旨是什么，以及你希望读者读完后产生什么样的思考。

问问你自己：

✔ 为什么我的小说很重要？
✔ 它的要旨是什么？

好书成千上万，你需要想清楚，为什么人们要读你的书。

小说必须有所表达，否则就毫无意义。它们需要"言之有物"。

事关紧要

有多少次，你把书读到一半、电影看到一半就放下了，你想：

"我真的不怎么在乎这些人物。"其实规则很简单：事关紧要。无论你的故事是什么，如果它对人物无关紧要，那么它对读者来说也不重要。

有两种事情，我们喜欢说它们很"紧要"：

- ✓ **外部威胁**：这类"紧要"，源自人物处于明显的威胁之下。如果他们将要失去生命、家园、生计或最好的朋友，显然这至关重要 —— 对任何人都很重要。
- ✓ **内在意义**：这类"紧要"更加微妙，这往往也是为什么明明没有什么大事发生，故事也能奏效的原因。

  例如，一个相当霸道的姑妈来看你，可能不是件大不了的事情，但对幽默作家 P.G. 伍德豪斯（P.G. Wodehouse）笔下的贝尔蒂·伍斯特来说，他的姑妈阿加莎（"皮肤外边罩着一层带刺的铁丝网"）的来访完全是一场灾难。姑妈对他来说事关重大，某种程度上，这让读者同情他的处境。

  假设你正在写一篇关于一位老人的故事，他孑然一身，因为病得很重而被困在家里，他只想临死之前再去一次海边，哪怕这样会要了他的命，他也在所不惜。坦率地说，就算他去了海边，也不会发生什么了不起的大事。然而，如果去海边是他的执念，如果这对他来说比再多活一个月更重要，如果他也没有什么可失去的了，读者就会感同身受，为他鼓劲加油。

无论是哪种情形，无论事情有多么琐碎，只要对故事人物有意义，读者就会在乎。

也可以反过来想一想。如果一个人即将失去一栋房子，这听起来很重要。但如果他有七栋房子呢？那就没什么要紧了。也许这栋房子是他出生和长大的地方呢？嗯，很重要。但他已经离开那里20多年了，金钱和成功早就侵蚀了他，那些曾对他很重要的东西，他已经忘记了。那就没什么重要了吧？啊，但他青梅竹马的恋人现在正住在那里，她代表了他功成名就、变成怪物之前的样子，所以也许这件事仍然很重要。

解释你的概念

新手编剧在努力完成剧本的时候，老手常常甩给他们这样的场景：

你写了一个剧本。它非常精彩，你对此深信不疑。它既有趣又伤感，还很刺激，其中有一个角色，连影星布拉德·皮特都想演。但无论你多么努力，似乎都找不到一个有影响力的人来认真看看它。你知道，只要能找到人读一读，他们一定会喜欢，但你一个人都找不到。你又花了一整天的时间向好莱坞的经纪公司兜售剧本，但毫无进展。你简直受够了。

你决定犒劳一下自己。你走进一家非常著名的酒店，想到15楼的旋转餐厅喝点饮料恢复体力。你进了电梯。

电梯里还有一个人。你意识到，站在你身边的，是一位著名电影导演。你之前看过报纸，知道他正在找一个新项目。大导演看着你，微笑着，暗示他今天心情挺愉快，接着按下了通往旋转餐厅那一层楼的按钮。

你意识到，在搭乘电梯到餐厅的这段时间里，大导演无所事事，他的注意力也没有被谁分走。楼层很高，电梯上升速度又慢。

你有大约30秒的时间来说服大导演，你手里的剧本正是他要找的东西。

你会说些什么？

现在，把你自己放到那个位置上。你有30秒的时间说服出版商读你的书。你说，"请读一下我的小说吧。"出版商看着你，表情就像她已经听过这句话1000次，她一辈子都在读小说，她对这一切已经厌倦至极。但是，当你凝视她的眼睛，你仍然能看到一缕微弱的希望，那就是：她希望自己读的下一部小说是她多年来一直在等的那部，它能改变人们的思维方式，能帮她在塞舌尔买下一座岛屿。"好吧，"她说，"我很忙，还有几十个人拜托我读他们的小说呢，但我会考虑看看你的。你的小说是讲什么的？"

"呃……讲了很多。"

出版商失望地往椅子里一靠。"没错，"她说，"人人都这么说。我敢肯定，如果我读完全部400页，我会喜欢它的。就像我今天要读的其他小说一样。很遗憾，我没有时间读它们。你的小说总得有一些特别之处，才能超越其他所有作品。你的小说，到底有什么特别的地方？"

"我……"

"我只剩下20秒听你说话了。"

"我……"

"现在只有10秒了。来吧，继续说服我吧。为什么我要读你的小说而不是其他人的小说。"

努力想一想，像童子军那样起劲地想！做好准备。找到一种方法，在30秒内说明为什么普通读者或全能的出版商应该花钱买下你的小说，从他们短暂的生命中抽出时间读它。

这项练习，对任何虚构作品的写作者来说都非常有用（不管你是编剧、小说家、广播剧作家，都可以）。它很重要，倒不是因为有一天你可能会跟出版商困在同一部电梯里。它的重要性在于，如果你无法回答这个问题，你就还没有用尽全力写到最好。

推销自己

小建议

在30秒内解释你的小说，方法之一是进行电影界所谓的"高概念推销"（high-concept pitch），这包括列举出一些无需进一步解释的参照点。编剧可能会这样说："想象一下，《李尔王》的故事发生在得克萨斯州的一家石油公司，而且董事长和他的副手都是外星人。"或者，"这是《大白鲨》与《夺宝奇兵》的结合，只不过，这一回是一群戴着眼镜的红发书呆子小孩要阻止外星鲨鱼统治世界。"他还可以说，"这是一所少管所里发生的《麦克白》故事。"

你懂了吧，这种方法对小说家也很有用：

✔ 想象一下马丁·艾米斯（Martin Amis）[①]写《战争与和平》，背景设定在1000年后的未来。

✔ 这就好像 J.K. 罗琳写的《蝇王》（*Lord of the Flies*）[②]，故事背景设定在1977年的伦敦，搞笑版的。

这个练习很有用（也很有趣）。在你自己的作品里试试看。它会让你知道什么是重要的。

深入挖掘

如果你不知道为什么自己的小说与众不同且值得一读，你需

---

① 马丁·艾米斯（Martin Amis）是英国当代著名作家，素有英国"文坛教父"之称，与伊恩·麦克尤恩（Ian McEwan）、朱利安·巴恩斯（Julian Barnes）并称英国"文坛三巨头"。

② 《蝇王》是英国小说家威廉·戈尔丁（William Golding）发表于1954年的寓言体长篇小说，讲述一群儿童被困荒岛，在完全没有成人的引导下，如何将荒岛从乐园变成互相残杀的屠场。该书借孩童的行为探讨了人性之恶这一严肃的哲学命题。

要坐下来，看看窗外，好好想想。

首先问自己一个关键问题：小说的核心是什么？你的小说充满了各种有趣的人物、事件和主题。毋庸置疑，它们都彼此相关，都很重要。

但要挖掘得更深入一些，就要审视小说各元素之间的关系，就好比审视各个骨头与一副骨架之间的关系。你的故事的各个部分需要相互关联，一如你的脊柱和肋骨之间相互关联 —— 它们在内容上有着类似的地方，它们都是必要的。不同的是，取掉一根肋骨，身体还能够继续运转。可要是取掉脊椎，身体就变成了一摊散骨头。

那么，你小说中的哪些内容是支撑整个故事的关键部位，一旦缺少了这个部位，其他内容就会变成一堆互不相关的东西呢？

如果你知道答案，很好。如果你凝视窗外很长一段时间却仍然不知道，也别担心：现在你还在规划和早期写作阶段呢。但最终，你需要知道自己的小说讲的是什么，现在多想想，没有坏处。

第7章

构建故事

在本章中，你将了解到：

▶ 以一声巨响开始

▶ 三幕结构

▶ 控制故事节奏

▶ 制造动作和紧张感

▶ 跟踪你的行动

讲故事不仅仅是从头开始，一马平川地讲到结束。恰当地讲述一个故事，意味着赋予它节奏（保证它的情节巧妙地前进）和对比（保证它不是通篇只有一个单调的音符，要把悲剧与幽默混合到一起，加快动作，提升强度，然后再慢下来，如此等等）。有一个很有效的方法：你可以把故事想象成一条弧线，在弧线的特定位置，你要确保发生了某些事情。例如，你需要一个吸引人的开头，你需要设置情境，你需要快速进入故事的特定关键点。本章将帮助你达成这些目标。

讲故事的人是在与读者共舞，双方都心怀期待，各有盘算。所以，务必玩好这场游戏。

开场要开好

> 我们要一个故事刚开始就来一场地震，之后逐步发展，进入高潮。
>
> —— 塞缪尔·戈德温（Samuel Goldwyn），电影制片人

从写作者的角度来看，戈德温的这句名言，既是最好的建议，也是最坏的建议。好的一面是，它提醒你从故事的第一行开始就要吸引读者的注意力。坏的一面是，这意味着门槛高得叫人难以置信：如果你以地震开始，要如何才能避免此后的一切都令人扫兴？大多数关于地震的故事都把地震放在末尾，这样更容易。

假设你决定要写一场地震，我们建议你从地震的理念着手，而不是直接描写发生了地震。如果你的故事一开始就是一场天摇地晃的地震，充满了受害者的尖叫和倒塌的建筑物，那你就是在给自己找别扭。你可以从地震即将到来的线索开始铺陈：早期的微小晃动；地质学家的报告；有个算命的疯子说天要塌下来了。[如果你读过罗伯特·哈里斯（Robert Harris）的小说《庞贝》（*Pompeii*），想必你能辨认出这个故事。] 如果你的故事是关于一段关系的破裂，你也可以尽早让读者知道，这段看起来很牢固的关系，其实内部早有缝隙。当然，不是所有的结局都需要预埋伏笔，但可以把它想象成一段通向高潮的漫长旅程。

如果你决定在小说的开头来一场地震，我们有一个建议。你可以选择在结束的时候写一场更大的地震。这很棘手，因为你的风险很大，有可能让其中一场地震失去吸引力。不管怎么说，这个主意还不错。或者，你可以换一种完全不同的方式，把地震作为故事发展的推动力：社会遭到地震的摧毁，接下来会发生些什么？

内维尔·舒特（Nevil Shute）的《海滩上》（*On the Beach*，国内出版时译作《世界就是这样结束的》）就是一个例子。这部小说不是以地震开头，它的开头更糟糕，人们要迎接的是一场核战争。世界末日即将到来，我们现在该怎么办？这本书不是关于核战争本身，而是关于战争的后果。这本书的高潮来自情感，而非实体。如果你对这类故事感兴趣，可以读一读《海滩上》，看看它是怎么做的。

你的第一句话必须让读者有兴趣读第二句话，你的第一段必须让读者有兴趣读下一段，你的第一页必须让读者有兴趣翻到下一页。依此类推。要让链条环环相扣。

第一段要满足的需求

第一段当然要精彩绝伦、无比刺激、超级完美，但我们先实际一点，第一段需要做四件事：

- ✔ 抓住读者的注意力。
- ✔ 为故事定下基调。
- ✔ 提供信息。
- ✔ 读者想要往下读。

第一段不需要：

- ✔ 做了一大堆描述，却什么都没发生。
- ✔ 不起作用的诡计或意外。
- ✔ 困惑感。

你的第一段非常重要，值得为它多花些时间。你的开头段落是这本书的名片，既可以说服读者，也可能劝阻读者。你必须尽力做到最好。

关键之处在于提供一个读者想要体验的世界。当然，并不是所有的体验和世界都符合每个读者的口味。不是每个人都喜欢同样的东西。但要专注于建立一些有趣的情节，读者自然想进一步了解下去。

了解读者想要些什么

想象一位购买你小说的潜在读者。他站在机场里，准备踏上一场飞越大西洋的旅程，他突然意识到：自己马上要飞整整10个小时，却没有什么可读的东西。他冲到卖书刊的店里，但没有看到朋友推荐的书，而且，他对到处登广告的热门畅销书也不感兴趣。他想买些新东西，发掘新鲜的阅读乐趣。那么，他会怎么做呢？他所做的，和所有书店里的所有读者一模一样，只是在机场动作要稍微快一点。面对满书架的书，典型的购书者会遵循以下步骤：

1. 他们拿起一本离自己最近、书名有趣或者封面好看的书。

听起来很肤浅？但想想看：你上一次拿起一本封面无聊、书名乏味的书是在什么时候？

2. 他们把书翻过来，扫一眼封底的推介语。

如果他们认识推荐人，也可能会看看推介语。

3. 他们翻开封面，阅读第一段。

接着，他们往往会把书放回原处，拿起另一本。整个过程大约需要30秒。对于一本可能写了几年时间的书来说，这样的"试镜"可真不怎么样。

大多数人买一本书，是因为第一段的某些东西吸引了他们，让他们想读下去。这种东西叫作"钩子"。钩子可以是很多东西——一个杀手的第一句话，一种古怪的情境，一些有趣的事情。总而言之，它就像钩住你衣服的挂钩一样，攫取了你的注意力。它阻止你把书放下，拿起下一本。它会让你想，"啊，这本书挺适合我，我会喜欢的。"钩子是人们买书的原因：说到底，也是你买书的原因。

所以，看看你小说的第一页都写了些什么。先别管后面那300页优美的文字。你当然需要它们，但在这个阶段，它们不重要。如果第一段（实际上也包括第二段和第三段）没法勾起人们的买书欲望，那就没人会去读那些写得漂亮的部分。你的开头可能写得真的很用心，但它能不能吸引那些只会快速浏览30秒的人呢？

选择你的钩子：人物、事件、时间、地点、原因的取与舍

小建议

有志于成为记者的人经常听到，新闻报道的第一段需要包含人物、事件、时间、地点和原因等信息。这个建议对记者来说可能是正确的，也是有用的，但作为小说家，你需要用不同的方法来处理事情。你可以把故事的所有信息都透露给读者，也可以把大部分信息隐藏到最后，也可以在故事的整个过程中分批呈现，或是采取任意组合方法。关键在于，对小说家来说，信息就是力量。想想侦探小说（比如阿加莎·克里斯蒂的小说）。如果你在第3页透露了凶手的名字，这就违背了侦探小说揭晓凶手身份的悬念规则。同样，如果你提供的信息太少，读者就没有机会猜出凶手的身份，进而对情节失去兴趣。你需要创造一种平衡，如果你做得好，信息的提供和保留就会成为吸引读者进入故事的钩子。

下面将解释如何利用和操纵人物、事件、时间、地点和原因等细节来创造引人入胜的钩子。

省略信息

提供足够的信息来吸引读者，同时省略关键部分，这会让读者想要揭开整个画面。当然，你所提供的信息必须足够有趣，才能让读者有兴趣继续读下去。

警告！

"躲猫猫"游戏别玩太久，读者很快就会觉得自己受到了愚弄。不过，在进入故事之前，第一段做出些承诺，它就会发挥作用。

以一个非常简单的开头为例，"潮水退去，沙滩上露出一个躺着不动的人。他已经死了一个多小时了。"这个开头告诉你一部分事件（一个不知名的人），一部分地点（在某处海滩上），以及一部分时间（假设你的故事发生在当下，那么它告诉你这人已经在那里一个小时了）。它不会告诉你他是谁（某个重要人物？），也不会透露更重要的信息，比如他为什么在那里（被人杀死的？淹死的？病死的？）。你要达到的效果，是让读者想知道发生了什么。

接下来的句子需要根据这个钩子展开。"尸检结果确定他的肺是干燥的。他落水之前已经死亡。一把珍珠柄铅笔刀插在他的第六根和第七根肋骨之间，右脸颊和太阳穴有一处青色的瘀伤。这些伤都不是他的死因。"细节吸引了读者。谁会用铅笔刀扎人？肯定不是职业杀手。谁打了他？为什么？到底是什么导致了他的死？

有些故事集中在五种可能性（何人、何事、何时、何地、为什么）中的一种上。比如卡洛斯·富恩特斯（Carlos Fuentes）的《老外国佬》（*The Old Gringo*）的开头："此刻她独自坐着回忆。她一遍又一遍地看到托马斯·阿罗约的幽灵、月亮脸的女人和老外国佬穿过她的窗户。但他们不是鬼。他们只是简单地动员了自己的过去，希望她也能这样做，加入他们。"你马上就会好奇"她"是谁。用正常语言表达的超自然暗示钩住了你，同时唤起了"何事"和"为什么"的问题。

这类开头的目的是让读者好奇"这里到底发生了什么"，从而购买本书来寻找答案。你需要把读者觉得刺激、有趣或神秘的信息加进去，并且/或者隐去让读者觉得"哦，原来是这样""是的，我懂了"的信息，否则读者就会转头去翻书架上的下一本书。

用古怪的方式开始

史蒂文·谢里尔（Steven Sherrill）的《牛头怪抽根烟休息》（*The Minotaur Takes a Cigarette Break*）的前几句，把离奇的

主题用不动声色的叙事结合了起来:"牛头怪坐在一口酸黄瓜空桶上,通过牛一般的鼻孔里往外吐着烟雾。他坐的地方离格里布牛排馆厨房的垃圾箱挺近,他一边抽烟,一边看着洗碗工乔乔在三级台阶下裂了口的狭窄沥青路面上跳舞……"

显然,文本里直接把"何人"告诉了读者,但这只会让他们更大声地追问"何事"的问题。"等一下!牛头怪?希腊神话里忒修斯杀掉的那个牛头人?坐在泡菜桶上抽烟?这到底是怎么回事?"

突出细节

你不需要刻意表现得古怪;你可以创造一个非常普通的场景,但用不协调的细节破坏它。

詹姆斯·米克 (James Meek) 的《人民爱情法案》(*The People's Act of Love*) 是这样开头的:"基里尔·伊万诺维奇·萨马林12岁,还要过很多年,他才能从女孩书包里课本和香水的味道中闻出清晰的炸药气味,他要叔叔给他改个名字。他不想再做'伊万诺维奇'了。"

一个看似普通的男孩想要改名(这有点少见,但算不上独一无二),可突然之间,他成了一个能分辨出炸药气味的人——而且是从女孩书包这样一个不太可能出现炸药的地方。砰!读者上钩了。

给出大部分信息,但又不给全

戴维·洛奇 (David Lodge) 的小说《作者,作者》(*Author, Author*) 是这样开头的:"伦敦。1915年12月。在切尔西的夏纳步道卡莱尔大厦21号公寓主卧里(这是地产中介最合适不过的叫法了),这位杰出的作家正在慢慢死去——虽然缓慢,但肯定会死。在不到两百英里外的佛兰德斯,其他人死得更快、更痛苦、更可怜——他们大多是年轻人,生命还没真正开始,空白的页面就永远填不满了。"

在这里，你得到了"何人"（亨利·詹姆斯，即"杰出作家"）、"何事"（两件事：一个垂死之人，以及一处战场）、"何时"（1915年12月）和"何地"（伦敦和佛兰德斯）。你不知道的是"为什么"。为什么作者要告诉我们这起死亡时间，他又为什么要把佛兰德斯战场上的死亡与之相提并论？

文章呼应了垂死作家亨利·詹姆斯的作品，它故意提到了"空白的页面"。这一段话很有趣，钩子下得很微妙。死亡通常很有意思。对战争做并行描述很有意思。以写作为主题写文章很有意思。所有这一切在第一段就提了出来，它在简短的篇幅里提供了大量信息。但读者仍然不知道为什么，想知道"这到底是怎么回事"，进而继续往下读。

放置钩子

你的第一段需要一个钩子。你可以尝试在第一句话就抓住读者，又或者在整个第一段中逐渐构建它。下面的部分将依次讨论各个位置。

追求快速上钩

很多作家都会犯"用力过猛"的错误，尤其是在写第一句话的时候。安东尼·伯吉斯（Anthony Burgess）在《世俗的权力》（*Earthly Powers*）中对此做了戏仿，他写道："那是我81岁生日的下午，我和我的美少年躺在床上，阿里宣布大主教来见我了。"面对这样的第一句话，读者很可能会想，"天哪，太用力了"，然后就接着继续看下去。（几行之后，伯吉斯透露，叙述者是一名作家，这是他想的笑话。去读一读，看看你是否觉得它奏效。）

以下两个例子都是小说的第一句话，非常精彩：

✔ "凡是有钱的单身汉，总想娶位太太，这已经成了一条举世公认的真理。"简·奥斯汀的《傲慢与偏见》一开头就展现出了许多读者都喜欢的讽刺味，而且，它的优点是直接引出了书中的一个主题。它还引发了读者的反应："我不同意""没错，正是如此"或者"这个想法挺有趣"。所有这些反应都有可能让读者继续读下去。

✔ "四月间，天气寒冷晴朗，钟敲了十三下。"乔治·奥威尔在《一九八四》的第一行里写下了一句近乎完美的钩子。这句话的魔力来自它的平平无奇，读者几乎已经要看到下一行，接着突然想到："且慢！钟敲了十三下？"

第一句就留下一个真正有效的钩子很难。如果你能做到，很好。如果做不到，也可以把注意力集中在它后面的几句话上。

在第一段放置更大的钩子

在第一段，最有效的"钩子"是把寻常情境与一件不寻常的事情结合起来：时钟敲响不可能的数字；神话中的怪兽在餐厅外抽烟。这两个例子都是熟悉与陌生的碰撞。正如前一小节"选择你的钩子：人物、事件、时间、地点、原因的取与舍"所示，你可以从多种元素组合中选择一种，写出钩住读者的第一段。

检查你的第一段，看看有没有能让读者觉得奇怪、不协调或有趣的地方。如果没有，你可能需要重新构思。

和大多数的写作"专家"一样，我们建议，不要对小说所处的地理环境做冗长的介绍，除非这个地方本身很有趣。如果角色在浮冰上，在一艘下沉的船上，或者骑在一条15米长的龙背上，你大概希望把这些事实放在第一段里当钩子。然而，用三页纸详细描述山坡上的花朵，不管这些花有多美，都太考验多数读者的耐心了。著名编剧埃尔莫·伦纳德（Elmore Leonard）说过，"不要描述背景"，他的话通常值得一听。

接下来，试着让你的第一段生动起来。最简单的方法就是确保开头段落有人物出现，避免直接描述没有人物的风景。如果你描述的是一座即将决堤的大坝，这很好，但你一定要让读者立即知道，有人就在大坝前面，要不然，这就只是纯粹的描述。

构建三幕式结构

一般来说，小说的开头部分（通常称为情节交代）占全书长度的25％，向读者介绍所有元素。中间（构建部分）让一切都变得更加复杂，并铺垫高潮，约占50％。结尾（高潮和结局）使故事发挥到顶点，通常出现在最后的25％。

你也许听说过所谓的"三的法则"（the rule of three）。即使你没听说过这个名字，你也听人用过它。笑话里通常有三个人：一个英吉利人，一个爱尔兰人，一个苏格兰人……人们爱说"事不过三"。如果你听政客们发表事先准备好的演讲，他们通常会把稿子分成三个部分。恺撒大帝的"我来，我见，我征服"就是一个例子。只要你意识到这个规律的存在，你在哪儿都会看到它的身影。

"三的法则"同样适用于写作。大多数戏剧都分为三幕，这种结构对你的小说很有帮助。

一出戏中每一幕的长度大致相等，不过第二幕总是最长的，而且每幕都有特定目的。一般来说，第一幕铺垫，第二幕发展，第三幕收尾。它看起来似乎太理所当然了，但这确实是最合理的做法。（不先介绍情节，你没法发展！）这种结构也有助于推进的速度。如果每一幕都是一个小时，而前两幕你都用来介绍各种内容，那就必须在剩下的一个小时里飞快地把所有事情发展、交代完毕。

这也适用于小说写作。故此，在小说第一幕结束时，你需要介绍故事的主要主题和焦点，以及所有的主要人物。（我们说的介绍，指的是让读者意识到他们。一个主要角色可以不在舞台上，但应该在书里有存在感，哪怕只是通过"缺席"来产生影响。）

到第二幕结束时，你应该把一切都安排好，准备好飞快地冲向书的结尾。如果你还在花大量时间向读者解释发生了什么，那么，这部小说很可能失去了平衡。

第三幕将一切推向高潮，（有时）紧随其后的是简短的结局，它可以短得让人几乎看不出来！

你还可以在每一幕的末尾设置暂停状态，就像戏剧中的间歇一样。虽然故事并未停止，但它发展到了一个可以让人物停下来歇口气的阶段。

设置光与影

有了光与影，就会产生对比和多样性，你的故事不能只有一个音符。改变故事的呈现方式非常重要。简单地说，人们喜欢变化多端。

听听说书人是怎么给孩子们讲鬼故事的。说书人的声音一开始是正常的，随着故事渐入佳境，他会放慢语速，变得低沉，等鬼出现的时候，语速加快，嗓音提高。电影创作者也是如此，你写小说也要遵循同样的原则。

要了解对比和多样性怎样帮助你讲故事，鬼故事是好帮手。就在鬼出现之前，烛台倒下来，把人吓了一跳，接着他看到一只猫跑过，松了一口气。"呼，原来是猫呀。"那个人说。观众也松了口气，大家都松懈下来。这时候，鬼出现了。正处在放松状态下毫无戒备的观众会原地起跳，大叫起来，因为他们放下了戒心。

要记住

在冲击到来之前，让观众放松，这样冲击效果会显得更大。同样，每个演员都知道，让悲剧感最强烈的方法，是在悲剧发生之前让观众发笑。改变你写作的节奏和语气，加快或放慢，使情绪变明亮或变黯淡，是讲故事的一个关键。

那么，你要怎么做呢？从字面意义上来说，改变节奏很容易：人们一直狂奔不止，对着彼此大喊大叫，接着停下来。他们深吸一口气，轻声交谈。更一般地说，场景可以变得更长，角色说话可以用更长的句子，做事情可以花更长时间。你可以用更长的篇幅向读者展示新东西。所有这些都在向读者表明，事情进展慢了下来。

改变语气也相当简单。如果你的小说充满笑话，那就加入一些严肃的东西。如果一直轻松愉快，那就把它变得黯淡沉重一些。（让一些不愉快的事情发生在某个角色身上，或者给角色带去一些坏消息，让他没法等闲视之。让角色的生活受到干扰。）如果英雄在故事的大部分时间里都在开枪射击，那就给他们来一个爱情场景，如果他们被人追着跑，那就让他们在一个完全不同于追逐场面的环境里喘口气，诸如此类。（是的，聪明的你已经看出：节奏和氛围密切相关！）

你要追求对比效果，所以，要突出某样东西，就得在它周围布置不同类型的背景。

如果你读到一个男人因为在高速公路上喝醉酒而被车撞了，你可能会感到震惊，但不会有那种出乎意料的惊讶。换一种方式来说，如果你读到一个男人坐在花园里的游泳池边上朝着他的孩子们笑，突然，一辆汽车飞过树篱撞到了他，你的震惊程度会大大增加。当然，部分原因在于这实在出乎意料——你料不到汽车会撞进人们的花园里，但更重要的是，你受到一种安全感的蒙蔽，但没过多久，这种安全感就被粗暴地撕裂了。去看看电影《性感野兽》（*Sexy Beast*）的前几分钟，你会发现这一招效果很好。

在小说里勾勒光与影，是一种纯粹的实用需求。你不希望你的故事，甚至哪怕其中的一幕，都只有一种调子。你需要变化多端。如果一切都是尖叫或低语，读者很快就会觉得乏味。你需要把各种事情混杂到一起：让场面生动起来，把音量调大接着再调低，让主题严肃起来然后再放松，要不就是引入不同的角色。时不时地给读者一些新鲜的东西看。

调整节奏

简单地说，调整节奏就是加快和放慢。节奏调整适用于单个场景、角色、人物关系、故事的主基调，以及几乎所有内容。

想要控制节奏，请把自己想象成小说读者，并考虑三个问题：

✓ 目前正在发生什么事？（餐桌上的谈话已经快结束了吗？）

✓ 发生的事情持续时间够长了吗？（这两个少年之间的关系，你现在已经看够了吗？）

✓ 如果想把现在正在发生的事情换掉，换成什么事情最好？你现在已经知道，通常，你会想把一件很不一样的事情放到这个位置上。但如果故事已经吵吵嚷嚷很长时间了，你可能放一个只有一两个角色的安静场景就行了。

记住，小说的开头要有能吸引读者兴趣的东西。接下来，你通过一连串"前进两步，后退一步"的动作，维持读者的兴趣。关键是让读者"上钩"，就像渔夫钓鲑鱼一样。如果你把故事编织得太紧，线会绷断，你就会失去读者。同样地，如果你把线放得太松，读者也会溜走。你需要不停改变节奏，让它松紧适度。

你需要人们静静坐着说话的场景，也需要人们跑来跑去的场景。在某些场景下，重要的事情需要做出决定，在一些家庭场景中，角色可以松懈下来，放下戒备。你需要一些揭示事物的场景，也需要其他隐藏事物的场景。

要重视对比。如果你想加快速度，不妨先来一个较为舒缓的场景。如果故事即将变得激动人心，你是否想先用一个平静的场景来加强对比？如果你正在堆积紧张情绪，是不是也应该做一些缓解，以防止一切变得太过紧张？

把握小说的脉搏

来到不熟悉的地方，你会看地图寻找方向；出于同样的道理，定期检查你的小说，确保它按预定计划推进，随时进行必要调整，这很重要。接下来的部分提供了一些工具，它们基于本章中讨论的元素，可以让你评估小说的进展。

跟踪故事进展

宽泛地说，一个故事应该随着发展变得更深入、更广阔、更复杂，更能牢牢地吸引读者。如果你的第一章发生了地震，而在接下来的故事里角色们整天躺在病床上，你就得努力让读者对这些角色保持兴趣。

一般来说，确保你的故事在推进过程中经历以下流程：

- ✔ 以简短的，有爆发力的动作开始，吸引读者的注意力。
- ✔ 稍微冷静下来，以便有时间来营造氛围。（詹姆斯·邦德就是一个好例子。他的故事总是有一个疯狂的开头，接着邦德回到伦敦，听取自己的下一个任务。这就留出了时间，铺垫背景，讲讲幽默段子，提供相关信息。）你可以利用这段时间来填充背景故事，向读者说明故事中的重要关系，等等。不过，要小心：不要只是把信息倾倒给读者。尽量有技巧地展示，而不要解释，也就是说，不要把事情讲得一览无余。如果你向读者展示了一段关系的开始，你可以在故事后面的事件中发展它。

✔ 随着故事的进展，逐渐增加强度。

✔ 通过一连串的前冲和回撤来保持张力，但千万不要让势头移回到起点。

✔ 结束最后一章或几章时，要使之成为前文发生的一切的高潮和顶峰。说最后一章是高潮，因为它汇集了之前发生的一切；说它是顶峰，因为情感和行动都达到了最高值。

换句话说：吸引读者的注意力，告诉他们发生了什么，通过保持不断上升的紧张感吸引他们的注意力，之后给他们一个结尾，总结之前发生的一切。

这个简单而基本的模板适用于任何故事。

绘制图表

在本章的开头，我们说过可以把故事看作一条弧线。运用这一概念有一个行之有效的方法：找一些坐标纸，画出弧线。（别担心，我们这里不谈数学！）这一部分讨论你要绘制些什么，怎样绘制。

在写作过程的开始和结束关头，为你的小说绘制一幅行动图表（graph of action）是非常有用的：

✔ 写作开始时，行动图表就相当于用图表的形式来陈述你的意图："我打算这么做，用图表的形式看是这样。"它很有效，也能帮你做好规划。

✔ 写作结束时，重新绘制行动图表，以核对你是否完成了起初打算做的事情。

假设你要写20章。你将图表页面划分为20个部分，并为每一章做一个记号，代表故事的相对行动程度：标记越高，该章中的行动越多。最终的图表需要表现出多样性，这样故事就不会都集中在一种音符上，它应该呈现出整体上升的趋势 —— 不能从地震开始，接着下降到什么都不发生。

你可以用同样的方式绘制复杂度图表（graph of complication），以体现故事的曲折和纠葛。有一种复杂度图表着眼于新角色，还有一种着眼于新的人物关系，等等。

还有一种困难度图表（graph of difficulty），恰如其名，它就是主人公前进道路上的障碍数量和程度。

绘制这样的图表很有用，因为它能帮你更好地了解自己的小说，带给你全局视角。你甚至可以把它们都映射到同一张图表上以便比较。

一般来说，行动、复杂度和难度图表，都应该随着小说的推进而曲线上升。

找些坐标纸，动手画些图吧。记录下你打算怎样吸引读者的注意力，由此开始画下去。完成图表绘制工作后，把它钉到显眼的地方，方便随时查看。如有必要，保持更新。

给场景评分

这个练习可以帮助你了解小说在对比、氛围、节奏等方面的表现，确保每个场景完成预期任务。

把你给小说记的日志拿出来（关于写作日志的更多信息，请参见第14章），或者拿一册新的笔记本，动手写吧。

1. 把你故事中的所有场景按顺序列出来，编号以便参考。

比较好的方法是将第一章的第一场编号为1/1，第二场是1/2；第二章的第一场为2/1，第二场为2/2，依此类推。

2. 根据"速度"和"轻重"两项指标，用10分制给每个场景评分：速度指的是故事中事件发展的快慢程度，轻重既指复杂度，也指紧张度和强烈程度。把两项评分加起来。

一个充满动作和紧张感的场景，可能在速度上得9分，轻重上得9分，总共为18分。一个动作较少但紧张程度相同的场景，可能速度上得4分，轻重上得9分，总共为13分。

这一评分显然是主观的、粗糙的，但要对自己尽量诚实。

3.利用这一评分帮你看清楚哪些地方需要加快，哪些地方需要放慢。

从节奏方面来看，场景总分越高，就越重要。

你的评分告诉你什么地方需要让行动停下来，什么地方需要再次增加紧张感。评分还会告诉你，故事弧线是否呈总体上升趋势，这也是你应该追求的目标。

显然，这些数字的高低，取决于你所写小说的类型，所以没有绝对的规律可言。然而，你可以做出一些总体上的判断。如果一个场景总分低于10，请仔细审视。

如果一个场景没有推动故事的发展，也不能调动读者的兴趣，那么它就应写得非常短（甚至干脆不需要）。按照我们的标准，任何一个场景的评分低于10，都是节奏缓慢且无关紧要的。你能让它变得更快、更短或更有趣吗？（最好是三管齐下！）

值得反复提醒的是，我们这里讨论的不仅仅是惊悚小说。简·奥斯汀的故事发展得相当缓慢，这是她有意为之；但她的故事里总有很多事件发生，而且一直存在紧张感。这部小说的速度并不快（虽然就故事而言，它确实在加快速度），但紧张感很早就存在。在《傲慢与偏见》中，读者发现贝内特先生只有女儿，他死后，她们将没有收入，也没有轻松获得收入的途径。这种紧张关系从未消失，贯穿整本书，贝内特家的女儿们似乎有更大可能陷入贫困，而不是从此过上幸福的生活。从人的角度、从爱情的角度、从经济的角度来看，她们的生存都举步维艰。所以，紧张感（虽然奥斯汀对此轻描淡写）其实始终相当高。

要记住

如果你的场景评分在整个过程里都没有上升，你需要拿出很充分的理由来解释为什么不调整。事实上，你想要的理由，还没有人想出来过！

第三部分　审视要素

小建议

让对话写得真实的五大技巧

✔ 不要试图写得过于贴近人们的日常说法方式（停顿、总是变换话题、无头绪），就算你写的是日常生活中的普通人，也不要这样写对话。

✔ 要记住，日常谈话也可以很有趣、信息丰富，可以揭示性格。人们倾向于用自己知道的事情——也就是他们的日常生活和追求——来说话。

✔ 要删掉一切妨碍故事进展的对话，比如无休止的重复和主题枯燥的内容。

✔ 不要让对话毫无意义地进展下去。对话出现在故事里，一定有其目的，如果没有，就不应该出现。你写的每一段对话对你的故事都很重要。

✔ 不必担心读者会这样想，"这个人说话太有逻辑了，一点也不像现实生活。"你是在讲故事，除非有人听起来像简·奥斯汀笔下的浮夸角色，否则读者是不会在意对话跟生活里不一样的。

在这部分，你将了解到：

✔ 在基础上加以扩展，为你的故事增添血肉。

✔ 创造令人信服的角色，创造他们之间有趣的关系。

✔ 确保对话真实可信。

✔ 检查次要情节的相关性，以及它们是否能为你的小说增
　加深度。

第8章

创造角色

在本章中，你将了解到：

▶ 审视主要角色

▶ 看看一个角色需要些什么

▶ 起名字

▶ 为角色提供动机

▶ 为角色注入生命力

▶ 审视高于生活的人物形象

▶ 塑造角色

本中等篇幅的小说，大约需要花10个小时来阅读；如果你读得不是特别快，时间会更长。读者和刚认识的人要一起待这么久，可不是一件小事，所以你必须对角色做好安排，思考怎样让读者在整个故事的阅读过程中对角色保持兴趣。

角色必须可信，这与现实主义是两回事。事实上，讲故事的人经常试图说服你相信某个不切实际的人物。角色还必须有趣，这也不是说角色有多优秀或值得赞赏。犯罪小说的流行表明，最有趣的人物大多有缺陷，甚至是罪犯。最重要的是，角色需要引起你，也就是作者的兴趣。如果你对笔下的角色都不感兴趣，读者恐怕也不会喜欢。

如果你的角色缠人，爱唠叨，或者叫人讨厌、乏味、恶心、无聊或粗鲁，读者就不想继续往下读了，除非你能给他们一个很好的理由。

　　弄清楚你角色的特点：他们做了什么，他们身上有什么特殊之处，会让读者想要跟着他们，直到小说结束？

　　你面临的挑战是创造出足够有趣的角色，让读者在阅读故事时感觉时间流逝得很快，等故事结束时，他们甚至会感到一丝遗憾。如果你写作只是为了自娱自乐，并没有考虑到读者，那么可以肯定，读者无法从中得到乐趣。给你的读者一个理由，让他留下来陪着你的角色。

主要角色类型对比

　　以下是一些用来描述不同类型角色的常用术语：

- ✔ **主角**：也就是主要人物，读者最有可能认同的角色。主角就是故事围绕其展开的核心人物。

　　大多数人大概都认为，主角就是小说中的英雄，尽管这个词恐怕会造成误导 —— 主角不一定特别英勇！

　　一本书可以有几个对故事产生重大影响的重要人物，但通常只有一个主角。你可以写一本小说，同等地表现四个人物并赋予其同等重要性，你认为主角是这一群人而不是某一个人，但这种情况非常少见。一个角色在某种程度上占主导地位，这几乎是不可避免的。

要记住

- ✔ **反派**：这个角色是主角实现目标和愿望的主要障碍，是主角前进路上的绊脚石。

　　和主角一样，你可以设定一个以上的反派，尽管有一个可能比其他人更重要。

　　反派不一定是"坏人"，主角也不一定是"好人"。反派可以非常迷人、非常招人同情，兴许比主角还迷人、还招人同情。在 R.J. 耶特曼（R.J. Yeatman）和 W.C. 塞勒（W.C. Sellar）所写的《1066那堆事》（*1066 & All That*）当中，作者认为英国内战双方的区别在于，保皇党"错误但乱漫"[①]，圆颅党"正确但令人反感"。

你的主角可能有点闷，也许不是特别友善，而反派则可能迷人、机智、性感、富有吸引力、善于交际，等等。你也可以把主角描绘成一个圣人，把反派描绘成一个黑心恶魔。或者，像大多数角色一样，他们也都可以处于中间的某个位置。你甚至可以让主角"好"但有缺点，让反派"坏"而迷人甚至善良。一切由你决定。

在写故事的时候，恶棍并不一定是英雄的对立面，当然，如果你愿意这么设定也可以。但如果你说到主角和反派，这就表明你是在考虑角色在故事中的位置和关系，而不是相对立的道德立场——当然，如果你想要这么设定，也没问题。

双方的关系和冲突，以及如何使用这些角色，请分别参看第9章和第11章。

塑造角色

动手写小说的时候，你可能对部分角色有清晰的概念，而对另一些角色的概念则比较模糊，对剩下的角色几乎一无所知——你甚至不知道需要设置这些角色！那么，现在你需要思考用什么类型的角色来填充小说。

在某种程度上，故事的主题和背景决定了你的部分角色。如果

---

① 这里作者故意把"romantic"（浪漫）拼写成"wromantic"，此处姑且译作"乱漫"。——译者注

你正在写一个以学校为背景的故事，你需要老师、低年级学生和高年级学生，根据学校和故事的类型，也许你还需要家长、恶霸、地方官、当地人、清洁工，等等。如果你的背景是一家广告公司，你可能需要创意人员、管理人员、会计、设计师、老板、初级员工、新来的员工、经验丰富的老员工、秘书、客户等等。这些当然只是大致分类，但显然很有必要，为你指明了正确的方向。

现在，你需要思考故事的类型和基调。如果你在写一部轻松幽默的喜剧，你需要能让自己和读者笑起来的人，所以，大多数角色都应该开朗、富有同情心，基本上是些好心肠的人。反过来说，如果你正在写一部哥特式犯罪悬疑小说，你的角色大多应该阴郁、吓人，有破坏和谋杀倾向。

从自己入手

你不妨从主角的性格入手。对大多数作家来说，主角至少在一开始是写作者自己的一个"分身"。如果你没有更好的想法，那就从这里开始吧。(随着小说的推进，你可以随时改变主角的性格。)

把自己当成模板，意味着你对小说的主角有着很好的洞察力 —— 你知道他们的好恶，他们受什么样的人吸引，因为什么样的人而"抓狂"，等等。

除非你有更好的想法，否则，最好让反派在某些重要方面与主角截然相反。

随着故事的发展，你随时可以改变角色。你可能会发现，到了第200页，主角跟第5页描述的很不一样 —— 这很好，而且可能是没法避免的。

再混入你的朋友们

有一个简单的方法能让你创造出有趣的角色，你可以把你认识的人的能力和性格混搭起来，拼接到一起。比如说，你需要一个反派角色。你希望这是个女性，金发，25岁左右，身材健美，精通五国语言。就算你不认识符合这种描述的人，也可以从认识的人里把"她"组装起来。你的朋友珍妮27岁，金色头发，那么，你可以将她作为基础。想象珍妮具备另一个运动员朋友的身体能力，又具备另一个语言学家朋友的语言技能。这时，你的反派样子像珍妮，但跟你的运动员朋友一样健壮，又能像语言学家朋友一样使用语言。也许你的运动员朋友是武术专家，而你的语言学朋友有点自大。那么，现在你就有了一个复合型的反派，有点像珍妮，但行为完全不同。如果有必要，不妨用这种方式来塑造你所有的角色。

把你的朋友放到一起，会让你想出不寻常的组合。你最终会创造出这样的角色："她和我的朋友安妮一样高，但更瘦，骨架像我的玛丽姨妈。她有着我们队守门员约翰的幽默感，跟我姐姐简一样聪明。她的发型和西莉亚上班时的发型很像，只是颜色更深，她虚荣起来像我爸，穿衣品位类似我妹妹阿比盖尔。她开车开得很好，但太爱开快车，就像酒吧里的杰里米，但运气比他好。"诸如此类。这不仅为你提供了一个有趣的混合人物，也有助于你为角色打标签。

一些写作者担心把朋友当成创作灵感，朋友会认出自己来。（参见下文"乔治是谁？"）如果你对身边人有情绪，你当然不应该把写小说当成发泄的机会，但如果你把朋友和家人作为灵感来源而非模板，应该没问题。你的家人和朋友并不会认出自己，因为他们看待自己是透过自己的眼睛，而不是你的。改变他们的外形，避免描述他们在真实情境中做过的具体事情，这样就不必担忧了。

乔治是谁?

乔治在和朋友理查德聊天,理查德出过七本小说。他们聊到了在故事里用朋友当角色的话题。

乔治说:"你从来没有把我当作故事里的角色。"

"有啊,我用过。"理查德说。

"哪一本?"

"第三本。"理查德说。

"我读过两遍,"乔治说,"没看见自己呀。"

"你在里面。"理查德说。

"那个角色叫什么名字?"乔治问。

"就叫乔治呀。"理查德回答。

这是在玩梗吗?乔治回去又读了一遍这本书,他仍然没认出自己来。这证明诗人罗伯特·伯恩斯(Robert Burns)是对的:"啊,愿上帝赐予我们力量,让我们能像别人一样看待自己。"如果我们真有这种力量,大概每天都会吃惊不小。

我想说的是,如果你让每一个朋友描述你,他们都会有不同的想法,如果你向朋友们描述他们自己,他们也都会认为你在描述别人。所以,别担心。

当然,你得有点常识。如果你非常准确地描述一名叫莫德雷德的男性朋友,红色头发,身高两米,独腿,他很可能会认出自己。但即便如此,如果这个角色富有魅力、机智慷慨,他可能也不会反对。你会吗?只要你不把角色描述成一个你认识的特定的人,就没什么好担心的。

当然,有时候你也可以完全凭想象创造角色,但这是一项辛苦的工作。如果你不得不这么做,也无可厚非,但为什么不把心头已有的角色利用起来呢?使用你认识的人,如果你能把他们打散、混搭起来,你就会有源源不断的角色灵感。

小建议

在你的写作笔记本上记下各个角色的特点,这样你就不会把它们搞混。一边创作一边整理要容易得多,等到最后再分类会非常麻烦。

拷问角色

我们认识几位作者，他们在笔记本上写满了笔下角色的信息，但这些信息并不直接出现在作品里。这些作者认为，类似演技派演员，在准确地塑造角色之前，他们需要尽可能多地了解角色。

从一个层面上讲，这么做的道理显而易见。如果你写的是一位杰出的脑外科医生，那么，你笔下与脑外科手术相关的所有内容都必须正确无误，否则，任何了解脑外科的读者马上就会对你的故事产生怀疑。

从另一个层面上说，所有作家对笔下的角色要了解多少，了解到什么深度，都有自己特定的需求。有些作者可以不必特别熟悉某种角色，也能写得令人信服。还有一些作者会不厌其烦地了解角色，不断地向他们提问。

什么样的方法适合你，你就采用什么样的方法。但一定要试着问你的角色一些问题。你会发现，在你自己创造出来的这些角色身上，会出现各种你从未想到过的特征。试试下面的问题，当然，你也可以自己想一些问题。没有错误答案，只要感觉对头就行。

大多数写作者一般都希望了解以下关于角色的基本信息：

- ✔ 姓名
- ✔ 年龄
- ✔ 性别
- ✔ 他们擅长什么事情，不擅长什么
- ✔ 他们讨厌什么人 / 什么东西
- ✔ 他们愿意为什么人 / 什么东西献出生命

你可以更深入地挖掘角色热爱什么、恐惧什么，以及有什么个人偏好，向他们提出类似以下的问题：

✓ 你最喜欢什么颜色？

✓ 你曾做过最可怕的梦是什么？

✓ 如果肉类和蔬菜这两类食物你必须放弃一种，你会选哪一
种？

✓ 你喜欢法拉利还是 SUV？ 香槟还是单一麦芽威士忌？ 吉
他还是钢琴？ 糖还是盐？

✓ 描述一下你的宠物。

✓ 你读什么杂志和报纸？ 为什么？ 这是真正的原因吗？

✓ 你喜欢皮革还是塑料？ 威尼斯还是罗马？ 海洋还是天
空？ 印度菜还是中餐？

✓ 在所有你并不亲身认识的人里，谁去世你最难过？

✓ 如果要拍一部关于你人生的电影，你希望谁来扮演你？

✓ 在一趟完美的假期里，你喜欢做什么？

✓ 你最喜欢的衣服是哪一件？

你可以探索角色的历史。为其填补背景故事，不妨询问以下
问题：

✓ 他们人生第一次感到极度失望是因为什么？

✓ 他们上学的第一天什么样？

✓ 他们更爱父亲还是母亲？

✓ 他们有些什么样的恐惧症？

✓ 他们偷过的第一件东西是什么？

✓ 他们的初恋是谁？

✓ 初恋身上有什么不寻常的地方吸引了他们？

接下来，你可以刺探更详细的，甚至有些古怪的信息：

✔ 如果他们文身，会选择什么样的图案，文在什么地方？

✔ 他们特别喜欢使用的字眼或者短语是什么？

✔ 他们认为最严重的罪过是什么？

✔ 他们口袋里通常放着什么东西？

花时间描述人物性格和行为的各个方面，除了练习你的写作技巧，还可以充实自己的角色。这些细节问题包括：

✔ 他们在正常状态、生气和伤心时，说话的声音分别是怎样的？

✔ 他们抽烟吗？如果抽，会怎样抽？

✔ 他们是怎么走路的？

这里的重点并不在于非得梳理出明确的性格特点清单。这类清单可以帮你把角色放到意想不到的情境中，你必须考虑他们的反应。你可能并不知道答案，但思考这些问题，可以让你更了解自己笔下的角色。

对一些作者来说，不知道清单里某些问题的答案，会让他们觉得丢脸。在他们看来，如果要写关于脑外科医生的作品，这些问题的答案和脑外科知识一样重要。不过，你可能只需要了解基础知识（甚至不必全部了解），就完全可以了。

小建议

你可能会想起先前把朋友们"大卸八块"又重新拼接起来的部分（请参见前一节"混入你的朋友们"）。如果你在一个角色身上用到了朋友科林，你可以问问自己，"碰到这种情况，科林会怎么做？"你可能无法直接了解科林对大多数问题的偏好，但你知道他的为人，所以你可以推断出答案。

起名字

名字里包含着些什么呢？嗯，通常会包含很多东西。

你需给角色起一个好名字 —— 而且是一个跟角色契合的好名字，比如《罗密欧与朱丽叶》中的蒙太古、凯普莱特，或是《教父》里的柯里昂。如果教父的名字叫麦当当，他还会给人留下这么深刻的印象吗？也许会，但更可能不会。

角色的名字可以分为以下三种情况：

✔ 强化角色
✔ 中立的
✔ 与角色相矛盾

大多数角色的名字都是中立的，因为在现实生活中，大多数名字就是如此。

起个能强化角色特征的名字也很好，但不能表现得太明显。只有在最宽泛的喜剧写作之中，才会把一位非常成功的商人叫成"阔佬先生"（Mr Rich）。不过，用名字来暗示某种特质，可能会很有效。

我们有一个朋友写了一本小说，主人公名叫德克·霹雳闪电（Dirk Thunderflash，没错，这是一部喜剧）。对大多数小说来说，什么样的名字不该取？"霹雳闪电"是个很合适的例子。但"德克"（有匕首、短剑之意）这样的名字兴许暗示了某种粗犷坚毅的品质。同样，名叫"安吉拉"（Angela），也有"天使"的意思。毫无疑问，听到一个带有某种含义或能提醒人想起某事的名字，人们就是会产生联想。

这些联想也适用于不那么讨人喜欢的角色。电影《十二金刚》

(*Dirty Dozen*) 中有个角色叫马戈特（Maggott, 有"蛆"的意思），显然，他是个令人讨厌的家伙。（有人想知道，如果《飘》里的男主角瑞德·巴特勒被称为瑞德·马戈特，他还能那么魅力四射吗？）用一个能让读者联想到软体虫子的名字来称呼角色，是让读者了解该角色的捷径，当然，这也是一种简单粗暴的做法。

跟角色性格相悖的名字也可以很有用。如果那个叫马戈特的人是英雄，是个正直高尚的年轻人呢？如果真正凶残的连环杀手叫戴米恩·轻盈·跳房子（Damien Featherlight Hopscotch）呢？（好吧，这样的名字会让所有人莫名其妙，但你应该理解重点了。）你可以使用与角色形成对比的名字。一个叫"安吉拉"的女人也可能是个怪物 —— 毕竟，也有堕落的天使。但总体来说，除非你有充分的理由，否则我们建议你采用中立的名字。

把一个有点狡猾的人叫作"滑头女士"（Ms Slye），或者把一个有点胖的人叫作"猪油先生"（Mr Lard），看起来好像有效，但实际上并不好笑，而且还贬低了读者。这是彻头彻尾的懒惰。维多利亚时代的人认为这类事情很有趣，这就是为什么狄更斯把一个坏老师叫作"麦却孔掐孩"（M'Choakumchild），把一个矮小丑陋的人叫作"斯宽墩"（Squod）。"007"系列小说的作者伊恩·弗莱明给他的女性角色起名为"宝贝儿辣椒·莱德尔"（Honeychile Rider）和"小猫咪·嘉萝尔"（Pussy Galore）还能勉勉强强糊弄一阵，因为这符合他创造的相当夸张、不现实的世界。除非你确定这么做一定管用，否则我们不建议你这么做。

要容易区分

你肯定不愿意写这样一本小说：小说的主角夫妇叫杰和杰夫，孩子叫杰迪和杰里，反派叫杰克·杰弗逊，次要角色叫杰恩，她姐姐叫洁恩，他们住在杰姆斯县的杰斯顿，狗叫杰尼，邻居叫杰米·乔·乔恩，但人人都叫他乔尼斯……

这是个极端的例子，但你应该理解我的意思了。除非有充分的理由，否则角色姓名应该有明显的区别。选择相似的名字，有可能是为了制造戏剧效果，但这么做很容易费力不讨好。

小建议

人们的姓名并非搞笑的主题，除非你精于此道。（这里我们想提醒一下某位从前的学生：把狗起名为"猫"，把猫起名为"狗"，毫无意义也并不机灵。）

有一定含义

名字自然带有这样那样的含义。有些名字暗示外表富有魅力，有些则不然。有些名字暗示聪明，有些暗示缺乏社交技巧。有些名字意味着沉闷，有些意味着活泼。玛格丽特·米切尔（Margaret Mitchell）写《飘》的时候，原本打算给女主角斯佳丽·奥哈拉（Scarlett O'Hara，有些中文译本作"郝思嘉"）起名"潘西"（Pansy），是后来才决定改过来。说不清是出于什么原因，我们感觉，要是斯佳丽真成了潘西，《飘》一定会变成另一本书。

把名字放到时代中

有些名字带有历史时代的印迹。在英国，名字的流行通常与皇室的新王登基或新人出生有关。乔治国王即位后，英国许多男孩都起了这个名字，如今叫威廉和哈里的年轻人也很多。（我们怀疑"乔治"即将卷土重来。）还有不少年轻女性也叫凯莉（Kylie，这是美国著名电视明星和模特的名字），这种写法的名字，在30年前的英国闻所未闻。

维多利亚时代的人会给女儿取跟"优雅"相关的名字，比如莫迪斯蒂（Modesty，端庄）、切斯特蒂（Chastity，贞洁）、格雷丝

（Grace，优雅），也爱用花的名字，比如萝丝（Rose，玫瑰）、海尔森（Hyacinth，风信子），为的是把她们跟这些词所暗示的品质联系起来。

如果你想把笔下的角色放在特定的时期或时代，给他们起一个那时候很常见但现在几乎没人用的名字是一种好方法。阿格尼丝、阿加莎和伊夫林这些名字在老一辈人身上很常见，但年轻人起这些名字的就不多了。

有必要才起名

你不需要给每个人都起名字。"女服务员""女警员"或"男孩的父亲"，这一类称呼对只出现一次且读者不需要记住的龙套角色，是完全可以接受的。事实上，你花太多时间给角色起名字、进行大量的细节描述，读者就会想，"啊哈，我必须记住所有这些信息，因为这个人吸引了我的注意力。"因此，除非你打算在后文做更深入的描写，否则没必要对角色做过多展开。

创造背景故事

背景故事（back-story）分为两种，取决于具体的情境：

- ✓ 读者（和故事中的角色）需要通过一些信息了解一个角色的行为，但这些信息与故事没有直接关系。
  它可以是一个角色的历史 —— 通常是通过信件、报纸文章或一位年长亲戚的诉说等方式告诉某人的。通常，读者并不会将其视为角色在这本小说框架内的经历。
- ✓ 更一般性的信息，让身为作者的你能够理解笔下角色。

很多作者都认为，自己笔下的角色需要背景故事。（有关创造背景故事的更多内容，请参见上文"拷问角色"一节。）无论背景故事对你要写的故事有没有必要，花时间去了解你的角色，通常是值得的。你的角色就像你的朋友：你对他们了解得越多，就越容易预测他们在特定情况下会做什么或说什么。

小说中需要放入多少背景故事，要看每个故事的不同情况。我们建议按"读者是否需要"这一条件来酌情加入。搞清楚读者是否需要知道这些信息，如果不需要，问问自己为什么要加上它们。记住，一个关键细节抵得上十几个隐约相关的细节。

如果你想向读者透露角色的一些特质，展示要比解释更有力。如果你的主人公害怕被男人辜负，根源在于她的父亲总是让她失望，那就展示她的父亲从未给她送过生日贺卡的轶事来对此加以说明，而不是把分析性的背景故事放在盘子里直接端给读者。读者喜欢自己对人物得出结论；你的工作就是向他们提供做出判断所需要的证据。

为角色提供动机

读者必须能够理解角色的动机。这并不意味着读者必然要认同角色的行事理由，甚至压根想不到会有这种理由。动机只要明确就够了。

一个角色只顾行事，不想后果，可能在一段时间内会显得很有趣，但从心理上讲，这个角色的持久力不足，因为没有什么能诱惑他去做更多事情。一个角色有充分的理由不去做某件事，但仍然做了，而且这么做对他自己十分不利，这样的角色就能让故事持续很长时间。（在同一个故事里你很可能同时拥有这两种角色，每个角色都是对另一个角色的映衬。实际上，这是个好主意。）

当然，逐渐揭示角色的动机，可以成为故事的一部分。这没问题，只是意味着读者会反向发现动机。但角色需要动机的观点仍然成立。

很多写作者会犯这样一个错误：忘记了故事中每件事的发生都有其原因。把这句话写下来，放在你看得见的地方。

想想看。人们很少随机行事，他们总有理由。你可能认为他们的理由很愚蠢，这样想你就错了。人们绝对不会对自己说，"我做这件事的理由既愚蠢又荒唐，所以我要去做。"请务必记住，有时候人们确实会说："我做这件事的原因可能既幼稚又个人化，还不合逻辑，但我还是要做，因为它会让我感觉好些，哪怕只是暂时而已。"关键在于，对他们自己来说，这些理由足够正当。

人们很少不经思考就付诸行动。他们有时会出于看似随意的冲动行事，但归根结底是有原因的，比如善良、无聊、兴奋、爱或好奇。

通常读者会问：以角色这样的性格，产生某种动机，可信吗？如果有读者反过来问也没问题：如果这个角色有某种行事动机，他可能有这样的性格吗？

当然，性格很大程度上取决于所处的环境。大多数人不会偷食物，如果你建议他们这么做，他们会感到惊讶，但如果他们身无分文，眼睁睁地看着自己的孩子挨饿，他们可能自然会有不同的看法。大多数人会说不能杀人，但如果他们看到自己爱的人受到威胁，情况恐怕就完全不一样了。

还有一个关键点是角色的行为不能脱离性格，我们的意思是，两者必须始终呼应。这并不意味着他们的行为总是一致的，而是说，他们需要忠于你为其所塑造的性格。如果他们大部分时间是温和的，突然却爆发出暴力行为，你需要拿出一个理由来。人们有时确实会做一些不符合其常规行为模式的事情。所以，就算角色做某件事单纯出于"我乐意"——"我乐意"本身就构成了一个理由。

小建议

在整个故事中埋下线索，确保读者在结尾时会想到，"是的，我就看出他会那么做。"当然，你最好不要让读者在阅读时一眼看出你的线索。

在揭示角色的动机时，你应该让读者说，"啊，我明白了，钱不见了，看起来是约翰拿走了。这样说得通，因为约翰总跟他哥哥合不来，因为他留在家里经营农场，照顾两人生病的父亲，特德却离开家乡，赚了大钱。他的怨恨表现在许多小事上，所以我看出，这也许会驱使约翰从特德那里偷东西。"如果角色的动机像歇后语的后半截那样明摆出来了，效果就不太好："他偷了哥哥的东西，是因为！哈！他嫉妒哥哥的成功！"如果读者认为，"可从来没有丝毫的迹象表明约翰嫉妒啊，特德一直对他很好。我没法相信。"这个故事就碰到麻烦了。就算约翰是个小人，接受特德的慷慨，却仍然恨他，你的读者仍然需要一些线索来理解这一点。

要记住

行为总是有动机的。除非一个人有精神病，否则，不存在没有动机的行为。亚里士多德曾经说过，悲剧中的人物通过其行为来定义。我们可以进一步地认为，在所有戏剧情境中，动机是塑造角色的关键。

写讨人喜欢的角色

读者能对你说出的最动听的话大概是，"我真的很在乎你的角色发生了些什么。"（不不不，读者能对你说的最动听的话是，"我是性子乖僻的大富翁，我非常喜欢您的书，所以，我想为您提供一份独立的终身生活费，方便您写出更多作品来。"但……我们还是现实一点，好吧？）如果读者在乎你的角色，他们就会喜欢你的故事和人物。他们会觉得自己好像认识这些角色，跟他们一起生活在书里。角色笑的时候，读者就笑；角色哭的时候，读者也随之落泪；角色最终获胜，读者欢呼雀跃。

公平竞争与小鹿斑比遇见哥斯拉

有一种方法可以让你的读者关心你的角色：确保在故事结尾之前，所有发生的事情都是公平竞争。

美国幽默杂志《国家讽刺》（*National Lampoon*）制作过一部名为《小鹿斑比遇上哥斯拉》（*Bambi Meets Godzilla*）的短片。观众可以看到这只超可爱的小鹿在森林地面上蹦蹦跳跳，时长约28秒。接着，轰！一只巨大的绿色爬行动物的脚踩了下来，压扁了小鹿。字幕出现：完。很多小说都有类似巨兽哥斯拉碾压小鹿斑比的情节。

从历史寻找线索

去历史类书架上翻一翻。（别担心，用不着了解任何历史就能理解这一点。而且，你也用不着去图书馆。用搜索引擎就行。）试着找一本关于美国入侵格林纳达的书。很棘手。挺有难度是不是？不过是30年前的事，没人在乎。为什么没人感兴趣？因为美国是世界上最强大的国家，它的军队入侵了一座岛屿，岛上只有大约20名手无寸铁的老人，外加一些拿着短棍的孩子。美国一定会赢，根本没人怀疑。事件几天后就结束了。从故事的角度看，入侵格林纳达没什么意思，因为一方的胜算太大了。防守方没有机会。

现在回到书架或搜索引擎。试着找一本关于温泉关战役的书。很轻松：你可以找到几十本关于它的历史书和小说。这场战争发生在2000多年前，至今仍令人着迷。为什么？因为区区300名希腊人，打败了当时世界上最强大的帝国——波斯帝国的数百万军队。直到希腊人遭到背叛，波斯人才取胜。温泉关战役的故事有趣，因为希腊人一直没有太大胜算，但他们证明了有些事不能光靠胜算。

温泉关战役彻底颠覆了人们对小鹿斑比大战巨兽哥斯拉的预期。波斯军队有100万人，希腊人毫无忌讳……咦，稍等，小鹿斑比刚才好像抓住了哥斯拉的脚，狠狠地咬了一口？

人人都喜欢看处在下风的人翻盘：退役的老将重新复出，击败了年轻自大、没有敌手的挑战者。

增加坏人的胜算

你可能忍不住要让坏人蠢笨得毫无胜算。无论坏人想出什么样的阴谋诡计，你的英雄都以只需面带胜利微笑，飞身一跃便解决战斗。这类东西写起来很爽快，但长远而言不可行。

如果反派实力太弱，是个废物，火力也不够强，你都想不出来你的英雄会怎么输，这样的故事还有什么意义呢？我们看了第一页就知道结尾是什么。哪怕是超人，他刀枪不入，不怕子弹、坦克、倒塌的建筑物，以及所有对手扔向他的所有东西，但只要他一看到一块绿色的大石头，他就变得像小猫一样虚弱。所有的超人都要有他的氪星石，否则故事就没了张力。

反派一定要有胜算。最精彩的故事会走得更远，让反派更强大，准备更充分，装备更精良，至少和主角一样聪明。英雄疯狂地四处奔逃，以求一线生机，同时他发现了自己落入这种境地到底是怎么回事，然后试图收集所需物品，击败强大的敌人。智慧最终可能战胜力量（或者翻过来），好人战胜坏人，但你得让这变成一段惊心动魄的过程。

让你的英雄能力刚好够用

你创造的角色就像你的朋友和家人，爱上你笔下潇洒勇敢的英雄再容易不过了。你希望主角获胜，所以你让这个角色过于聪明、勇敢和足智多谋。

如果你把光环全部放在主角身上，你必须非常努力地让读者对他们身上的问题感兴趣 —— 而且，他们的问题必须是真实存在的。

最好的惊悚故事是这样的：英雄一直处于危险之中，原因通常是他们的荣誉感过强，你看不出他们怎么可能逃脱，但到了最后一刻，他们突然找到了一条出乎意料但又令人信服的脱险方法。

不要让你的主人公过于强大，给角色设定一个缺陷。让反派成为可怕而值得尊敬的对手。势均力敌的比赛总是比一边倒的比赛更有趣。如果每次冲突中发生的一切都是坏人受到惩罚，读者就不再真正在乎结果了。你可以坚持说小鹿斑比威胁到了哥斯拉，但读者知道不是这样。正如我们在前面提到，所有的超人都需要他的氪星石；每一个钢铁侠都需要他那颗"靠不住"的人造心脏。

创造真实的人

你并不希望主角太过聪明，或者拥有某种超凡的东西（比如绝世美貌、无限金钱），这就相当于根本没人能打败他们，没人能阻止他们拿到想要的东西。

没错，你的主角应该聪明、有天赋，但或许你不应该让这些特质过于显眼，不要让读者一眼就能看出这些能力在什么情况下会派上什么样的用场。

创造真实的问题

读者需要关心你的主人公遇到的问题。如果主人公被一根绳子倒吊在一缸硫酸上方，读者会非常关注。然而，如果你的主人公已经拥有了几乎所有的东西，却还想要更多东西，读者可能就觉得很难产生共鸣。

一个漂亮有钱的女人，凌晨3点吃不到想要的寿司；一个阔佬，喝马提尼酒时没找到合适的橄榄 —— 这样的角色很难博得读者的同情心。（如果你愿意的话，你可以让读者为阔佬的仆人难过，这人因为没做好工作，找不到合适的橄榄而被阔佬痛骂了一顿。如果你想要我们在乎阔佬，恐怕需要涉及一些他用财富无法解决的问题才行。）

当然，如果你故事的重点转变一下，可能就行得通了 —— 尽管你的角色拥有各种明显的优势，但他的"幸福"生活里没有真正的爱，没有脚踏实地的眼光（而这些东西只能靠一个迷人的私人助理提供），实际上非常空洞无味。如此一来，这个故事实际上就是一场自我实现和救助之旅。这也很好。

让读者对一个拥有一切的人产生兴趣的最好方法，要么是讽刺这个角色，要么是把他们置于危险之中。除此之外的做法都很难。一般来说，读一个努力成就自我者的故事，比读功成名就者的故事更有趣。

挥舞"声波螺丝刀"

如果你们看过电视剧《神秘博士》（*Doctor Who*），可能对声波螺丝刀（Sonic Screwdriver，也称"音速起子"）很熟悉，这是一种非常有用的工具。声波螺丝刀可以做任何事情。不管博士和他的伙伴置身何处，也不管他们碰到了什么事情 —— 倒吊在硫酸缸上方，在烈日下被蚂蚁包围，被恼怒的恐龙踩在脚下 —— 声波螺丝刀总能解决问题。

如果你的英雄有一把类似声波螺丝刀的东西，不管他们面临什么问题，读者都会说，"唉，真笨呀，干吗不拿出声波螺丝刀，把硫酸变成香槟，把绳子变成甘草，把恐龙变成小狗 —— 问题不就解决了么？"

就你现在的写作来说，如果是反派拥有无敌秘密武器，效果会更好。现在，英雄碰到麻烦了，读者开始关心你的角色 —— 快让我们看看英雄是怎么脱身的！

慢慢来。让英雄倒着吊一阵，先让局面看起来无可救药，再让他们逃脱。

在每一部詹姆斯·邦德电影中，Q（邦德的军需官）都会在电影开始时给邦德一个小工具，你知道这个小工具到电影快结束时会派上大用场。你知道这一点，因为你看过好多部007系列电影，明白这个"梗"。

如果读者怀疑小工具只是为了让作者摆脱他们自己挖的坑，那就麻烦了。

描写大小角色

你不一定要写大人物，小角色同样有故事，真实又有趣。不是人人都要当总统。普通人也可以成为很好的故事题材，尤其是不寻常的事情发生在他们身上，他们被迫以不寻常的方式行事。普通人比人中龙凤多得多。记住，大多数读者也是普通人，你需要让主角能与读者共鸣。

大多数故事都是关于那些在某些方面超越生活的人。他们可以是普通人，但他们的行为、他们的内心，或是其他方面，总有些与众不同的有趣之处。一如你不会站在观众面前描述你如何刷牙一样，你不会说，"我认识一个人，方方面面都很普通。"接着就停下来。如果这么做，你就没有故事可言了。一个人与众不同的地方才能造就故事。

想一想为什么你角色的故事值得讲述。他们身上一定有什么值得一提的地方。

伟大的普通人

许多故事说的都是那些碰到了重大事件的人。他们不一定一开始就要做什么不同寻常的、引人注目的、超越生活的事情，他们只是在正确的时间出现在正确的地方。他们值得书写，因为他们非常有趣、倒霉、勇敢，或是有其他遭遇。

"看看汤米，他浑身湿透了！""是啊，下雨嘛。""不只下雨，他刚好站在公共汽车站旁边，一辆公共汽车开了过来，碾过一个半米深的大水坑，水花把汤米淋得透湿……"

汤米淋雨不是故事。人人都淋过雨。但一辆路过的公交车溅起水花把汤米浇了个透，并不是人人都遇到过的事，所以这件事值得一提。这很有趣（反正你又不是汤米），而且可能发生在任何人身上。汤米很正常，但他碰到了一件不太正常的事。在这段短短的时间里，他的故事超越了生活，读者会感同身受。同样的事情，或者类似的事情，可能发生在我们身上，而且，这件事很不寻常。

关键在于，人们或许很平凡，从宏观角度看，他们生活中发生的事情也没什么大不了的，但对他们来说，这些事在某种程度上改变了他们的生活。这种改变及其后果，就构成了故事。

关于超越生活的情境，还有一种更复杂的形式，即由于某种选择或境遇而造就某个高于生活的人。一对夫妇养育了70个孩子，仍然有时间去玩悬挂式滑翔机，经营服装店，参加业余歌剧表演，这可以说是超越生活的人。一个偏远小教区的牧师激发全省民众向政府施加压力，要求在他的村庄旁边修建国际机场，这同样可以说是超越生活。（这件事发生在爱尔兰诺克附近。）这些就是所谓的"普通人"，他们基本上跟我们相似，但他们选择在某些方面与众不同，脱颖而出，展现出能量，做出承诺，比普通人活得更丰沛。

一些超越生活的人物并不像我们这里所用的例子那么美好。比方说，他们可能性格复杂，也可能恃强凌弱。你是否喜欢他们，取决于你是否认为他们调动了个人的才干帮助了你。同样，小说中的某个人物与主人公的关系，也会给读者带来不同的感受。在《傲慢与偏见》中，凯瑟琳·德·波尔夫人欺负丽兹·贝内特，从读者的角度来说，你不喜欢她的理由很充分。然而，如果她喜欢丽兹，并借助自己的影响力来帮助她，那么尽管你认为她欺负人的做法有点过分，但你也可以得出结论，她的心放对了地方。你对她行为的态度完全取决于她与主角的关系。在同一本小说中，你相当喜欢贝内特先生，因为丽兹爱他。然而，如果你站到另一个角度，你可能会得出这样的结论：他实际上相当残酷，对人们的困境毫不敏感。一个角色与主人公的关系，告诉读者该怎么想这个角色。

反常的大人物

前面部分讨论的是与大多数人较为相似，只是有着不寻常能量、做出不一般承诺的角色。但要是你把这种能量和成功者结合在一起，会发生些什么呢？各地书店的书架上充斥着关于财富、权力和影响力的故事。不是每个有钱有势的人都不同凡响——低调也可以成为魅力的一部分。但至少，写一个超凡之人的故事，比写一个人人都保守且相当正常的故事要容易。我们并不是说，想创造一个反常的大人物，写他有钱有势是唯一的选择，但这的确是一种方式。

一切仍然在于背景：要治理一个国家，你必须有钱有势；要治理一座小村子，你还是必须比村里的其他人更富有或更有势力。所以这都是相对的。

作家要处理超凡角色，棘手的地方在于读者不一定能跟这样的角色感同身受。对某些人来说，有钱有势者的生活类似于火星人的生活，与他们自己毫无相似之处。你必须确保读者在阅读过程中会产生这样的想法："其实他们跟我一样。"

从共同的人性入手，是在你的角色和读者之间建立联系的简单方法。不管多么有钱有势，多么强壮或多么遥不可及，人人都会累，人人都会生气，人人都有家人。在《了不起的盖茨比》中，F. 斯科特·菲茨杰拉德笔下的一个角色说："非常有钱的人跟你我不同。"

而欧内斯特·海明威则说："是的，他们更有钱。"这是一个很精彩也很深刻的笑话。财富，以及财富带来的一切，会造就明显的差异，但人性的弱点是普遍存在的。一部设定在超级富豪家里的肥皂剧和一部设定在大城市工人阶级区的肥皂剧相比，你可以看到几乎完全相同的欲望和情感在上演，只是人们穿的衣服不同。

深化你的角色

为角色赋予一定深度的技巧是，保持简单，一步一步来。

探求典型特征

故事中的每个角色都需要有一个典型特征。这一特征几乎肯定与其动机有关，所以，要把两者放到一起来思考（参见本章前面的"为角色提供动机"一节）。

需要说清楚的是，我们并不是说现实生活中的人只有一种典型特征，也不是说你小说中的角色都是单向度的。典型特征是一枚挂钩，可以把角色挂到上面。这和设定一个角色是红头发的道理一样，只是为了让读者更清晰地认识他们。比方说，如果你让一个角色对母亲过度依赖，这并不意味着他不能善良、温柔、傲慢、自私，或者是喜欢篮球和中餐馆等等。从讲故事的角度来看，他有这个特征，是因为这个特征与故事最为相关。如果你是在用同一个角色讲述不同的故事，你可能会使用相同的典型特征，也可能会选择更适合各个故事的不同特征。

现在，如果一个角色只想要钱，那么这个角色的典型特征可以是贪婪。但也可以不是；你不妨再挖深一点再确定。例如，角色想要钱，是因为有人毁了他们父母的生意，导致他们过早死亡，那么钱只是达到目的的一种手段。这个角色的动机实际上是复仇，渴望报复害死父母的罪魁祸首才是其典型特征。这是角色的驱动力，他所做的一切都与此相关。注意，角色想要追求的不一定非得是金钱不可，复仇的方式不止一种：挖掘丑闻，进行勒索，或是诱使对手的孩子沉沦于犯罪或放荡生活。

典型特征不一定都要像复仇这般戏剧化。你可以写一部喜剧小说，一个年轻人的典型特征是乱花钱，无法对一段关系做出承诺，或是讨厌他的继母；也可以是一些不那么消极的事情：比如他有一股不知疲倦的阳光脾性，或是拒绝承认失败。

故事中的每个角色都需要有一个典型特征。他们可以（也应该）具有其他数十个特征，但必须有一个最为典型的特征。

确定其他特征

等你确保每个角色都具备一个典型特征之后，就需要考虑他们的其他特征了。

这些其他特征有可能与其典型特征有关联。然而，人是复杂的。不要给你所有的角色赋予相似的特点，然后就这么让他们去应对各种局面，这么做是错的。如果你的人物能让读者感到意外，你的小说就会更有趣，也更可信。不过，请注意，表面上不寻常的特征，内在要有深层逻辑，这才会对你的故事有帮助。举个简单的例子：爱使用暴力的反派同时又表现出某种非常特殊的温柔能力。人们常常对希特勒善待小动物感到惊讶，但这个看似矛盾的特征实际上完全合理。希特勒并没有表现出太多的友善倾向，但对背叛问题看得很重。他的爱犬阿尔萨斯对他表现出无条件的忠诚，让他完全信赖。像希特勒这样极为看重忠诚的人很可能更喜欢动物而不是人，因为与人不同，宠物不会撒谎，不会顶嘴，也不会密谋，更不会想要杀死你。

你需要把笔下虚构人物的所有特征，与所写角色的整体形象联系起来。一般来说，不同的特征需要合起来形成一个可信的整体。当读者看到角色的动机和特征，一切都需要合乎情理。小说里一个次要角色不太符合要求，勉强能搪塞过去，但你的主角们务必要塑造得更完善些。

按照假设行事

如果你觉得自己的角色是"某种类型的人"，不要害怕。大多数人多多少少都属于某种类型。不管怎么说，我们看待他人，最常见的角度就是将他们归类，这才是最重要的。

熟悉人们所属的一般性群体，可以让你对其他人做出假设。大多数假设都没什么坏处，当然，你需要避免刻板印象，不要对某些假设不屑一顾。

小建议

你可以利用这种把人分类的倾向。如果你将一个角色设定为红色头发，读者可能会认为她脾气暴躁。你可以"调戏"这种刻板印象，颠覆它，附和它，之后反驳它：这取决于你。

在讲故事时，人们对彼此的假设会产生影响。知道读者的假设，可以让你节省时间和精力。你无需告诉读者你知道他们会假设的事情。写到后面时，如果你愿意，你可以利用这些假设来展开故事情节。

要记住

注意读者可能会怎么想。对于一个角色，你告诉读者的每一件事都会促使读者做出某种假设。

速配约会和写作的相似之处

速配约会（speed-dating）的成功基于两个理念：第一，人们可以且确实会在3分钟内对某人拿定主意；其次，多数时候他们能做出正确决定，这一点至关重要。

从讲故事的角度来看，你不需要一开始就告诉读者太多。

提供一些信息，然后继续讲故事。你可以稍后再填补空白，因为你知道，读者已经对这个角色有了自己的看法。讲故事，然后游戏其中，如果你有兴趣，不妨拆解和颠覆读者的第一印象。

第9章

探究人物关系

在本章中，你将了解到：

▶ 帮助和阻挠 —— 来回切换

▶ 描写家庭

▶ 利用恋人关系

▶ 引入敌人

▶ 在故事里把角色们联系起来

如果你想写一部小说，主角与其他任何人都不存在任何关系，做是做得到，但很困难。再说了，为什么要这么做呢？人与人的关系，是一切故事里最有趣的部分 —— 也是让读者继续读下去的原因。

浪漫、友谊、敌意、嫉妒、竞争、家庭纽带和对立关系，是驱动一切优秀叙事的因素。本章为你提供了一些使用人际关系让故事变得有趣又可信的方法。

本章所探讨的关系，大多指的是主角和另一个角色之间的关系。当然，配角们之间也有关系，但我们重点关注对主角有影响的关系。

确定帮手、阻碍者和其他角色

在大多数故事中，角色可以分为三类：帮手、阻碍者和其他角色。

有一个关键点你必须记住，所有的角色不管属于哪一类，出现在故事里必有其原因。不要让读者去认识与故事无关的人，这是在浪费他们的时间。如果你出于某种原因想让读者往错误的方向看，那没问题，但不要让角色成为毫无意义的干扰。

辅助的帮手

帮手是跟主角站一边的角色。（第8章分析了主要角色。）请注意，这并不意味着帮手一定是好人，只是表示他们站在读者最感兴趣的角色一边。

帮手是主角的盟友。他们包括搭档、导师、合作伙伴、朋友以及任何与主角结盟的人。帮手也可能是主角不一定认识，但自然而然地站在她这边的人（我们假设主角是女性）：例如，他们可能因为觉得主角是好人（无论这感觉是对是错）而出于本能帮助她。

哪怕你的主角是独自对抗世界的独狼型人物，也需要帮手。话说回来，如果所有人都真的跟你的主角对着干，读者也无法真正相信她。但如果是每个人乍一看都跟她对着干，那没关系，这样你就可以开心地决定是谁在真的跟她对着干。

在现实中，人们通常都有一些不管证据如何不利也愿意相信自己的朋友。不过，太多帮手会让主角的生活变得过于轻松。你需要足够的帮手给主角一个机会，但不要太多。

如果不确定，那就少设几个帮手，因为读者更喜欢看到你的主角碰上困难！

糊涂的阻碍者

阻碍者跟帮手相对，任何妨碍主角达到目的的人都是阻碍者。

在极端情况下，阻碍者就是彻底的敌人和对手。然而，阻碍者还指一些出于某种原因不愿意帮助主人公的角色 —— 这就是为什么他们叫作阻碍者而非敌人。当主角需要从阻碍者那里得到些什么，这些人可能会因为蠢笨、贪婪、盲目、懦弱、有偏见、忙碌、自私或是懒惰而未能给予帮助。

有些角色在帮助和妨碍之间转换，偶尔会让事情变得复杂。有时，这种转变及其原因非常明显。一个角色兴许一开始是主角最好的朋友，后来逐渐嫉妒主角（有时有理由，有时没有），在一段时间里妨碍主角，直到其更好的本性重新显现出来，再次成为主角的帮手。

有时，主角可能会疏远潜在的帮手。有时，帮手误解了状况，或出于充分的理由变成阻碍者（例如，一名警官误以为主角犯了罪）。读者以为是帮手的角色，实际上可能是阻碍者，因为他们遭到收买或勒索，或是认为妨碍只是两害相权取其轻。

要创造超越"非黑即白"的复杂角色！

搅和一下

小建议

从情节的角度来看，让帮手和阻碍者来回切换，是推动故事发展的有效方法。

例如，朋友变成敌人，敌人与主角变成盟友追求共同的目标，朋友变成叛徒，表面上的敌人其实心怀同情。角色可以是双重甚至三重间谍。一个角色可以表面帮忙，暗地里扯后腿，反之亦然。阻碍者甚至可能没有意识到自己在扯后腿，但这是在故事背景里创造紧张感的有效方式 —— 就算角色并未面对真正的敌人，也能提升其压力水平。

举例

一名女警官正在努力解决一桩极为棘手和恶心的谋杀案，她还可能一文不名，正准备离婚，说不定还面临失去孩子监护权的风险，她的一个孩子在学校遇到麻烦，另一个怀孕了。这位女警官的丈夫并不是敌人 —— 他不是故意要为难她的工作，甚至可能不知道她在工作中遭遇了什么 —— 但如果他是她麻烦的一部分，就可能成为阻碍者。

你的小说需要一些阻碍者。想象一下，同一位女警察在努力解决同样的谋杀案，但她有独立的收入，她的丈夫自始至终都给予她难以置信的支持和帮助，她的孩子们都是非常讨人喜欢的小家伙，从不招惹麻烦，总是名列前茅，还按时睡觉。这样的小说该有多无聊啊！这下你该明白为什么要运用阻碍者了吧。

你说不定还想看看第11章介绍的有关冲突的内容，因为小说中的大多数冲突都来自阻碍者（但并不全都是；记住，有时候朋友引起的冲突跟敌人一样多！）。重要的是，某个人只要阻碍了主人公，不管他出于什么原因，不管他的理由有多正当，他都是个阻碍者。

放入其他角色

其他角色是主角认识的所有人，从暧昧对象到一般的熟人。你需要在故事中加入这些角色：他们可以是帮手，也可以是阻碍者，他们可以揭示性格，也可以做一些影响主角的事情。他们还可以提供轻松愉快的氛围、揭示关键情节。在你用来描绘故事的调色板上，这些角色占据了一席之地。

辅助性角色非常有用也很重要，只是他们通常看上去很不起眼。他们可能是服务行业的人（出租车司机、服务员等）、聚会上的客人、父母、其他顾客，或者任何出于某个原因出现在场景中，但又与故事没有直接联系的人。这些无名的角色可能发挥着重要作用，但一般而言，他们与主角没有持续的关系。

小人物可以帮忙，也可以碍事……当然，在一些故事中，读者永远无法确定谁是真正的朋友，谁是真正的敌人，谁什么都不是……

这些角色就像象棋中的"卒"：它们的重要性取决于你的需要。

一个走在街上的女孩显然不重要，除非她在错误的瞬间从坏人身边走过。这个坏人即将被警察抓住，他看出女孩是自己逃跑的机会。突然间，她不再是路人：她成了人质。读者不需要知道她的名字，也不需要知道太多关于她的事情——坏人一有机会就甩了她，跑掉了，我们再也没有见过这个女孩。但在她遭到挟持的那段时间里，她是情节的重要组成部分。

配角是重要的背景，务必时时想着他们。把他们想象成你现在没有讲的故事的主角。他们也是人，他们的故事可能和其他人的故事同样丰富而迷人。在他们登台的短暂时间，请让他们栩栩如生。

描写关系

家人、爱人和敌人，都会帮助你讲述自己的故事。以下部分将详细介绍这3类关系。

家人

家庭关系可以说是最有趣的。它们通常极其复杂，充满潜在的矛盾。但另一方面，很多与家庭有关的事情，都是购物清单之类的平凡细节。

在故事中，你告诉读者的与家庭相关的信息应当有用而且切题。问问你自己：

✔ 我对这段关系的描写，能否加深读者对这个角色的了解，是否有助于读者现在和（或）以后理解这个故事？

✔ 这些信息是否在一定程度上推动了情节的发展？如果没有，读者真的需要知道它们吗？家庭琐事可以是有趣和丰富多彩的，但故事中包含太多此类内容，会妨碍情节的进展。请尽量减少不相关的细节。

在你的故事中，你要与自身经历保持一定距离。你会很自然地以自己的家庭经历为基础来创作故事，这很好，但要记住，对你来说有趣的事情（因为你经历过而显得如此），在别人看来也许并不有趣。所以不要忘记提出上面的问题。

你的爱人、朋友和熟人，都是你自己选择的。而家人，就算你不想，可能也得去爱。有些人很幸运，他们拥有一个自己无需选择也愿意花时间相处的家庭。有些人没那么幸运，若不是跟家人有血缘关系，他们宁肯绕道回避。

小建议

就像生活中一样，一个角色的家庭对其产生的影响，非家庭成员是做不到的。原因是家里人了解真正的你。家人知道你的秘密和你做过的尴尬事；他们见证过你最脆弱无助的时候。你对外展示给别人的形象，一个家庭笑话就能轻松戳穿。

有时候，你与家庭成员仅止于血缘关系：在一场聚会上，你本来想像超模一样表现得很酷，然而你的弟弟出现了，行为举止尴尬至极，你的"酷"一下就被戳破了。

也许最有趣的一点是，你的家人比任何人都更清楚你的"敏感"按钮在哪里，以及怎样按下它。

取悦母亲

我们有一个朋友简，对服装有着出色的品位。简做一个决定要花很长时间，但一旦下定决心要买什么东西，她一定会买。而且，她的选择总是对的：那些衣服她穿起来很好看。有时，她会跟朋友一起去购物，朋友会对她正在考虑的商品评头论足。她会倾听别人的说法，但几乎不会改变主意。

一天，我们碰到简和她妈妈在一起购物。她选了一件无可争议的漂亮连衣裙，连瞎子都看得出来非常适合她。她妈妈看了看裙子，摇了摇头。简二话没说，立刻把裙子放下，走开去找别的东西去了。她完全顺从她母亲的品位，然而她母亲却穿着完全不适合自己的衣服，并且颜色也让她显得脾气挺暴躁。

后来，我们向简问起这件事，她说自己穿衣服从不在乎别人怎么评价，只要她自己喜欢就行。但如果她母亲发表任何贬低性的评论，简就再也不会穿那件衣服，哪怕她明知母亲的穿衣品位不怎么靠得住。

这只有家人才能做到！

你的故事需要考虑到家庭关系和其他关系之间的区别。不要错误地认为两者之间没有区别。这些关系并不一样。

下面列出了一些你需要思考的家庭关系与其他关系之间的潜在差异：

小建议

✓ **家庭关系往往很极端。** 如果家庭关系和谐，他们会过得非常舒服；如果这段关系不正常，那就会糟糕透顶。这种倾向使得家庭关系比友谊更有趣，因为友谊通常没那么反复无常。

如果你想在故事中提升情感温度，运用家庭关系，做到这一点容易而快速。你还要记住，家庭成员之间产生的情绪，可能比在家庭之外产生的情绪更复杂。

✓ **家庭成员之间的交流简短直接。** 他们通常不会浪费时间来一段开场白，而是迅速切入主题，这是其他角色无法做到的。家庭成员常常觉得自己的任务就是把痛苦的真相告诉彼此，因为没有其他人会这样做。因为亲密，他们往往直言不讳，而同样的话，朋友们可能会犹豫，或者用更委婉的方式表达。从情节的角度来看，这是很有用的，因为你可以让一个家庭成员突然说出某事或者直接切入主题。

✓ **家人似乎是用密码交谈的。** 家人之间的交谈方式，外人很难真正理解。你可以利用这一点，在故事中建立"局内人"和"局外人"的对立。你也可以用它来揭示亲戚之间的冲突或秘密，比如当一个外人问起家里的某位婶婶，人人都顾左右而言他，或是每次女儿提起自己的孩子，父母都退避三舍，不接话茬。

✔ **家人可以对彼此既爱又恨。** 这很有意思，因为这让他们的行为更难以预测。家庭之外的人际关系，往往没那么复杂。可以利用家庭的不可预测性，让读者猜测接下来会发生些什么。

还要记住，爱恨关系通常比其他关系来得更激烈，所以，如果你的故事需要一场战斗，家庭关系是开战的好地方。

✔ **家庭就是部落。** 他们选边站队，彼此恶斗，但往往也会携手对付外人。同样道理，从情节的角度来看，这可能很有趣。

身为写作者，对你来说最关键的是家庭成员之间的动态关系，这为你的故事增添了更多的趣味层次。

爱人

爱人是家人的一种形式。爱人关系有类似友谊的一面，它没有那么深厚的过往历史；爱人也有类似家庭的一面，情感强度极高。关于爱人，有两个关键点：

✔ 爱人之间的纽带非常牢固，但也会以有别于家庭纽带的方式断裂。

✔ 爱人关系是后天选择的，不是天生的。

这两点区别十分重要。

你可以把爱人之间的纽带当成你故事的关键戏份。在故事（或部分故事）里，读者看到这些纽带经受着考验，甚至达到了断裂临界点。它们会断裂吗，还是一方裂开了口子，另一方还维持着？他们还能继续相爱吗？ 每个读者都认得出这些状况，潜在的组合带来了各种各样的可能性。

你还要记住，爱的对立面是恨。失望或遭到背叛的爱人，说不定会变成敌人。

你也可以在小说中利用爱人之间的一种独特情况：例如，对家人和朋友来说，性的背叛无关紧要，但这却是爱人之间的严重问题。同样，爱人关系来自选择，意味着合不合适这类问题也很重要。当然，爱人和家庭之间也有交集：大多数爱人也是家庭成员。你可以使用这一点来制造额外的冲突。

小建议

你大概已经意识到，利用不合适的关系通常比利用合适的关系更能写成好故事。但是，如果你想写一个故事，说两个人坠入爱河，并认定对方跟自己天生一对，那么关系的错位可以来自他们周围的人。想想《罗密欧与朱丽叶》吧：他们的爱情无比浓烈，在很多方面他们都是很般配的一对。遗憾的是，他们的家族有世仇。环境和背景可能会破坏一段美好的关系，就像一段错误的关系，哪怕收获了来自全世界的支持和善意，也会腐败变质。

敌人

敌人可以形形色色、有大有小，但你需要考虑一个关键点：你不能孤零零地设定一个敌人。敌人对故事的重要性来自他们与主角的对立关系。

敌人对主角造成威胁，而且，这种威胁对主角是有重大影响的。例如，你想活下去，而有人想杀你，你就有充分的理由称后者为你的敌人。（此时，他们的动机无关紧要，但显然，这之后将成为故事的一部分。）然而，如果你非常想吃甜甜圈，而有人在排队时挤到你前面，买下了商店里最后一份甜甜圈，虽然这个人令你恼火，但他算不上真正的敌人。

这里的要点在于，为了能让你的主角采取有趣的行动，敌人所做的事情必须事关紧要。如果你的主角把买了最后一份甜甜圈的女人拖出商店并将之打死，这就不合适了，因为买走最后一份甜甜圈并不能成为仇恨的理由。

所以，首先你需要确定哪些事情对你的主角很重要，接着，你要确保敌人对这些事情造成了这样或那样的威胁。这种威胁可以是个人的、具体的（"我爱我的家庭和家人，你却试图伤害他们"），也可以是抽象的（"我有一套道德体系，而你的行为威胁到了它"）。

简单地说，敌人必须成为主角的对立面。当然，一个出色的故事并非如此简单，但究其核心，主角和敌人从根本上是对立的。否则他们就不是敌人，而如果他们不是敌人，你故事里的情感温度就会大幅下降。

第10章

说说对话

在本章中，你将了解到：

▶ 把对话当成工具

▶ 竖起耳朵 —— 尽量采用友好的方式

▶ 揭示性格

▶ 遵守社交礼节

▶ 书面上的言说

▶ "他说，她说"

对话很简单，不是吗？你只管听别人说了些什么，接着便写下来，对不对？嗯 …… 倒是也可以这么说。而这也正是容易出问题的地方。本章中，我们要来看看什么是对话，以及你有哪些方法处理它。我们还探讨了一些在行文中呈现对话的不同方式，以及每种方式对你所写内容的影响。

对话能做什么

你可以写一个完全没有对话的章节，但在动笔之前，你最好还是了解一下对话的作用：

✓ 对话（通常）会加快速度。多数时候，比起阅读文字描述，阅读对话总是更快。从最简单的层面说，对话的句子往往更短，所以你可以在同样时间内阅读更多内容。此外，对话更口语化，单词更短，不那么复杂，更容易阅读。

✓ 对话可以极为有效地传达信息。"我们一贯慈爱的母亲在哪里？"简问。"我刚才看见她在河边吓唬鱼呢。"杰克回答。从这短短两句话里，你可以看出简和杰克是兄妹，他们对母亲有一种有点嘲讽不恭的看法，杰克刚从河边母亲身边回来。而如果要通过叙述者来传达这一上述信息，需要写上好几句话，而且接近于"解释"而不是"展示"：身为优秀的作家，你要努力向读者展示，而不是解释每一个微小细节。

✓ 对话能够通过人物所说的话、说话的方式和没说出来的话揭示人物性格。你需要仔细考虑通过角色之口说出的词句。读者对书中角色的印象，是他们言行举止的综合。

想象一下，这是你踏上新工作岗位的第一天。桑德拉走过来对你说："当心乔纳斯，他一边冲着你微笑，一边偷走你的工作成果，并把它当作自己的交上去。"这传达了很多信息，其中一些彼此矛盾：

· 乔纳斯不诚实，或者至少有一个人因为太讨厌他而对你说了谎。

· 你的同事可能是关心你，也可能正在跟某人进行一场办公室战争，试图争取你的支持。

· 你的工作场所肯定存在问题。

你可以使用对话让角色变得复杂（例如，某人在第一次见面时似乎是办公室打小报告的人，结果却在没有其他人保护你的情况下为你说话）。你也可以利用对话解释角色的一些复杂性（例如，你向"办公室暴君"提起她不幸早逝的妹妹）。（本章后面的"传达性格"一节将更深入探讨这个主题。）

呈现对话

有些对话提供了情节信息，或充当说话者之间的揭示性交流，重要性一目了然。这类对话写起来相对简单直接，因为它显然必须存在，而且内容已经确定。

必要性没那么明显的对话更难写，但你可以尝试几种不同的途径，让表面上无关紧要的对话变得重要且必要：

✓ 让听者因对方说的话而震动，显得猝不及防，以此引导读者的注意力。

✓ 让说话人在说话时举止异常。例如，让说话人开口的时候直视听者的脸，或者反过来，让说话人闪闪躲躲，摆弄一些东西。

小建议

任何不寻常或令人不适的行为，都让倾听的角色（以及读者）想知道发生了什么。它在读者的记忆中放置了一个钩子，以便他们稍后回顾。但这一招别用得太过头；不要在关键时刻雷声大动。只要让关键的对话比周围的文字稍微突兀一点点就可以了。

你可以通过让角色回忆别人之前说过的话来达到这个目的。他们可能会想，虽然这件事本身并不奇怪，但在那个时候说出来却很奇怪。

要记住

对话不是孤立存在的，写的时候需要考虑到情境。

例如，一个女人听说母亲去世了，她却说，自己需要把车修好。她的反应带来许多可能的阐释：

✓ 女儿误解了，或是不知怎的没能理解。

✔ 她处于震惊当中。

✔ 她不在乎母亲的死活。

✔ 她杀了自己的母亲，所以已经知道她死了。

短短一句对话，你铺垫了至少4种可能的情节发展方向。

在撰写对话的时候，记得随时问自己：听取对话的角色和读者都知道些什么。他们是比说话人知道的更少，知道的一样多，还是知道的更多？每一种情况都会影响谈话所揭示的信息，也会影响说话人怎么说、说什么。

大声朗读你的文章，要特别留意对话的听感。如果它听起来不对，很可能就有问题。

小建议

在公交车站听一听

剧作家艾伦·贝内特（Alan Bennett）曾说过，他戏剧中许多最精彩的台词都是他在公共汽车站候车时无意中听到的。你经常听到作家说，"人们会说出最不寻常的事情"，"人们说的对话比我编出来的好得多"。

身为作家，你也许已经常常坐在咖啡馆里（咖啡馆比公交车站暖和多了），听着周围人们的对话。如果你这样做的时间足够长，可能会无意中听到一些有趣或奇怪的事情，你可以把它们放到一个故事里。如果你无意中听到某人说了什么精彩的话，务必要把它记下来，往后很可能会派上用场。当然，这恐怕也会令你因为偷听而受到威胁，所以要小心谨慎。

只需要拿着本子和铅笔，等着别人说出古怪、诙谐和睿智的事情，把它们串起来，对话就准备好了，这样的想法自然叫人动心。只可惜，想写出精彩的对话，这么做远远不够。

作家们说，他们在公交车站听到了最精彩的对话，这可能是真的。但他们没有说的是，在精彩对话出现之前，他们站在那里等了多久，也没有说在那之前，出现过多少无聊至极的对话。凡是说写作来得毫不费力的论调，你都要留个心眼，那很可能只是有人很努力地让它显得毫不费力。

此外，像艾伦·贝内特这样的作家非常善于打磨听来的对话，能让它们变得更好，他们还知道怎样将它们与其他对话搭配起来，增加整体的趣味性。光靠一句精彩的对话，并不能带来一段精彩的对话。如果你能达到艾伦·贝内特那种人的水平，那就太好了。他精于此道，而且还让它显得轻而易举；但写出精彩的对话并不容易，事实上，它非常难。

挪用无意中听到的对话还有另一个问题，有趣的引用通常只有在特定情境下才好笑 —— 这就像，一个本应可笑的故事在转述时变得平平无奇、失去笑点，人们常常会说，"你得在场才明白。"好笑的事情之所以听起来好笑，往往是因为说它的人。为了重现它的冲击力，你必须为读者重现这个角色。在一种情况下显得睿智的评论，换一种情况就变得平庸了；而如果你不认识当事人，富有魅力的"怪味"会显得很傻。

听一听人们怎样彼此交谈

你要格外留心人们怎样彼此交谈。听广播剧会很有教益。如果你置身公共场所，试着只听别人说话，不要看说话人，看看你能否理解人与人之间的关系。等你对某人或一段关系形成了印象，问问自己："我是怎么知道这些的？"他们说了什么？怎么说的？此外还要留心那些听起来不对劲的地方，也就是言辞与其表达方式存在冲突的地方。一个人完全可以带着诱惑的意味说"我讨厌你"，一如人会漫不经心地说"你很棒"。

注意人们是如何向彼此表达赞同或不满的。听听讥讽和亲昵的话，尤其是它们被掩盖在某人外在态度之下的时候。

在练习倾听和书写对话时，试着互换角色。假设你写了一篇文章，故事里有个男人试图挑起争端，有个女人努力维持和平，因为孩子们在两人身边。等你写得满意了，试着把角色交换一下，让女人挑起争端，男人安抚她。考虑到你对两人谈话方式和关系的认识，这一场景和前一种有什么不同？

就像，呃，它不像…… 说话，懂我意思吧？

很多人会这样说话：

"就像，你知道，我曾经以为，嗯，我想，就像…… 啊，问题是我以为照顾孩子，就像，会是…… 嗯，很简单，但是，你知道，就像…… 我不知道，这应该 —— 我应该比现在做得更好，但是，我，我难道是喜欢显得笨手笨脚吗？ 你觉得呢？"

这当然很极端，但人人都认识这样说话的人，人人都可能有这样说话的时候。在生活中，这样的对话一点问题都没有，因为说话人正在思考接下来要说什么，但是你想读吗？ 恐怕不会。

一个有用的练习：下次你和朋友聊天的时候，把对话录下来。接着把你听到的都写下来。（写个几分钟就行，誊写是一项枯燥的工作。）结果取决于沟通者的年龄、性别、背景，以及讨论的话题等各种因素，但我们敢打赌，你至少会看到以下一些情况：

- ✔ 无助于听者理解谈话内容的词语和声音。其中一些是为了让说话人有时间思考，比如"呃""哦"以及"就像""你知道的""对了""好吧"一类的词和短语。
- ✔ 重复。
- ✔ 中断。

✔ 没说完的句子。

✔ 说话人在句子中途改变了主题。

✔ 间隔、停顿和沉默。

✔ 误解和错误。

事实就是如此，大多数真实的对话都支离破碎且不完整。很多内容外人难以理解。不少对话平淡乏味甚至无聊。人们自我重复，自相矛盾，花很长时间才说到重点，开些并不好笑的玩笑，有令人恼火的语癖，等等。面对现实吧，人们交谈时很少会用完整、构思良好、语法正确的句子。能始终用引人入胜且诙谐的方式说话的人，那就更少了。

身为写作者，你面前摆着一桩有趣的任务。你要写的对话，一方面要显得真实，看起来就像说话者真的在说话似的，同时又要避免现实对话中的重复、混乱和平庸。（没有多少读者希望自己读的故事中包含重复、混乱和平庸！）

为了帮助你完成这一壮举，以下是一些注意事项：

✔ 即使你的小说写的是日常生活中的普通人，也**不要**写得太接近人们的正常对话方式（停顿、变化主题、漫无目的）。你的主角说话最好不要平平淡淡，多次重复。要是有像这样说话的角色，让他们短暂出现即可。至少，要保证有其他人说话以打断他们的发言。

✔ **一定要记住**，日常谈话可以很有趣且信息量很大，它可以揭示性格。

对比可以为你带来很多幽默感。例如，一个倾向于夸夸其谈的人与一个言简意赅的人交谈，或是一个对某一主题非常了解的人与一个一无所知的人交谈。

由于人们喜欢用自己所了解的事情、他们的日常生活和自身追求来表达自己，故此，人们说话的方式揭示了他们的性格。

我们曾与一位女士共事，她对自己的孙子孙女倍感自豪。在办公室里，一些人玩了一个游戏：找一个话题，让她没法在几分钟内扯到自己孙辈身上。（我们从来没能找到，真的，我们尽力了。）起初，她的这种自豪感很有意思，也挺讨人喜欢，但我们越来越意识到，这位女士不想谈论其他任何事情，她对别人的孩子或孙辈丝毫不感兴趣，于是，这种自豪感就乏味起来。她的自豪感实际上来自强烈的好胜心，她的孙辈们必须在所有方面都是最好的。从写作的角度来看，一个人试图讨论一个严肃的政治问题，而另一个人却不屈不挠地总把话题往自己的孙辈身上扯，这样的对话可能很幽默，也颇具启发意味。

一个短语可以概括一个人的整体性格。我们有个朋友的习惯是，碰到任何讨论，他都这样开场："啊，但你看，麻烦的是……"这不就把你最需要知道的人物性格展示出来了吗？

✓ 对话里任何对故事有妨碍的部分，**一定要删掉**，除非有很好的保留理由（例如，它们揭示了性格）。即便如此，也要尽量减少。要记住，读者会继续阅读自己喜欢的东西，放下让他们感到无聊的东西。所谓的无聊，这里指的是无休止的重复和乏味的主题。

✓ 不要让对话漫无目的。对话对故事没意义就不应该出现。对写作者来说，没有所谓"中性的对话"这种东西。没有一个字是浪费的，每一次对话都有意义，都包含了些什么，揭示了些什么。你写的每一段对话，对你的故事都很重要。

✓ 不要担心读者会想："这个人说话太有逻辑了，跟现实生活一点也不像。"你在讲一个故事，除非有人听起来像简·奥斯汀笔下的浮夸角色，否则，读者不会注意到对话与现实生活不符。

口音和方言

地方口音很棘手。不管你住在一个国家的哪个地区，除了你自身说话带有的口音，其他口音对你来说都很陌生，你的口音对其他人来说也很陌生。所以，如果口音在你的故事中很重要，仅仅表现那些你觉得奇怪的口音还不够，任何具有鲜明特色的口音都要加以强调。

如果你在写剧本，就不必担心口音问题。你可以这么写，"珍妮特出场。她今年35岁，很有力量感，说一口浓重的老伦敦腔。"剩下的交给演员就可以了。小说则更为复杂。假设你想把小说设定在一个居民口音很重的地方，更进一步说，大多数听众可能不熟悉这种口音，那么，让读者明白对话是用一种特殊口音说出来的就很重要。这里有一些方法可以帮助你实现这个目标：

✓ **按照发音来写**：这意味着，词语怎么发音，你就怎么写。用浓重的伦敦土腔说，这句话的发音是这样："勒意味着，奇语肿么花音，哩就肿么斜。"[①]

显然，这种做法存在若干问题：

- 首先，不是所有老伦敦人的口音都这样 —— 有些人甚至说得完全不同！
- 第二，就算是按发音来写，有一套预设的通用发音系统，实际情况也并不总是符合假设。例如，你可能在写一个

---

① 这句话原文为："This just means that you write the words as they sound." 作者将伦敦土腔写作："Vis jast meens vat yous wroi yer verds as vey sarnd."

来自曼彻斯特的角色，把"grass"和"maths"的尾音发成一样的，但来自苏塞克斯郡农村的读者一般把"grass"和"Mars"的尾音发成一样的，这就会造成混淆。

- 第三，有些词按发音来写几乎无法辨认，特别是对你不熟悉的口音。你把它大声读出来，根本听不出它到底在说什么。一个从未去过美国南部的英国作家，恐怕不知道乔治亚州口音和路易斯安那州口音的区别，也不知道最能代表两者差异的词是怎么发音的，这种情况下，按发音来写对话就徒劳无益了。

  就算你真写明白了，读者也必须跳出故事，琢磨你到底是什么意思，这绝非好事。

✓ 只有特定单词按发音来写：这种方法避免了前面提到的一些问题。例如，你可以将任何以"v"开头的单词改成"w"，用来代表角色的老伦敦腔。（狄更斯在《匹克威克外传》中对山姆·维勒就是这么做的。）当然，并不是所有老伦敦人都这么发音，但这是可行的。它甚至可以带来一些幽默的机会，比如当角色想说"vest"（背心），但其他角色听到的是"west"（西边）。当然，这也可能让读者产生困惑。

前文详细列出的所有问题，在这种方法中仍然存在，只是没那么突出了，较之完全按照发音写，它没那么令人摸不着头脑。

✓ 使用习语：这种方法特别适合类似"老伦敦腔"的口音，押韵的俚语可以用来提醒读者角色说话带口音。你也可以使用重复的单词和短语，特别是加强语气的词和不常见的（因此是个性化的）短语。一个美国人说，"You betcha"（表示对某事的强烈同意或肯定态度），一个苏格兰人说"Och aye"（表示肯定态度，有强调之意），一个英国人说"I say"（老式英国英语用法，用于表示惊讶或引起对某句话的注意），这些都是比较老套的例子，你需要为自己的角色想出更多类似的词，要更微妙、更机灵。

小心刻板印象和不动脑子的笼统用词。还要注意避免重复；就算你在现实生活中认识一个每说两个字就夹杂个"like"（就像）的人，并不意味着它读起来有趣。

✓ **使用语言模式**：这种方法对说非母语的人特别有用和常见。他们可能会使用像"a football it is"（"足球这是"）这样的结构，而不是直接说"it is a football"（"这是足球"）。他们会在奇怪的语境中使用意想不到的词汇，比如我们有个丹麦表兄用"awful"（恶心）来表达从轻微烦人到非常恼人的所有事情，所以碰到一只狗汪汪叫，他会用"awful dog"（"恶心的狗"）。（我们没告诉他他有这个特点。）人们偶尔也会使用母语中的单词，因为他们想不出对应的英语单词，或是因为英语单词与母语单词相近，他们出于习惯脱口而出。瑞典人和德国人都经常用"ja"来表示"yes"（是的），也许是因为一些英国人也会把"yes"发成类似于"yah"的音。

你也可以允许这样的角色偶尔说错话，不过，我们建议你避免过多地利用这种情况制造喜剧效果，因为这通常会显得傲慢而非有趣。

你用不着不停地提醒读者某人有口音。偶尔提醒一下就足够了。只要时不时地给读者一点提示，他们就会记得。

传达性格

你可以通过很多方式了解一个人：你可以观察他们做什么，也可以向别人询问他们的情况。然而，最直接的方式是跟他们交谈。你小说里的角色也是一样。

仔细观察你的对话。角色所说的一切，都有助于读者对其形成印象。

听一听角色说了些什么、怎么说的

在日常生活中，你会通过人们说了什么话、怎么说话来发现他们的性格。人们经常说一些表面上没有什么意义的话，但他们说话的方式却使它意义重大。反过来，也有人会用非常明确的方式来说一件事，以表达某个信息的重要性。

人们也会从没有说出口的事情里透露自己的信息。有时候，这一点很容易看出，比如一个人有机会说别人的坏话，却并没有这么做。有时这更为微妙，比如你意识到你认识很久的某个人从来不提自己的父母。一位母亲从不叫儿媳的名字，这就无声地传递了大量信息。对话描写既可以放入这些信息，也可以留白。

显然，一个人说了些什么很重要，但从写作者的角度来看，他们怎么说也同样有趣。问问你自己：情境对这些人有着怎样的影响？他们用了什么词？他们没用哪些词？他们比平时更少地使用特定短语了吗，还是更多？他们在回避什么吗？他们和周围的环境契合吗？较之读者的预期，他们更兴奋、更投入或是更沮丧吗？他们说的话和说话的方式，怎样反映了他们周围的情况呢？

在描写角色时，你需要建立一套基本的言语模式。角色说话可以啰嗦冗长，也可以轻快直接。但当他们处于紧张的环境中，他们的言语模式可能会发生改变。这些变化告诉读者，压力正在影响角色。

举个简单的例子：有个角色从不说粗俗脏话，碰到别人说脏话，他甚至会出言反对；但突然之间，他开始骂骂咧咧。同样，一个商人一贯强势，员工都害怕他刻薄的嘴巴，但有一天，他却和蔼可亲地跟一个把工作搞砸的人说话，至少读者知道，他身上发生了一些奇怪的事情。再或者，一直很友好的同事突然变得疏远，或者更糟糕，他们变得冷淡且礼貌得近乎刻板。他们不再使用令人愉快的措辞和短语，而是开始使用冷冰冰的专业语言，用头衔代替名字，拒绝谈论任何与手头项目没有直接关系的事情。

另一个例子是人们如何称呼彼此的名字。假设一个角色名叫约瑟芬·史密斯（Josephine Smith），有人称她史密斯小姐，有人喜欢叫她史密斯女士，有人叫她约瑟芬，也有人还是照老样子叫她"小约"。每一种称呼方式都透露了说话人的一些信息。"史密斯小姐"可能有点正式，不过要视情况而定。"史密斯女士"反映了一种看待头衔的方式。"约瑟芬"是熟人之间叫的，第一次见面就这么称呼，有点太不见外了。"小约"是非常亲近的人的叫法，对一些人来说极不合适。

约瑟分·史密斯对这些称呼的反应，也传达了一些言外之意。如果她说，"叫我小约就好。"这是一种回应。如果有人叫她"小约"，她笑着说，"其实我叫约瑟芬。"这是另一种回应。此外，她说话的方式，有可能是在暗示她不喜欢"小约"这个名字，也有可能是专门向某个人暗示："我不太认识你，所以你不能随随便便地叫我。"更极端的情况是，如果她自我介绍说，"我叫约瑟芬·史密斯，但大多数人都叫我弗洛普西。"那就是另一种类型的人了。

小建议

想一想你的小说情境会有什么样的变化，以及当事人所使用的言语如何反映出这种变化。增加正式程度是一个简单的方法。如果一个人一直叫她"小约"，突然改叫她"约瑟芬"，这是一个信号。（孩子们都知道，每当父母完整地叫他们的名字，他们就碰到麻烦了。）同样，从"约瑟芬"变成"史密斯小姐"，同样是暗示事情有变化的信号。

无动于衷作为一种反应，也很能说明问题。有个典型的例子：

一个人说"我爱你"，另一个人却没有回应，或是说了一些听起来不太真实的话，比如"你对我来说也很特别"。后者不回答"我也爱你"，可能并不是什么关键细节，但如果此人没办法说出这些话，读者至少有理由认为他们与说话人之间有芥蒂，要不就是他们自己有什么问题。

再想想人们用作委婉语的词句（一个亲戚"非常疲惫了"而不是"经常喝得烂醉如泥"），以及这种说话方式能透露出说话人身上的什么信息。还要记住所谓的"房间里的大象"，也就是某件非常明显但却没人敢说的事情。这可不仅仅是说话委婉，比如老人明显已经有些痴呆的样子，人们却只说"爸爸有点儿健忘了"。

在对话中揭示关系

几乎可以肯定，对于你需要思考的基本人际关系，你已经有不少经验了。这里有两个例子：

- ✓ 情侣关系。情侣之间经常用某种密码式的语言交谈，并把注意力集中在对方身上。他们可以把对方的话补充完成。他们经常把头凑在一起低声说话。通过这些方式，他们表现出排他性和一种纽带感。现在，想想那些试图不暴露关系的情侣会如何行事。他们经常在公共场合谈论"安全"的话题（比如天气），以免透露太多信息。他们经常夸大正式感，总是允许对方把话说完，不互相反驳，等等。请注意，情侣之间往往会在这种默契上做过了头。（比如，对一些非常平凡的事情说，"对，很好的观点。"）

- ✓ 敌对关系。敌对者的行动方式多种多样：他们可能大声坚持自己的观点，也可能基本保持沉默。他们的声音可能会因为紧张而变得尖厉（恋人之间很少会尖声说话，除非发生争吵），或是因为厌恶而变得低沉，因为不耐烦而变得急促或哽咽，等等。他们可能会使用居高临下、侮辱或轻蔑的语言，并搭配相应的语气。他们可能会用另一种语气来掩饰正在做的事情。现在想想两个看似敌对又彼此相爱的人，他们的行为会有什么不一样的地方。声音、语气、用词和行为可以怎样通过协调一致，又或是错位，从而产生不同的结果？

　　想一想，要是有公众人物被抓到行为不端或违反了法律，他们上电视试图挽回声誉，并带上伴侣证明一切都好。（这种行为通常被称之为"支持"他们，"站在他们身边。"）政治家会说："我非常愚蠢"，"我正在寻求帮助"，"我的家人站在我身边"，"我配不上他们"。伴侣（他们的肢体语言通常有趣极了，看着政客自责，他们会微微点头）通常会刻意避免直接指责对方，而是咬紧牙关表示宽恕。请注意，政治家经常说很多话，乐于坦白，使用心理分析式的语言（"我正在寻求帮助"，"我有问题"，"我正在对付自己内心的魔鬼恶魔"，"这是一段漫长的旅程"和"我正在寻求支持"）。而伴侣说话时则用更短的句子，通常是简单的常识性观察，比如"这显然需要时间"。（请注意，处在这种位置的人，经常会突然冒出像"显然"这样的词。）

情境示例

　　以下3个例子说明了对话如何与特定情境相结合，发挥不止于谈话的作用：

　　✔ 在《傲慢与偏见》中，贝内特夫妇被简·奥斯汀塑造得截然不同。贝内特先生诙谐、文雅、超然、博览群书、爱讽刺，从各方面看都是一个令人愉快的伴侣。贝内特太太挑剔、歇斯底里、情绪化，除了当地的八卦和女儿们的婚姻前景之外，几乎没有其他话题。他们与人的对话风格迥异。在书的大部分篇幅里，贝内特太太都是幽默讽刺的对象，贝内特先生常常拿她开涮。这里说明一下，贝内特太太担心女儿们最终可能会因为未婚而陷入经济上的困境，这种担忧是很实在的，而贝内特先生的讽刺是他用来逃避现实的防御手段。跟他聊天当然更有趣，但他的超然让他的女儿们有可能最终被送进济贫院。在读者的眼中，贝内特太太明显夸张的哀号变得更合乎情理了，而贝内特先生的讽刺却变得不那么吸引人了。

✔ 剧作家艾伦·贝内特（别跟上一个例子中的贝内特一家弄混了！）经常用对话来隐喻更大的事物。一位牧师的妻子谈论着女人们竞相为教堂插花布置，从表面上看，她只不过对人们如何争夺她丈夫的注意力做了一些机智诙谐的评论，但读者需要知道的关于她的生活、婚姻和心境的一切，都通过对话向我们透露了。贝内特笔下的痛苦几乎总是未被说出，隐藏在表面之下。

✔ 昆汀·塔伦蒂诺（Quentin Tarantino）的电影《低俗小说》（ Pulp Fiction ）中有一个著名场景，两个主要角色在开车时讨论奶酪汉堡的优点。对话很有趣，也让人对他们的性格有了一些了解。然而，观众可能会好奇这个场景的意义是什么。直到你意识到这两个角色都是杀手，正在去执行杀人任务的路上，你才洞察其奥妙。他们谈话的平淡无奇，与他们出行的目的正好相反。对他们来说，杀人是他们的日常生活，奶酪汉堡的对话突显了这种情况。

要记住 这里的要点是，对话要反映出正在说话的角色之间的关系。当然，最有趣的对话出现在不止一件事同时发生的时候，比如当人们彼此不喜欢但又必须一起工作的时候。

言语是你塑造角色的要素之一，所以你可能会想看一下第8章。

社交口吻

对话是无法在真空中进行的。你需要考虑对话在社交层面上如何运作。社交口吻，是通过对话传递信息（即人们由于财富、影响力和权力不同而产生的相对社会地位和关系）的一种极其重要且有用的方式。

社交口吻不一定与社会阶层有关，尽管两者也可以相关。工作关系通常是分层级的，许多群体都有类似的结构。在地方社区，人们会担任有影响力的职位。在社会群体（包括年龄和背景相同的朋友组成的小团体）中，也有着影响力和权力的线索。领导者来来去去。有些团体根据不同情况，出现不同的领导者。平等对话少得惊人。成年人对孩子用不同的方式说话，男女之间互相说话的方式，也不同于对同一性别者。在书写对话时，社会语境和语气是关键，因为它们可以引发和解释人们的反应。

这种社会地位的不同，一部分是通过称呼方式的简单差异来体现的，比如地主用姓氏称呼自己的园丁，而园丁则尊称他"先生"。此外，社会地位高的人往往问问题更多，而地位低的人则回应更多。地位较低的人在谈论一个主题时一般不太会说自己的想法，除非有人要求他们这样做。一些社会地位高的人表现出一定的傲慢举动；也有些下级会试图奉承上级。

地位平等的人彼此说话的方式，与他们对上下级说话的方式不同。当你在社交和工作圈子中互动时，留心听取这些不同之处。

你需要思考不同的关系在社交场上如何实现平衡，这种平衡又如何从这些人之间的对话中表达出来，这些人在对话中表达和压抑了什么情绪。自然，人们对社会地位的反应非常不同：有些人重视它，有些人讨厌它。一个角色可以用多种方式回应地位比自己高的人——比如紧张得不知所云，自吹自擂地胡言乱语，用自信而简短的句子说话，或退缩到寡言少语的防御墙后面（可能会显得无礼，也可能还没达到这种程度）。

试着用写作游戏来表现人际关系中的权力

想象一下，一出哑剧正在村子的礼堂里上演，由一个近期刚来村里的人执导。这名年轻女子在戏剧方面有些经验，习惯于与半专业人士合作。可是这一回，她的演员都是业余爱好者，同时还有许多其他事务要处理。为了得到需要的东西，她必须与村委会（以及其他所有委员会）的主席打交道。村委会主席是一位上了年纪、相当自负的前陆军少校。

想一想这里的权力关系：

✔️ 她是新来的，谁都不认识，也不知道村里的事情怎么运作。他则一直住在当地，显然认识这里的每一个人，知道每一件事。

✔️ 她在戏剧方面颇有经验。他没有经验。

✔️ 她是个年轻的女性。他是个年长的男性。

每个特点都有至少两种不同的看待方式。她初来乍到可能是一个劣势，因为她几乎不知道什么时候需要去找谁。另一方面，她没有受到历年来各种窝里斗的影响，所以她可以把事情做成。少校可能会欣赏她的年轻，也可能嗤之以鼻。她可能把他当作一个自负的老顽固，也可能把他当作经历丰富多彩的人物。等等。对话的社交口吻，会将他们关系中所有这些方面体现出来。

注意对话排版规范

想要了解如何在书页上布置对话，你可以想想你希望跟哪些出版社合作，看几本它们出版的书，观察它们是怎么做的。出版社很可能有专门的版式风格，如果是这样，请遵循它。如果没有固定版式风格，你有几个选择：

✔️ **走传统路线**：传统的对话排版方法很简单，角色说的话使用引号，标点符号都在引号内。每一个新的说话人都另起一行。

"你真的这么想吗？"约翰问。

"是的。"玛丽果断地回答。

采用这种方法的优点是，人人都习惯它，很容易记住。

✔️ **去掉引号**：当然，你可以决定抛弃引号：

你真的这么认为吗？约翰问。

是的。玛丽果断地回答。

这是可行的，不过在某人一边说话一边做事时，这种行文容易造成混淆。

✓ **使用破折号**：有些作家爱在对白前加破折号，像是这样：

—— 你真的这么想吗？约翰问。

这也没问题。不过，一旦如果说话人四处走动，你要么再加一个破折号，要么只有放弃它。

✓ **要不要另起一行**：你必须决定是否让每一个说话人都另起一行。

你真的这么认为吗？约翰问。他穿过房间。我在想，说不定你是对的。他拿起一只花瓶，把它举到灯光下。我拿不准。

在这里，读者必须判断"我在想，说不定你是对的"是说话还是描述。读者还须判断是谁在说话。如果遵循另起一行的惯例，那显然是约翰在说话。如果你决定不遵守这一惯例，就会让人混淆：

你真的这么认为吗？约翰问。他穿过房间。你真的这么认为吗？约翰问。他穿过房间。我在想，说不定你是对的。他拿起一只花瓶，把它举到灯光下。我拿不准。她朝他走过去。我知道我是对的。

这让人很难确定是谁在说话。你可以在每句对话的后面加上"她说"或者"他说"，这有一点帮助，但显得有点笨拙啰嗦。

省略引号，新说话人的对白不换行 …… 你当然可以用这些方式来写故事。只要这不会对你的叙述造成损害，就没问题。这由你决定。

我们的建议是什么呢？如果东西没坏，就用不着修。人人都知道引号和另起一行的作用，所以我们建议你采用它，除非你有真正充分的理由不用，你有更重要的事情要考虑。

对话"标签"

标签是跟在一段对话后面的词语，用来解释谁在说话，怎样说的。最简单的标签可以是类似"她说""珍妮特说"，以及"她抱怨道""她生气地说"和"珍妮特大怒道"一类的短句。标签的主要目的是让读者明白谁在说话。

许多作家似乎都遇到了给"说"这个词找个替代用语的问题。他们用了"说"，继而又用"低声说""沉吟道""劝诫道""厉声喝道""突然说道"等等。（同义词词典真的应该让所有作家人手一本！）

这方面并没有什么严格的规定 —— 一如既往，适合你的就是有效的；不适合的就别用。随便找两本小说读读看，你会发现作者们对此有不同的认识。这里，我们列出了一些一般性的指导原则，让事情变得简单些：

✓ 标签会放缓节奏，除非必要，否则可以不用。

✓ 只有从上下文难以判断是谁在说话时，你才需要标签。如果只有两个角色在说话，那么几乎不需要标签。只有当一个角色说话、做事、接着又说话时，才需使用标签，如果这种情况下没有标签，读者可能会感到糊涂。

✓ 如果是超过两个人在对话，你有时需要告诉读者是谁在说话，尤其是当某人已经有一段时间没开口了，或是很多人在争论不休的时候。不过，说话人往往也能根据上下文表现出来。

假设你这样写："桑杰有一阵没开口了，但此刻，他故意用力把杯子放回桌上，身体前倾。他的声音柔和而清晰。'我是真的受够了这些废话。'"这时，你可以在这句对白后面加上"他说"，或者"他低声说"，但这里是谁在说话存在疑问吗？如果不存在，就不需要加"他说"。考虑到你已经说过他的声音"柔和而清晰"，会有人怀疑他不是"低声说"吗？如果没有，那就不需要加上"低声说"。总之，要经常问问自己，到底需不需要加标签。

　　有时，作家会写一句对话，并在后面加上"她恶毒地说"或"她怒斥道"之类的标签。有时你需要这样做，但在写作中可能用得并不如你想象的那么频繁。这么说吧：你不会让某人说了一百多个字，又在最后加上"她怒斥道"，因为根据定义，"怒斥"是一句简短而尖锐的反驳。反过来说，如果有人在讲话，而另一个人说"别傻了！"这一听就像是在发脾气，所以你没必要说"她怒斥道"。在实践中，你很少会用"恶声恶气地说"这种标签，除非你想要增加对话的冲击力，或者对话的内容和语气在某种程度上不协调，比如某人说话是为了讽刺的时候。

第11章

设计冲突

故事中的冲突可以表现为多种形式，但你的小说中不能一个冲突都没有。冲突让故事有了存在的理由，让你半夜不睡觉都想读下去。冲突回答了"你为什么要跟我讲这个故事"的问题。它是故事的本质，也是每一部小说必不可少的部分。你必须有能力识别冲突，并看出自己的作品里什么时候缺失了冲突。如果你曾经读过自己写的东西，并觉得"太无聊了！"那很有可能是因为你没有解决好冲突的问题。本章将带你了解为什么要设计冲突，怎么在故事里融入冲突。

琢磨你为什么需要冲突

冲突就是故事。你可以写一个没有冲突的故事，但没有多少人想读。

假设你重回童年，有人给你讲故事。他们有两个故事，你都没听过，你只能从中选一个听。他们简单描述了每个故事，并让你选出最感兴趣的那个。这两个故事，你更想听哪一个？

从前，有一个王国，那里的每个人都非常幸福。每个人都遵纪守法，国王和王后也很擅长让每个人都得到自己想要的东西。

王子和公主们都遇到了非常合适的伴侣，他们结了婚，从此幸福地生活在一起。

或者：

从前，有一个王国，那里的每个人都非常幸福。后来，善良的国王和王后死了，新国王和王后有很多人们不太喜欢的新想法。其中有一个想法，是在丞相的鼓动下冒出来的，那就是向邻国发起战争。没人想打仗，但人人都受冲动驱使，没等他们真正想清楚，一场大战就爆发了。为了停止战争，两国同意让各自的王子和公主缔结婚约，联合统治两个国家。这是个好主意，但是没人问过王子和公主是怎么想的。他们从来没有见过面，而且也都各有心上人。但如果他们不结婚，战争就会继续打下去，他们也不希望这样。他们似乎注定要放弃自己的幸福了。

大多数人更乐意听第二个故事，不仅因为它更悲伤，也因为它有冲突（许多幸福的故事同样充满冲突）。

有些作家喜欢把冲突称为"斗争"，但无论你喜欢哪个词，你都要在故事中使用它，以确保：

✔ **故事里有利害攸关的东西。**不同角色就某事互相竞争，或是两个角色都想要同一件东西，但只有一个人能拥有。

以足球决赛为例。两支球队都想赢，但那是不可能的。必须有一队输，而两支球队都不想输。

✔ **这件利害攸关的事情重如泰山。**角色准备为了它们欺骗、撒谎、打仗，甚至杀人。如果利害攸关的事情微不足道，他们才懒得费心思。

足球比赛涉及的利害关系绝非微不足道。有奖杯要赢，个人和球队的尊严和荣耀也随之而来，更何况还有经济奖励。

✔ **读者要选择立场。**部分原因在于前面的两点，足球爱好者不是认同这一队，就是认同那一队。他们可能决定支持精英选手组成的身价高昂的队伍，也可能更喜欢勇敢和顽强的劣势方。关键在于，冠军赛上很少有人是中立的。

确保你的小说建立在这些概念上。人们必须有各种欲求，他们必须准备好付出一定努力去得到它们（因角色和情境不同而有所差异），读者应该感到参与其中，他们希望有人获胜、成功，或者至少不要失败（不是所有的故事都是坏人和好人之间非黑即白的战斗）。换句话说，你必须写斗争和冲突，否则，你的小说里人人都是好好先生，支持他人的努力，那就太过友好了。生活是一场斗争，你的小说务必反映这一现实。

面对冲突

在这一节我们要看一看，在叙事术语中冲突意味着什么，由哪些元素组成，以及你构建冲突的基础是什么。

基本上，冲突就是人们的欲求与所得之间的差距。制造冲突的关键点在于让你的角色想要一些东西，又让他们难以得到。如果你的角色拥有想要的一切，每当他们需要其他东西，又总是如愿以偿，那你就没什么故事可讲了。

请记住，想要这个词在此有两重含义：渴望某物又缺乏某物。一个角色可能渴望金钱、名声或另一个人。他们可能缺乏他人的认可，或缺乏安全感。（没错，想要是一种交叠状态：某人缺乏金钱，因此渴望金钱。试着两方面都想一想，你就不会有所遗漏。）

强烈渴望

渴望是人类的天性。人们总是在寻找新的感觉、新的想法和新的做事方法。山那边的草总是更绿、更茂盛。

从作家的角度来看，渴望某事的效果，在于角色想要的东西很稀罕，很难得到。不是人人都能成为亿万富翁，或者拥有一幅毕加索的真迹。因此，为了赚钱或获取某物而做的奋斗，很可能直接包含着冲突。此外，并不是每个人都能当上老板，成为人上人。如果你想赢，就必须去争，这意味着更多的冲突。

因此，写人们欲求某样事物的故事，是个好主意。这样的故事有很多，而且有多种方法来处理：几乎每个人都有过想要某件东西的经历，能跟这样的故事产生共鸣。

所以，写这样一个故事很容易。只要把某件大家都想要的东西放到某个地方，接下来看着你的角色为之而战就行了。当然，这只是其中的一种方法，很多故事都使用了这种思路的某个变体。

要记住

从讲故事的角度来看，关键不在于某人想要的事物有多重大，而在于他们想要的渴望有多强烈。

一本小说里主角偷了200万英镑，另一本里偷了100万英镑，你可能会认为，前者比后者有趣两倍。事实上，金钱的数额与此无关。为了让故事有趣，角色必须非常想赢得奖赏。奖品是什么并不重要。这种情境之所以能构建出一个好故事，是因为角色出于渴望而采取了行动。

甲故事讲述一个人极度想要成为电影明星，为了达到这个目标，他愿意不择手段，说谎、作弊、把自己逼到极限，甚至杀人；而乙故事讲述一个人乐于成为电影明星，但前提是，它不是特别困难，而且绝对无需早起。毫无疑问，甲故事里的野心勃勃，比乙故事更能打动读者。

　　如果你的主角想要某事，就让他们真真切切地渴望它。罗密欧非常渴望朱丽叶，听说她死了，他毫不犹豫地自杀了。有些人非常渴望一个孩子，知道自己没法生育之后，他们宁肯去偷别人的孩子。英国国王爱德华八世非常渴望和华丽丝·辛普森（Wallis Simpson）在一起，甚至为了她放弃王位。这就是渴望。

　　如果一个角色非常渴望某物，读者会手不释卷地往下读，看看他们能不能得到，如果没能得到，他们准备做出些什么努力。

　　强烈的感情更有可能促成行动。以下两种想法，你至少要让读者产生一种：要么是"没错，我能理解，如果落到他们的处境，我会跟这个角色一样绝望、担心或痴迷"；要么是"我对这件事的感受跟这个角色不一样，他们显然认为这事很重要，不过我能理解为什么这件事对他们很重要"。

　　你的目的是让读者明白主人公非常想要得到某东西，且他们有自己的原因。这些原因可能常人难以理解，但对主人公来说很重要。读者只要知道主人公有这样的理由就行了，至于这些理由是否很好、是否合理，对读者来说并不重要。

设置障碍

　　冲突的诀窍在于让你的角色想要某样事物，接着设置障碍来阻止他们。障碍可以是任意事物，也可以是各种事物的组合：他人、社会、运气、环境、家庭、历史、他们的自我毁灭倾向等等。障碍可以是一个内部问题，比如某人想要两件互不相容的东西。（例如，一个女人有着强烈的成名欲望，但她深爱的丈夫不能忍受生活在聚光灯下。她不可能两者都要，所以必须做出选择。）设置障碍的可能性是无限的。

问问你自己：

> ✔ 我的主角想要什么？
> ✔ 是什么阻止他们得到它？
> ✔ 如果他们没能得到，会发生些什么？

如果这几个问题的答案分别是"想要的不多""没有什么东西阻止他们"以及"不会发生些什么"，那你的故事就出问题了。"想要某样事物"至关重要！你的角色必须有所求，必须有某种障碍使之求不得，并且，如果障碍无法克服，必须出现大麻烦。

围绕买面包构建冲突

想象一下，你正跟朋友谈话，你在给他们讲故事：

　　昨天我去商店买面包，因为我们的面包吃完了。他们有很多面包，所以我买了一条带回家。不过，顺便说一句，就算他们没有也没关系，因为我冰箱里还有三张不久前买的大饼，还有好多包饼干。我们没问题的。

你不会跟朋友讲这个故事，因为它根本就不是故事，而它不是故事的原因在于它没有任何冲突。

现在试试这个方式：

　　我昨天去商店买面包，因为我们家的吃完了。等我赶到那里，商店已经关门了，我只好像疯了一样跑到另一家商店，我本来从不去那里，因为他们的面包贵得简直像是在抢钱，而且，如今很讨厌我的前女友，她就在那儿工作。但我还是气喘吁吁、满头大汗走了进去，要买一条他们贵得吓人的面包。刚好碰上前女友当班，她瞪着我，我一边付钱，她一边用怀疑的眼神看着我，问我为何如此需要这些面包。我可没法跟她说，这是因为我需要面包屑，为我的现女友——她不认识——做她以前给我做的那道菜，但我现在怀疑，她肯定猜到了是怎么回事。因为我把面包带回家之后发现，它并不是我想要的新鲜面包。前女友肯定给我换了一条发霉的陈面包，所以那个晚上我表现得不太成功。今天早上，我在街上碰见前女友时，她笑容甜美地问我昨晚过得怎么样。

这就是一个故事了，因为它在讲述者想要做的事情（悄悄走到商店，买一条面包，带回家做一顿饭，打动新女友）和实际发生的事情（情势和前女友共同阻挠了他）之间存在张力或冲突。

思考冲突的不同源头

冲突的源头可能很广，但可以大致划入以下几类。

与他人意见相左

他人是冲突的"富矿"。一般来说，你的主角会与两群人产生分歧：

✓ 敌人，也即任何试图故意伤害主角的人。敌人之所以有用，是因为他们会把主角逼到必须采取行动的境地。当然，敌人有着不同的动机，他们的感受可能是正当的，也可能是不正当的，你可以为他们的敌意选择任何形式，但这种冲突比较容易被看出来。

✓ 你的主角也可能跟动机不如敌人那么明确的人发生冲突，这种情况有时读起来更有趣。这一类人并不是故意要伤害你的主角，只是最终却这么做了。一家人互相争斗的故事很受欢迎，就是这类冲突更有趣的证明。

当然，家人也可以是直接的敌人，但混杂的动机通常更有意思。亲人行事，往往自认为是出于对某人最大利益的关心，但当事人却很可能并不这么认为，进而对其行为产生愤怒感。家人之爱也会让事情变得复杂，因为亲人可能会在反对和出于亲情的赞同之间摇摆不定。

　　一个女人爱上一个人，家里人不赞同。她的家人把她送走一段时间，接着恐吓和贿赂她的情人，逼此人离开此地。等这女人回来，家人告诉她，她的情人已经搬走和另一个女人在一起了。然而，她的妹妹打破了家族的共谋，告诉了她真相。这个女人不光责怪家里其他人，也责怪妹妹。妹妹现在受到了家族两个方面的排斥。与此同时，女人的情人为自己的行为感到羞愧，回来了。这家人的行为是出于爱和善意，但对主角来说，他们仍然是敌人；她想要一样东西，他们却想阻止她得到它。

与环境发生冲突

　　冲突常常是在具体情境中发生的，也就是说，主人公的诸般境遇形成特定的"境遇组合"，进而导致了冲突。这是冲突非常有意思的一点。

　　创造这种冲突，你既可以先着手写故事，然后再琢磨情境，也可以先把情境想清楚，再写故事。

　　如果你从故事背景开始（"故事发生在'六日战争'期间的以色列"或者"故事发生在去年麻烦不断的那个住宅区"），那么你需要考虑在这样的背景下，什么样的人物和关系可以构成一个有趣的故事。例如，以色列外交官爱上埃及士兵的故事显然很有故事潜力，因为他们各自的立场是最明显的问题。如果两国并未交战，他们的问题会少一些。然而，两个以色列农民为一块土地的所有权发生争执的故事，几乎可以设定在任何时间，"六日战争"对故事的贡献会很少（至少从表面上看是这样）。

　　如果你先写故事，就必须确定什么样的情境可以让故事最有趣。两个有趣的人之间的爱情故事，可以通过情境来赋予冲突：本来一切顺利，直到其中一人因车祸受伤、被解雇、战争爆发，或是发生任何有违角色愿望的事情。所以，如果角色们最想要的是在一起，而环境让他们分开，冲突就会产生。如果主角最想要的是独自在农场里工作，那么环境就应该让他难以实现这一点。

如果你的主角与另一个种族的人结婚，家人可能会产生一系列反应，比如震惊、恐惧、担心、袖手旁观看好戏、怀疑、冷漠和祝福。最有趣的冲突是"混合型"的：父亲对女儿结婚不高兴，但他的反对与种族无关，而是与年龄、文化或与他自己的战争经历有关。你还可以让忧心忡忡的父亲为自己辩解，说自己的反对和种族主义无关，让女儿未婚夫的家人对主角一家人做出某种不正确的，或只有部分正确的假设，以此进一步制造冲突。你还可以这么做：父亲认为自己不是种族主义者，但事实上他就是。诸如此类，不一而足。

对某种情势产生反应，要比接受这种情势更容易引发冲突。

要记住，时间、地点和环境都很重要。一个爱好和平的犹太医学生爱上了一个陆军上校的女儿，如果你把故事背景设定在1938年的伦敦，那么这是一种故事；同样的情节，如果把背景设定在同一年的柏林，就会变成另一个完全不同的故事；如果发生在1975年的北爱尔兰，或者2005年的伊拉克，也都会全然不同。

冲突常常源于错误的人，在错误的时间，出现在错误的地点。如果人、地点或时间有所不同，事件可能会非常不同。

内心冲突的挣扎

上面所说的"他人"与"环境"，是最明显的冲突起因，但不要忘记第三个起因：你的角色本身。你的角色也是人，也可能是他自己最大的敌人。你的角色可能会因为某种行为方式阻止自己得到想要的东西。假设你的主角是个颇有才华的演员，但很难与他人合作，很难找到工作。又假设一名运动员长期暴饮暴食，或者一个酒鬼得到了一份要求求职者绝对可靠的工作。很容易看出，角色的行为会如何妨碍他们得到自己想要的东西。

你的角色也可能因为自己的内在力量（或是内在力量的缺乏）而受阻。你可以假设你的主角想成为一名演员，但却非常害羞，不敢在公共场合讲话。假设雄心勃勃的商人缺乏自尊、过分自负，每当有人想要告诉他该怎么做，他都态度粗鲁。这种内部问题同样具有自我毁灭性。你可以让角色如强迫症一般沉迷于打扫房屋，整个上午都出不了门，你也可以让角色是个猜忌心很重、对他人缺乏信任感的人，他们无法给予爱人应得的回应。

这些倾向产生冲突。它们会引起别人的愤怒、沮丧和失望，所有这些反应都可能导致争论和问题。它们也会在角色内部产生反应 —— 你笔下的角色有诸般行为习惯，他们可能并不以此为傲，所以他们会有内心冲突。

内心冲突和外部冲突互为因果。以下是一些冲突和斗争的场景，你可以用在小说里：

- ✓ 冲突的一个显而易见的来源是战斗本身。人们互相争斗（和杀戮）。你的故事可以讲述人们最初为什么决定要战斗，或是他们为什么继续战斗（你甚至可以设想，他们说不定已经忘记了战斗的原因），又或是如何阻止人们继续战斗。领土争端？捕鱼权？一场失控的争论？又或者，他们400年来一直不喜欢对方，现在也不打算有所改变？尽管这种类型的冲突很重要 —— 它是故事的背景，对人们做什么和为什么做有影响 —— 但它也可能是各类故事冲突中最无趣的，因为这样的冲突难以变得个人化。
- ✓ 最精彩的故事往往聚焦于两个人之间的斗争，当然，这两个人可以代表更大的组织（比如詹姆斯·邦德和大反派诺博士，丽兹·贝内特和达西先生）。国与国之间的冲突很难落实到个人身上，但这可以通过选取冲突中的一个小角落，将之缩小为两个人或两个小团体之间的斗争来实现。《兵临城下》（*Enemy at the Gates*，威廉·克雷格的传记，2001 年改编为电影）是个很好的例子，电影把1942年斯大林格勒战役缩小到了两名狙击手之间的斗争。

另一种方法是让主角反对战争本身，比如在埃里希·玛利亚·雷马克（Erich Maria Remarque）的《西线无战事》（*All Quiet on the Western Front*）中，主人公为了生存而斗争。你可以将战争作为故事的背景，增强人物感情，并使战争决策的潜在后果显得更加严重。

战斗是冲突的产物或症状，而非冲突本身。理解这一区别十分关键。有些作家在故事中加入打斗场面，以为这就足以提供冲突了。

✓ 另一个有效的斗争源头，是不同人物所处的地位（社会的、性别的、个人的）要求他们以违背自身意愿的方式行事。王子和公主可能不得不嫁给自己不喜欢的人，或者无法嫁给自己爱的人。人们的工作可能需要他们住在国外，或是他们不想住的地方，远离他们喜欢的人和环境。人们可能不得不建立关系来取悦他人（两个家族可能理所当然地认为两家一起长大的孩子是"青梅竹马，天作之合"）。人们可能不得不跟自己不喜欢甚至鄙视的人做生意。所有这些情况，都使得人们跟自己的欲望纠缠，跟自己不愿意接触的人纠缠（他们很可能对逼得自己进入这种局面的人或势力怨念很大）。你可以利用这种纠缠，迫使角色做出决定或选择，判断什么东西对他们最为重要。

✓ 主角周围的人也会产生斗争和冲突。例如，父母可能会与主角发生冲突，甚至父母之间也会不合。他们可能会对很多事情感到内疚，包括他们的养育方式，他们做出的决定和牺牲，以及他们强迫孩子做出的决定和牺牲。父母也可能认为责任重于自我，于是，内心挣扎便出现了：一边是荣誉和自我牺牲的理念，一边是对孩子的爱。你可以利用这种冲突，让角色看到在冲突中成长会给自己带来怎样的影响。

✔ 角色之外的权力中心也是潜在的斗争发源地，如政府、董事会等。个人可以追求自己的目标，也可以有更大的全盘考虑。对个人有利的未必对国家有利：有时，为了机构的进步，必须牺牲个人利益。不要忘记，机构通常由多个派系组成的，而且这些派系不断争夺影响力。你可以利用这种冲突来展现更广泛的政治问题，以及它对个人有什么样的影响。

要记住

从经济上或情感上打击别人，跟从身体上打击别人一样，都是一种攻击，也是一种冲突。

在故事中加入冲突

这一节的内容将帮助你在脑海中理清小说的冲突类型和程度。试试这个练习。请写出：

1. 你主角的名字。
2. 他们最想要的一样东西。
3. 他们要做什么才能得到它。
4. 妨碍他们得到它的东西。
5. 得不到想要的东西，会导致什么后果。

6. 由于没有得到想要的东西，角色发生了什么变化。他们仍
　然想要同一件东西吗？

如果上述步骤里你有任何一步还没有答案，你都需要认真思
考。如果你的小说缺少其中任何一步，你的冲突都无法清晰地呈
现。

通过本节中的步骤，你可能会得到下面这样的结果：

✓ 少女凯蒂无可救药地爱上了哥哥最好的朋友詹姆斯。在这
个世界上，她最想要的就是跟他约会。

✓ 要实现这一点，有两件事必须改变：其一，詹姆斯必须不
再把凯蒂看成一个满脸雀斑的小孩；其二，他现在的女友
朱莉必须消失。

✓ 如果凯蒂得不到詹姆斯，她会很痛苦，认为自己很愚蠢。
当她看到詹姆斯和朱莉在一起，她越来越觉得问题不在于
自己年纪太小，而在于朱莉。朱莉妨碍了詹姆斯和她在一
起。她越是思考自己该怎么做，就越是确定：要么对詹姆
斯放手，要么她就必须采取行动。

通过冲突，故事得以发展了——这就是上面的例子中发生的
事情。它始于一种静态的局面。凯蒂爱詹姆斯，但詹姆斯爱朱莉，
认为凯蒂只是个小孩。出现这种情况，也未必会发生什么，除非
你问："如果凯蒂没有得到她想要的，会有什么后果？"凯蒂要么
向前走（她认定自己爱詹姆斯，并准备为他而战），要么后退（她
确定他不值得自己去追，并放弃追他的想法）。假设她选择为他而
战，那就必须做点什么。现在，你只需要决定这个故事是喜剧还
是恐怖故事，以及凯蒂要对朱莉（或是詹姆斯）做什么。

你可以用同样的方式为两家企业的故事引入冲突。A 公司和 B

公司的市场份额分别是六成和四成。他们对这样的局面都很满意，所以什么也没发生。后来，一位新的首席执行官接管了 B 公司。他对这种情况不满意，开始从 A 公司传统垄断的领域里争夺业务。A 公司对此很不满，决定彻底消灭 B 公司。整个故事都是在讲发生了什么，而后谁赢了（如果有人赢的话）。不引入冲突，故事就根本不存在。

 冲突（和故事）存在于人的所欲和所得之间。问问你自己，角色想要什么，他们得到了什么，这会产生什么影响。你的冲突和故事就在这个空间里。

第四部分　调整和收尾

小建议

为你的小说中加入配角的五个建议

✓ 一个故事只以两个人为中心，可能会让人感觉不自然。大多数人的生活中都还有其他人。为了让故事更有说服力，你通常需要在故事中加入配角，这才能让它显得更可信，更像现实生活。

✓ 主角之外的人让故事更有趣。配角的行动对主角有着或大或小的影响。

✓ 配角是主角的对照。主人公对配角的反应方式，能向读者透露出一些关于前者的信息。

✓ 在故事中，配角通常作为帮凶、知己、捎话人、批评者、麻烦制造者等出现，是必不可少的。

✓ 配角增加了故事的复杂度和多样性，使其不会过于集中在主角身上。它们深化并增加了故事的线索。

在这部分，你将了解到：

✔ 在你把小说稿件投给潜在的出版者之前，如何重读、修改、完善你的小说。

✔ 检查你的角色和背景设定是否一致。伊迪丝在第32章是不是一不小心变成了埃迪？所有令人兴奋的事情是不是都发生在书的后半部分，而前半部分比蜗牛爬得还要慢？

✔ 为你的书找一些最初的读者，搞清楚如何从他们那里获取反馈，以及如何处理收到的反馈。

第12章

深入刻画，增加细节

- -

在本章中，你将了解到：

▶ 从基础着手

▶ 增加层次

▶ 预示即将发生的事情

▶ 扩展情节

▶ 避免巧合

▶ 判断行动和反应

- -

成 功的故事需要发生不止一件事，需要不止一个角色的参与。故事需要发展：它需要向外流动，牵扯到其他方面。用写作术语来说就是：一个故事需要层次和次要情节。

本章将帮助你增加故事的复杂度，又不让它变得混乱。

从基本要点开始

你小说的要点可以主要归结到三个方面：情节、主角和配角。以下各节依次讨论这几点。

情节的基本要点

你需要确定，在你的故事中，哪些人和事组成了最关键的部分。想象一下，一位电影导演给了你一大笔钱，想把你的书拍成电影，并请你撰写剧本。但电影将是书的大幅简化版。你只能使用数量最少的角色、背景设定和事件。你必须决定什么东西必不可少，并在整个写作过程中保持对这些要素的关注。

然而，你刚动手写时认为重要的元素，写到后面可能又觉得没那么重要了 —— 随着写作的推进，你的书会发生变化。别担心，这很正常。边写边检查；看看你的决定还在不在正轨上。如果不在，那就修改。完成初稿后，再看一遍。再次做出决定，坚持下去，因为这肯定有助于你聚焦在重要的事情上。

专注主角

确定你的主角。他们的故事就是你小说的故事。（如果不是这样，那就再看一遍，因为他们恐怕并非主角。）最重要的角色和情境可能是你一开始设定的角色和情境，但有时候，其他角色会出乎意料地冒出来，接管整个故事。

做好决定之后，你就可以只讲述主角的故事。假设你把小说设定在一座荒岛上，只放了两个人进去，完全没问题。请注意，如果他们已经和别人结了婚，他们的配偶很可能同样是故事中的人物，哪怕后者从未真正出现过。事实上，任何在这两个角色的生活中有重要地位的人，都与故事有关，即便这里的"有关"恰恰来自他们的缺席。

充分利用配角

大多数故事并不是只有两个与世隔绝的人。你的主角身边有朋友、同事和家人。他们在生活中可能也会有很多很重要的人，这些角色常常会从故事里钻出来。

大多数故事都有次要角色的原因包括：

✓ 一个故事只以两个人为中心，可能会让人感觉不自然。多数人的生活中都还有其他人。为了让故事更有说服力，你通常需要在故事中加入次要角色，这才能让它显得更可信，更像现实生活。

✓ 主角之外的其他人让故事更有趣。你的读者也喜欢跟他们相遇，了解他们。配角的行动对主角有着或大或小的影响。他们会让故事变得复杂，也会让事情变得好办一些。

✓ 配角是主角的对照。主人公对配角作何反应，能向读者透露出一些关于前者的信息。

✓ 在故事中，配角通常作为帮凶、知己、捎话人、批评者、麻烦制造者等出现，是必不可少的。

✓ 配角增加了故事的复杂度和多样性，使其不再过于集中在主角身上。它们深化并增加了故事的线索。

层次

小说的一个决定性特征是作家们所说的层次（layering）。短篇小说也可以有层次，但长篇小说由于篇幅更长，要求更大的复杂度。

层次指的是并行的不同故事（有时称为主线和副线），以及角色展现出来的情感复杂程度。层次感为小说增添了深度和丰富性，让读者更为满意。

可通过以下步骤为你的小说提升层次感：

1. 确立中心关系。

这种关系通常发生在主人公和另一个人之间。它可能是爱情关系，也可能不是。它可能是主人公和某个事物（如企业或组织）

或一群人之间的关系。它可以是内在的，如主人公和个人情感或个人缺陷之间的关系。要把你（还有读者）的大部分注意力都放到这段关系上，因为这是故事中最重要的部分。

2. 确立每个中心人物的附属关系。

每个角色都有人际关系（与爱人、家人、朋友和敌人的关系），这些关系被带进了故事，很可能会对故事产生影响。（如果没产生影响，你可能要考虑这些人是否应该出现在故事中。）即使角色的存在仅限于几个场景，也可能会产生不止一个方向的影响。

例如，如果主人公的表弟醉醺醺地出现在主人公的婚礼上，被人发现是一个酒鬼，这就可能影响家庭成员内部的关系，以及主人公及其酷爱喝酒的未婚夫之间的关系。

3. 确保每个配角都有自己的故事。

这些故事不必惊天动地、冗长复杂。实际上也不应该如此，否则就可能会掩盖主要故事。但像主角一样，配角也有自己的需求、欲望和问题，这些元素要清晰地展现出来——即便在文本中并未明确讨论。同样，如果这些角色不值得塑造得有趣而丰满，不妨问问自己为什么他们会出现在故事之中。

格里和哈丽特之间的人物层次

哈丽特和格里是一对恋人，故事的主角。他们的父母反对他们在一起，还试图拆散他们。格里有两个室友，这俩人整天躺着看电视，认为哈丽特扰乱了自己舒适的生活。哈丽特有个嫉妒心很强的妹妹，可能暗地里想把格里占为己有。故事的主要驱动力是格里和哈丽特的爱情，以及这对情侣如何应对各种压力。读者忍不住想问的问题是："他们最后会不会在一起？"

到目前为止，故事主要集中在格里和哈丽特身上。即便这个故事施展拳脚的空间很小，也有很多机会让其他角色带来多样性和更多故事背景。例如，为什么父母反对他们结婚？双方父母是同样反对，还是其中一方反对得更厉害？也许格里的父母结婚很早，现在感到后悔，不想让儿子犯同样的错误。也许哈丽特的父母很有钱，担心出身贫寒的格里是个想捞上一把就跑的骗子。围绕格里的父母及其婚姻问题，可以展开一条有趣的故事副线。同样，哈丽特的父母可能正在调查格里和他父母的财务状况。

如果格里很穷，哈丽特很有钱，他们的朋友就很有可能产生冲突、误解和好笑的事。举例来说，如果你在故事中的某个场合把全部角色聚到一起，就可以根据配角的不同背景来测试核心角色的关系。在这个例子中，两人各自的父母与这对恋人之间的会面，能挖掘出很多有趣的情节。一场邀请格里和哈丽特所有朋友参加的聚会也一样。

格里的两个室友可能也是有趣的角色。假设他们挺讨人喜欢（除了懒），读者会想知道，要是格里不再给他们撑腰，他们会作何反应。他们之间的关系，可能是格里在努力与哈丽特维持良好关系的同时不得不面对的问题。如果说哈丽特有点保守，而这些室友交往的女性则恰恰相反，那么格里的处境就很有趣了。

次要故事就像是主要故事的简化版本。

小建议

确保每个次要故事对主要故事都有直接影响。某个角色出现在故事中的原因不需要立刻一目了然，但在书的结尾，读者需要感觉到，如果没有配角这些故事，真的很可惜。

主要故事和次要故事之间有一点区别，那就是主要故事一直在舞台上，而次要故事可以搁置一段时间再出现。

警告!

除非你非常确定自己在做什么，否则不要同时推进两个次要故事。在任何时刻，主要故事加一个次要故事，就足以填满小说页面，再多就会变得太乱。让其他故事处在慢煮的酝酿状态，但不要让它们同时沸腾起来。除了次要故事中的短暂高潮瞬间，注意力要集中在主要故事上。

埋伏笔

如果你打算在小说后面引入某些内容，但现在想让读者有所觉察，就可以使用伏笔这一技巧。提前设好埋伏，铺垫后面发生

的事情 —— 读者不知道它是什么，也不知道将要发生什么，但他们知道有些事情正在酝酿。

等隐藏的东西得以揭示，读者应该感到像是掀开了面纱，并且认为，"哦，现在我明白了他之前为什么要那样做，她为什么会那样说，事情为什么有点奇怪。我就知道有些不寻常的事情在发生。"

《简爱》里有一个很好的伏笔例子。（如果你没有读过这本小说，又不想被剧透，请跳过这一段！）在书的最后，简和读者发现，罗切斯特（简爱上的男人）不仅已经有了妻子，而且因为她疯了，他还把她锁在阁楼里。（这本书便是"阁楼上的疯女人"这一说法的起源。）从一开始，简和读者就意识到，故事里发生着一些奇怪的事情。罗切斯特对简的表现很奇怪：他显然受到她的吸引，但每当有迹象表明两人之间的关系将变得严肃起来，他就往后退。夜里，有号叫和神秘的扭打声传来，简每次试图弄清楚发生了什么，都得到他茫然的否认。读者不知道发生了什么，但毫无疑问，知道这种奇怪的情况是故事的核心。因此，最终指向罗切斯特秘密的伏笔，铺垫在整本书当中。

谨慎对待伏笔。剧作家契诃夫曾说过，"如果你在第一幕把一支手枪挂在墙上，那么一定要保证第三幕有人用它。"换句话说，不要先埋下伏笔，而后却未能坚持发展下去。否则，你会得到一个一路铺陈，最后却没能冲到高点的故事。如果《简爱》的作者夏洛蒂·勃朗特在所有的厉声尖叫之后，没有揭示发生了什么，甚至把那些尖叫真的用"只是风声罢了"一笔带过，那么，她永远不会得到读者的原谅，她的小说也永远不会成为经典。

次要情节

一如配角支持主角，次要情节也可以支持主情节（通常都是有效的）。次要情节是指与主要故事并行发生的故事。

即使是最精彩的故事也不妨绕一点路，你可以在以下几种情况下使用次要情节：

✔ 缓和氛围。如果主情节非常严肃，这就很有用。

✔ 与主情节互为呼应或对立。

✔ 为原本可能相当单薄的叙述增加广度和深度。

✔ 为主情节增添刺激感。

✔ 增加主情节的复杂性（或是简化主情节，不过这种情况较少）。

把次要情节看作是与主要故事并列的独立故事，就好像你同时在写两本书，它们分享了一些共同的角色。

次要情节具备主情节的所有元素，但服从于主情节。

简·奥斯汀的《傲慢与偏见》就是一个很好的例子，若干次要情节通多种方式支撑了主情节。主情节说的是伊丽莎白·贝内特和达西先生之间的关系。然而，贝内特家的每个姐妹都有自己的故事。所有这些次要情节本身都很重要，并对主要故事产生影响。例如，简·贝内特和宾利先生之间的关系，对伊丽莎白和达西的第一次争吵至关重要，轻浮的莉迪亚和卑鄙的威克姆先生私奔，为达西先生最终展示个人本质上的正派和慷慨提供了途径。这两个次要情节是配角自身的故事，它们做出了重要的贡献，但它们完全服从于主情节。若非如此，《傲慢与偏见》将会是一本完全不同的书。

当然，你可以设定两个交织或平行的情节，其重要性也基本相同。

次要情节可以无关紧要，但如果它们缺乏重要性或实质内容到一定程度，就不足以充当次要情节。它们会变成一般素材，比如作场景填充之用的文字，虽然有其重要性，但并非必不可少。

要记住

情节之间的关系取决于你的想法，还取决于它怎样才能最好地服务于你的故事。有次要情节支撑的主情节会更清晰、更集中。而两个同等重要的故事线并行，可能更有力量。这取决于你需要什么，但请谨慎对待，如果你有所疑虑，那就只写一个主情节。

谨慎处理巧合

巧合真的很有用，有时不免有用得过了头。它能让你走出各种困境，也能让你陷入各种麻烦。

你可能读过或见过以下一些场景：

- ✔ 正当怪物伸出利爪，要杀死被困的无助英雄……哐！洞穴的顶部突然坍塌，砸死了怪物，解救了英雄。
- ✔ 女主角被绑着；房间空无一物；没有任何东西可以割断绳子，女主角周围的水位正在上涨。除非……那片闪亮的东西，居然是插在墙上的一小片锋利玻璃？如果她把绳子放到上面来回磨蹭，绳子会断吗？我们相当笃定，它会。
- ✔ 一个男人的妻子在事故中死去。她的心脏被用于移植手术。这个男人遇到了一个年轻的女人，立即被她吸引。她曾接受过心脏移植手术。他们意外地坠入爱河。男人以为自己在妻子之后再也不会爱上其他女人……除非，对方体内跳动着他第一任妻子的心脏。

现实生活中确实会发生巧合，有时它们很有益处，有时甚至成为人生关键。然而巧合会令故事显得牵强，而且它扮演的角色越关键，牵强感可能就越明显。所以，务必谨慎处理巧合。避免在情节设计上让读者觉得"嘿，这来得也太巧了"。

如果你的故事需要依靠某种巧合，至少要事先做好铺垫。（在邦德系列电影中，观众总是能在电影开头看到军需官 Q 给邦德一件他在后来关键时刻会用到的小工具。然后这件小工具就销声匿迹了，直到最后邦德把它拿出来解救自己。）如果你的女主人公在打斗中从桌子上抢过一把裁纸刀来自卫，那么，你应该在打斗未发生时向你的读者展示这把裁纸刀。

还有一个不错的做法：如果你要用某件巧合之物对付某人，那么就让此人先使用这件东西。比如，男主角要用裁纸刀对付敌人，而敌人此前正在用这把裁纸刀拆信。

行动和反应

起初，你的小说可能聚焦在为数甚少的角色身上（通常只有一个），也就是你的主角。一旦确定了主角，你就会探索人物之间的各种关系，故事会变得更加复杂。

通过*行动*（即某人做某事），以及*反应*（由所做之事引起的后果），可以增加读者对角色的了解。

对于这方面的写作，看电影会很有帮助。你应该很熟悉电影中使用的"反应镜头"（reaction shot）。伊姆兰告诉爱丽丝自己出轨了。镜头给伊姆兰一个特写，他低着头，无法直视爱丽丝含泪的目光，无奈地说出了这些话。他一边说着这些要命的话，一边抬眼扫了一下。镜头转向相反的角度，拍下爱丽丝吃惊地倒抽一口气，用手捂住嘴控制自己不发出声，脸上露出难以置信的神色。想象一下，如果没有这样一个场景，镜头一直对准伊姆兰，他说个不停，试图解释发生了什么事，观众内心会尖叫："爱丽丝是你忠实的妻子！她曾为你捐出一个肾！你却背叛了她！我们想看看她的反应！"实际上，摄影机所做的，就是你站在那里观察伊姆兰时会做的事情。当伊姆兰扔出重磅炸弹，你立刻会转过头去看它对爱丽丝产生了什么影响。摄影机代你去"看"。

写作时不妨使用同样的技巧。当有人说了或做了一些可能引起反应的事情时，你要向读者展示这种反应。

每一个行动的发生，都会引起一个反应，反应又带来另一个反应，周而复始，形成一系列互相关联的连锁反应。行动产生后果，后果产生更多的后果。

反应不一定是活跃的。如果某人说了一些你认为会引起暴力反应的话（侮辱或不公平的言语），另一个角色却不作反应，那么，这本身也是一种反应。不回答同样是一种回答，而且往往更有趣，因为这样读者就会想，"她为什么不回应这种可怕的侮辱？这是怎么回事呢？"

要让你的角色有时按读者的预期做出反应，有时则不然。"不可预测"是让读者不断猜测的一种工具。不要随意地应用这种方法，而是要使之起到对比的作用。如果一个角色在整个故事中都完全被动，最后突然爆发，又或者是一个暴脾气的角色在读者预期他会爆发的状态下居然没有发作，那就会很有趣。如果一个人时时刻刻都没法预料，那么这种"不可预测性"就会变得可以预测了。我们大多数人在大多数时候都是可以预测的。

对反应的反应

如果伊姆兰告诉爱丽丝自己出轨了，爱丽丝可以做出多种反应。她可以歇斯底里地尖叫，在房间里跑来跑去，也可以面色凝重，二话不说就抄起锅铲打他。这些都是明显的主动回应。然而，如果她只是看起来很震惊，或是跌坐下来，好像她站不住似的，又或者她什么也没说，什么也没做，这些也都是回应的形式。一如尖叫和暴力，这些反应同样会引起伊姆兰的反应。一切取决于爱丽丝的性格，以及你希望伊姆兰如何做出回应。

所以，正如我们之前所说，没有回答，实际上就是一种回答！以下是连锁反应的例子：

1. 伊姆兰出轨简，对爱丽丝不忠。

2. 爱丽丝去找简，警告她离伊姆兰远点。

3. 简告诉伊姆兰，他必须在自己和爱丽丝之间做出选择。

4. 伊姆兰因为爱丽丝去见了简而生气，也因为简让他的生活变得棘手而生气。

5. 简和伊姆兰吵了一架，并写信给爱丽丝，告诉她伊姆兰不忠的全部经过。

6. 爱丽丝把伊姆兰踢了出去。

7. 伊姆兰意识到自己其实爱着爱丽丝。他告诉简，一切结束了。

8. 简很生气，枪击伊姆兰。

每个行动都会引发一个反应，而这个反应又导致进一步的行动。如果简和伊姆兰没有吵架，她就不会给爱丽丝写信；如果简没有让伊姆兰做出选择，他们就不会吵架；如果爱丽丝没有去见简，简也不会让伊姆兰选择，以此类推。

小建议

　　你可以把行动和反应作为处理情节的一种方式。你的角色实现目标的动机，以及实现目标过程中对重重阻碍的各种反应，也是类似的处理情节的方式。（关于动机，可参见第8章了解更多内容。）行动和反应用来处理对话（在第10章有讨论）和情节（在第7章有讨论）也很有用。

第13章

发挥创意

在本章中，你将了解到：

▶ 让你的创意流动起来

▶ 想象场景

▶ 不假思索地写作 —— 这是件好事，真的！

写作新手通常非常看重创意，这里的创意，指的是拿出各种想法来。这一章包含了一些激发创意的练习。有些写作者会卡在创意上，但也有很多人在这方面毫无问题。实际上，有些写作者的创意甚至太多了！他们的问题在于辨识出有用的创意，也就是说，要找出一个创意，他们可以由此发挥，坚持写完，并发展成一个人们愿意读的故事。本章提供了一些建议，告诉你如何产生有效的创意，并让你把它们变成精彩的故事。

接受各种想法，把它们混合起来

许多人发现，创意总是在最不合时宜的关头冒出来：洗澡的时候，出去散步的时候，等等。你可能碰到过一种很常见的作家体验：一轮写作过程逐渐失去动力，于是你放弃了，上床去睡觉。你躺下来，正打算入睡，突然间，你脑子里挤满了创意和答案，全与刚才一直纠结的问题有关。

这里的玄机在于，创意往往在你没那么费劲琢磨的时候出现，而一旦你努力追求，它们却越退越远。就好像有人走过来对你说，"来吧，说点超级搞笑的事情。"一瞬间，你却什么好玩的事情也想不出来。如果一个写作者坐下来对自己说，"来吧，脑子，快转动起来，想点精彩的东西。"这就注定没戏了。你必须悄悄地、蹑手蹑脚地、趁创意不注意的时候接近它。你努力思考，什么也不会发生。你躺在床上，放松一下，尽量不去想你的故事，突然间，创意就涌了进来。

这很烦人，但写作似乎就是这样。那么，你如何让这个看似无益的过程为你所用呢？接下来的部分就告诉你怎么做。

心态要开放

你可能喜欢把写作创意分成"好"的和"坏"的 —— 这就是人类大脑运转的方式。如果你正在创作一个场景，场景里要发生的事情，你已经做好了提纲，这时突然冒出一个创意，显得跟预设的不太一样，你就会拒绝它。

不要太早评判一个创意。所有的创意都是好的，除非最后事实证明它错了。不要因为眼下看不出是否合适就放弃一个创意。说不定以后会用到。要保持开放的心态，如果你认为自己正在写的书，写着写着变成了另一本，那也没有关系。

在这个阶段，你不知道自己需要什么，那怎么确定哪些创意好，哪些坏呢？如果你想写一部纯粹的惊悚小说，讲述一只在乡间游荡的恶狗，而你所有的创意似乎都朝着另一个故事发展，总是与一对夫妇在小木屋尝试重归于好有关。也许，你应该考虑写一些更微妙的东西。或许重点不在于那只猛犬，而在于这位丈夫对狗的恐惧。

记下你的每一个创意，不管这个创意冒出来的时候你觉得它有多糟糕，看起来有多愚蠢、奇怪或与故事毫不相关。每隔一段时间就回头翻一翻你的笔记本，就算没有别的作用，它也会提醒你，你曾有过多少创意！

别用力过猛

你妈妈总是告诉你："如果一开始没成功，那就努力再努力。"如果你的故事进展顺利，很好，继续写就行了。但如果进展不顺利，似乎看不到它的发展方向，你可能就会像许多写作者一样：继续使劲头撞南墙，希望能突破困境。

然而，如果你碰壁了，不必去尝试砸墙，尤其是在早期阶段，千万不要硬来。不妨试试其他做法：翻过去，或者绕过去。试着改变你的一个角色：比如改变他们的性别；把故事换到另一个国家；把它放到过去。写点别的东西，跟你写不下去的内容没关系的东西。关键是不要停止写作。你妈妈是对的，但还不止如此。努力再努力，但不要每次都尝试同样的做法：如果锤子不起作用，试试凿子。

把你需要的东西视觉化

"视觉化"（visualisation）这个词听起来可能有点新潮，如果这类概念让你感到紧张，别担心。我们在这里提供的练习很简单，无需任何专业知识，而且，我们会全程引导你。

我们使用可视化一词，是指在你下笔之前，确保自己有一个清晰的想法，也就是说，对你要写的事情在脑海中有确凿的画面。举几个简单的例子：如果你面前有一张照片，那么描述一个人就会容易得多；如果你刚从一场冬日散步中回来，那么传达寒冷天气的感觉，就要比你坐在夏日的海滩上容易得多，你的印象会更加清晰。可视化的优势在于，你不必真的去做你要描述的事情，你在自己家里舒适地待着，也能把这些事可视化！请按照以下步骤进行：

1. 靠在你的椅子上。

坐得舒服些，但要坐直（你并不想睡觉）。

2. 围绕一个特定的角色或场景做点白日梦。

你兴许以为自己做的白日梦够多的。别担心，这是有明确目标的白日梦。

3. 在脑海中想象你的某个角色或者某个场景。

你是场景里一个隐身观察者，不是演员。你沉浸在这个情境中，评估角色所做的每件事以及场景中发生的一切。别害臊，使劲看 —— 没人能看见你。

4. 为你的角色想象一些非常不同的情境，或者为你已有的场景想象一些变化，注意会发生些什么。

从你熟悉的环境开始。观察你的角色会做什么。看看他们是兴奋、无聊、尴尬还是好奇。看看他们如何表达自己的情绪。观察他们怎么站，他们的手怎么放。看看他们穿什么。

再想象他们身处其他不同的情境，比较他们在这些情境中的行为、衣着、姿态等。

角色可能遇到的各种情境如下：

- 他们正在等人，即将和对方进行第一次约会，而对方迟到了。他们有何反应？如果这是一场相亲，他们的行为和他们面对真正喜欢的人时有什么不同？
- 他们非常放松，或许正在看一场足球比赛。
- 他们处于极为不舒服的情况下。他们的表现跟放松状态相比有什么不同？又有哪些方面没有改变？

- 他们承受着真正的压力 —— 想象他们身处一艘正在下沉的船上，或是一栋正在燃烧的大楼里。

对于一个场景，你要探索它的每一个方面。真正吸收一切可以看到和感受到的东西。想想声音、气味、纹理、装饰、光线、温度等等，在你的脑海中构建一幅非常详细的画面。

要记住

当这个场景对你来说是活灵活现的，它才能在读者眼中显得活灵活现。这种区别，就如同用单调的声音念故事和热情洋溢地讲故事之间的区别。如果你正在描述一个寒冷潮湿的日子，你希望读者听到以后瑟瑟发抖，想坐得离火炉更近一点儿，那么，你最好心里清楚那个寒冷潮湿的日子究竟是什么感觉。要习惯于全方位地去看、去听、去闻你将要描述的场景。

如果你的角色要走在雨中的街道上，今天又恰巧下雨了，那就想象一下今天下的这场雨落在你所选择的那种人行道上会是什么样子。在脑海里清晰地想象它（或者出门去看看！）。是下的毛毛雨、雾蒙蒙的雨、瓢泼大雨、倾盆大雨、冻雨，又或是风雨交加，还是别的什么样子？

如果有人在雨中街道上跟踪另一个人，你需要知道这条街的嘈杂与繁忙程度，才能确定这个人能不能轻松尾随另一个人而不被察觉。他们的脚后跟着地时会发出什么样的声音？周围还有什么其他的噪音？光线如何？

小建议

要不断观察。走在街上时，要练习保持观察力。这跟戴着耳机走来走去正好相反。你需要开放地面对周围发生的一切。

5. 生动地想象你正在故事中描写的情况。

到现在为止，你已经对角色或场景非常了解，可以相当轻松地预测角色接下来会如何行动，以及场景中会发生些什么了。

如果你还不知道，请回到上一步，想象更多的情境。

你对一个人了解得越深，就越容易预测他们的行为。你可能会发现，你的角色做出了出乎你预料的反应，你可以在故事中用到这些情况和反应。

下面这个问题非常重要。你正在做视觉想象，突然你想到了购物，或是昨天看的电影，要么是今天早上对伴侣说了什么不该说的话。出现这种情况，你通常会对自己说："不！集中注意力！除了写作，什么都别想！"专注当然值得赞许，但我们心里都清楚，你这样是行不通的，那些无意识的思绪总是会回到你脑海里。

不要跟你的杂念对着干。当奇怪的想法潜入你的想象时，别把它们推开：顺着它们走，把它们融入你的想象，看看它们能不能运转起来。

让我们来看看具体该怎么做。在接下来的段落里，你的跑题思路用楷体表示；其余的是视觉化的想象。

格雷厄姆走在街上。下雨了。他被淋湿了 …… *今晚一定要准时出发，不想迟到，我总是迟到* …… 他迟到了。他总是迟到。他加快步伐，脚步声在夜空中清晰可辨 …… *到晚上了吗？啊，现在到晚上了。天气恐怕很冷，必须打开中央供暖系统* …… 汽车挡风玻璃结了霜冻，人行道也变得滑溜溜的 …… *真是滑呀，我6岁时就是因为路滑把脚踝摔断了* …… 寒气让他的脚踝隐隐作痛，这道旧伤的记忆挥之不去 …… *真希望我今天早上对约翰好一点；我不是故意发火的，主要是这个星期压力太大了* …… 格雷厄姆耸了耸肩，抖落了今天早上的对话，决定晚上见到艾丽西亚时要表现得高兴些，至少保证晚上别吵架，免得两人之间的阴影拉长成沉默不语，或是发出嘶嘶的怨恨 …… *面包、培根、牛奶* …… 格雷厄姆走进一家商店，买了些杂货。冲动之下，他还买了巧克力 ……

并不是每一次跑题的思绪都适合写进你的故事，但别担心。重点在于，如果你努力不去想购物清单，它反而会把自己推得越来越靠前。毕竟，你确实需要买牛奶。所以，索性在故事中加入购物清单，让它自然地出现，说不定还会把故事带到一个你没有想到的地方呢。

别想了，动手写吧

好了，你有了一个创意，虽然不一定完整，但你有了可以用来创作的原料了。你已经完成了视觉化过程，并在脑海里进行了整理。现在你需要写点东西了。

永远不要让练习（或是阅读、研究、打扫楼梯……）替代写作。你可以一边准备晚餐，一边在孩子们的尖叫中用吸尘器打扫楼梯，但你不可能在那种时候写作。所以务必保证一有机会就使劲写。

如果你在一沓散纸上做下文所列的练习，记得结束时把纸张放进一个盒子里。如果你在日记本里做练习，就把日记本随身携带。偶尔回过头去翻翻看，你很可能会发现各种各样你早已遗忘的创意。这些旧日的创意叫你诧异：你竟可以给自己一个惊喜。

快速写作

快速写作是计时写作练习。它们会产生创意，让你的头脑热络起来，方便工作。更重要的是，空白纸面（或屏幕页面）令人沮丧，难以忍受，所有作家都知道这一点。它可能让你当场放弃写作。快速写作意味着你再也不用心怀恐惧地看着空白页面。

清理你的写字台。把所有东西都放到地上，避免看到任何引你注意的东西，清除你熟悉的工作氛围。你只需要把日记本，或者一沓纸（因为日记本很快就会写满，你也许更愿意用它来记录创意）和笔放在桌上。纸一定是白纸，没有字迹。钢笔或铅笔应该握持感舒适，书写顺滑。如果光线不够亮，可以买盏台灯。如果你需要咖啡，也可以准备一杯。但桌上不要放电脑，也不要放书。

此外，你面前需要放一块手表，或者一台闹钟。

现在，你就可以动手写了。想写什么就写什么。写什么都没关系。任何意识流的垃圾话都可以。写出来的东西如果连贯、有意义，那很好，但这不是必须的。真的不是。

如果你卡住了，只能想到一些平庸的垃圾，别担心，把这些平庸的垃圾写下来。这个练习就是如此。

你必须遵守一些规则：

- ✔ 你不能停下来思考。
- ✔ 你不能抬手，不能停止书写，片刻也不行。要严格要求自己；不准停。
- ✔ 你一个字也不能划掉。拼写和语法不重要。实际上，刚刚写的东西你甚至不应该重读。如果你的目光不自主地往上移，拿另一张纸放在你正写的这张纸上面，一边写一边蒙住你刚写完的内容。
- ✔ 你不能找任何理由逃避书写。如果你因为什么原因犹疑了，或是认为"这可不是什么值得写的好东西"，那就意味着你必须把这些内容写下来。你越是不想写，就越有必要往里头钻。不要为自己的想象设立禁区。用尽全力地写。没人会看到，没人需要知道。

很容易，对不对？（实际上并不容易，尤其是最后一部分。但如果你下定决心，你一定能做到。）

一则真实快速写作案例

离乔治电脑最近的书是扬·马特尔（Yann Martel）的《少年派的奇幻漂流》（*Life of Pi*）。他随便翻到第144页，第一行是："九根裹着蜡纸的长条状的东西掉了出来。"乔治要求再往下看一句，但丽兹拒绝了。那么，这就是他要动手往下接的句子了。他放下书。5分钟的写作时间。倒计时：3、2、1，开始！

我们事后（而不是写作过程中）纠正了几处拼写错误，但除此之外，以下就是他当时所写的内容。

"九根裹着蜡纸的长条状的东西掉了出来。"天哪，这是怎么回事？看在老天的分上，条子是什么？巧克力条挺好，金条就更棒了。为什么要包蜡纸？蜂蜡。捕蝇纸，老式的那种。天花板上垂下来。唉，恶心。回到巧克力和蜡纸吧。他们用什么包金子？巧克力——黑巧克力，不是牛奶的；牛奶巧克力是给失败者的——想想吃吉百利的男人是啥样。可能是蜡纸，但一定有人专门包过它；制造商肯定会把它放到锡箔里吧？掉了下来？从哪里掉下来的？手里？盒子里？一辆卡车？一名警卫打开卡车的后挡板，一个箱子掉了出来。警卫是从哪里来的？伊万。查理哨岗，勒卡雷，斯迈利。交换间谍。羊毛大衣。雾。它是深色的。盒子破开了。用蜡纸包着的长条掉了出来。毒品？巧克力看起来像毒品？毒品看起来像巧克力似的毒品？金条看起来像毒品？覆盖着一层巧克力的毒品？缉私犬能隔着一整盒巧克力嗅出毒品吗？去查一查。酒心巧克力？喝醉了的狗。嗑了药的狗在舔巧克力。巧克力狗，满是毒品。巧克力脆片落在地上，碎了⋯⋯

好了，这差不多是两分钟的快速写作内容。这是一种意识流，充满了可能有意义，也可能没意义的内容。如果精神科医生拿到这张纸，一定有兴趣来一场田野调查。这不是一个故事——它什么也不是。有些部分甚至只是胡言乱语——词语的联想，思绪在漫无目的地追逐着彼此。

进行这项练习，准确地写上5分钟。不是4分钟，也不是7分钟，就是5分钟。连续写5分钟，不思考，不停顿，也不要犹豫。只写5分钟的原因正在于此。它肯定会让你感觉时间长得多，到最后手说不定都会写抽筋。

写完5分钟，休息一下。晃晃手，搓一搓。接着重新开始，换个新的起点。如果可以，连做3轮。如果你能做两轮10分钟的练习，那就更好了。

等到15分钟（或随便什么时限）全神贯注的写作结束，你就有了好几页纸的创意。等到了想不出来创意的时候，这些快速写完的纸页就成了非常有用的创意储备。这项练习也是写作开始之前的热身好方法。

有些人觉得这项练习很容易。如果你觉得难，可以随手翻开一本书的一页，把第一行当作你的第一个句子。我们举办过的效果最好的一次写作课，是让一个人翻阅一本诗集，读出他看到的第一行诗。这句诗的作者是歌手里奥纳德·科恩（Leonard Cohen），诗句为："今夜，风脱去了我的衣裳。"短短一句话，让学员们写了很长时间，诞生出了好几个故事和六首诗。

在本章开头我们提到过，如果你心里想着"现在我要来写点东西"，然后坐到桌前，你脑海里所有的创意绝对会被一扫而空。这是因为，想得太多有时候只会起反作用。当然，如果你被一个创意压得喘不过气，那就顺其自然，跟着它走吧。但更常见的情况是，你没有什么特别的创意。如果你盯着小说的空白页面，感到没有什么可写，那你就试试快速写作。接下来，浏览你写完的内容，选出你最感兴趣的东西，再围绕它写下去。你已经写了两页纸，热身环节结束，开始写你的小说吧。

这个练习的要点在于不要思考。别想着引导你的想法，别审查你的想法。这就是关键。永远不要因为某件事显得有点蠢就拒绝把它写下来。如果你想不出有什么可写的，那就写"我想不出什么可写的",接着往下写:写没有东西可写有多么烦人,写这种烦人的感觉是怎么一回事。写一写你的台灯,你的咖啡杯,笔落在纸上的感觉,你的足球队,你感觉到从眼睛后面隐隐蔓延的轻微头痛,你有多爱你的孩子,或者你有多讨厌电脑。列一份你死后想把钱留给谁的名单,描述一下你上班的路线,对名人吐槽一番,写一份圣诞节心愿清单,或者形容一下你的男朋友。任何进入你脑海的东西都可以。如果还是一片茫然,那你就写写一片茫然对你意味着什么。描述这种沉默的空白。你知道"最空无"的地方是哪里? 这是一项没有错误答案的练习。

"我记得"写作练习

这个练习跟上一节快速写作练习很像,只不过你要从"我记得"开始写。在这三个字后,写下你记得的一切。是的,任何事情都可以:大或小,有趣或平庸,概括或琐碎,近期的或久远的,事件或感觉,你自己的事或者别人的事。

一直写到你对某段记忆无话可说为止。你可以只写一句话,也可以写一整段;你可能会写几行,接着记忆让你想起别的东西。如果发生这种情况,就从新的回忆开始继续写。你可以随时回到上一段记忆。永远不要把刚想起来的回忆赶跑。别思考,别选择,别审查。只管把进入脑海的内容都写下来。

不管你写了多久,最终你会把某段记忆写尽。如果是这样,就再次写下"我记得",重新开始。同样的规则:什么都可以写。脑子里来什么写什么。

就这样写上5分钟,如果可以的话,写10分钟。不要停,别把手抬起来。

等你写完几次之后,回头看看你刚刚写的东西。这是一个难得的机会,看看大脑会抛出来哪些你有一阵子没想起来的事情。

第14章

完稿与编辑

在本章中，你将了解到：

▶ 准备编辑

▶ 用编辑的眼光重读你的小说

▶ 勾勒场景

▶ 征求意见

▶ 定稿

走到这里，你已经完成了小说的初稿：完工了！你对整个故事、所有的角色、发生的所有事件已经十分熟悉。你还知道，有些部分比另一些部分写得更好，它还需要投入大量工作，但至少各个部分已经合成一个整体了。虽然远非完美，但它是个故事了。恭喜啊。休息一下，喝一大杯酒，看部电影，睡上一觉。然后醒来，坐下来，再次打开电脑。

它就在那儿了。你好，初稿。现在你要做什么？

现在你得编辑你的初稿了。

也许你会想，"我的初稿通常就是最好的，它新鲜而且极具原创性。重写只会让它变得陈腐。"

我们姑且相信你。你的初稿很有可能确实是最好的。但只是有可能。然而，考虑到创作一部300页小说的复杂性，这种可能性不太大。想想任何人第一次尝试做任何事情的结果吧，不管是烤蛋糕、写历史论文、骑自行车、说法语或是弹钢琴。

你的初稿也许新鲜、有原创性，非常与众不同，但让我们面对现实吧，它不太可能是最佳状态。

削尖用来修改的铅笔

编辑是重写的过程，目的是改进你的文本，使之更紧凑、更清晰。编辑工作包括删减多余的场景，编写新场景以使整体更合乎逻辑，将某些场景移动到更合适的新位置。在编辑过程中，你会发现你重复表达了某些内容，使用了错误的单词或因为偷懒而用的"水词"，或者发现某个角色实际上什么事儿也没做，对话没有进展等等，你得把这些地方都挑出来。如果你感觉自己好像对原稿做了太多调整，别担心。编辑过程就是这样。

大多数作家在写作过程中就会做少量编辑工作。你写了一些内容，接着有了一些新设想，必须把它们融进故事，这就意味着要彻底改变原来的内容。有时候，你进行编辑是因为你当时对写新内容没有感觉，于是就整理一下到目前为止所写的内容。从这个意义上说，编辑工作可以让你对自己所写的内容保持清醒。即便你完成了初稿，也在写作过程中做了诸多即时性的修改润色，你还是要做最后的总体性编辑工作。

编辑工作与写作不同。写作"旅程"开始时，目标是把空白页面写满。出发时，你对要去哪儿只有零星的想法，你抵达的地方，你却不曾寻找。这一过程是开启大门，探索未知的可能性，寻找意想不到的东西。因此，写作的过程是横向的、有机的、不论对错的，而非线性的、分析性的。小说写作的前半程，主要是创造，只做极少量的编辑工作。

而现在，你要把整个过程颠倒过来。从此时开始，你主要做的是编辑工作，只做极少量的创造。写作时，你一直沉浸在自己的故事里。现在你必须后退一步，当作第一次阅读自己的小说。当然，你仍然对它了如指掌（它毕竟是你的故事），但你要保持一定的距离和客观性，你必须把你写出来的了不起的内容拿出来在阳光下审视一番。你想看看它是不是真的合乎情理，是不是真有那么出色。让我们现实一点儿吧，初稿很难达到这种水平。

为草稿编号

"我应该改几稿？"你问。

"问得好，"我们回答，"你认为你需要改几稿？"

这取决于你大脑的最佳运转方式。如果你喜欢一次性解决问题，并且能够让所有事情都处在掌控之中，你就可以开展一场漫长的编辑马拉松。如果你喜欢把一个问题分解成几小块，也可以把编辑环节变成一连串短距离冲刺。又或者，你可以选择大多数作家的做法，两种方法都用上。怎么做都可以，能完成任务就行。

为马拉松做准备

有些人会对所有内容进行一轮大规模编辑，接着就收工。他们慢条斯理地梳理所有内容，边看边检查。如果他们被迫要改第二遍，那就会变成一桩苦差事。他们稳扎稳打，不会跳来跳去。这是他们喜欢的方式。他们挖得又深又广，修改结束，工作就全部完成。这很难，事后可能还需要一些微调，但如果你的思维方式就是这样的，那就这么办。

冲刺跑

另一些人喜欢做一连串快速编辑，每一次的修改方向都不同。他们先检查连贯性，之后核对角色，等等。这么跳来跳去地工作，可以防止他们卡在同一个问题上感到无聊。他们每一次编辑都非常快，但不那么彻底。不过总的来说，它们加起来的效果与连续大规模编辑无异。挖很多个小洞跟挖一个大洞相比，要清走的土石方归根结底是同样多的。

在本章中，我们提出的方案，囊括了这两种方法中的要素。和其他章节一样，你可以按需采纳。

小建议

这个过程要求你把初稿通读几遍，看起来可能很耗时，但这意味着你可以保持专注。如果你尝试在一次大规模修订中完成所有工作，你可能会感到糊涂，很难弄清自己到底想要做什么。例如，你没办法一边检查故事的前提是否成立，一边确保行文节奏恰如其分。你可以把编辑工作分解成许多小任务。

准备好工具

所有手艺人都会告诉你，动手做事之前，头等要务是保证工具称手、齐全。所以，你需要：

- ✔ **把草稿打印出来**：在纸上编辑要容易得多，它会带给你一个新视角，有别于在电脑屏幕上看文字。（这有点像在电视上和去电影院看电影的区别：电影内容相同，但体验不同。）确保草稿在页眉、页脚和页边都留出了足够的边距。将行间距设置为1.5倍行高，如果可以的话，设置为双倍行距。现在，把草稿打印出来。是的，这会让你花些钱，而且确实挺麻烦，但无论如何都要这么做。你可以使用灰度或草图质量打印，这样可以节省一点墨盒费用。打印完成后，拿起草稿，感受一下重量，心里带着微笑，小心地把它放到一边。稍后你就会用到它。
- ✔ **拿一支笔**：找一支手感舒适、在纸上书写流畅、适合你书写方式的好笔。

✓ **准备一册笔记本**：最好选择一款可以摊平的，不会一松手就自动合上。尽量找开本够大的，至少是 A4 尺寸。你需要用它来写笔记。

投入实际编辑工作

编辑过程包括检查你小说里的各种元素。关键是要完成每一道检查，具体采用什么顺序并不重要，不过，我们建议你按下文的顺序来进行操作。

编辑工作的关键是保证前后一致（虽说这再明显不过了，但我们仍然有必要反复强调）。如果你还能通过编辑保持作品简洁，那就更好了。

不是每件事都重要。讲笑话的时候，你只讲与故事有关的细节就行。小说也是一样。写多余的事情，都属于写作者的任性。大多数读者对只图自己开心的作家容忍度有限。

检查角色

角色很重要。你的故事里可能有很多角色，至少我们希望如此，因为你很难讲一个没有人物的故事。仔细检查你的角色。他们可能做了一些你自己都不知情的事情。

角色的名字

一部小说是一桩大工程，各种角色来来去去。你要确保书里每个角色每次出场时名字一致。如果你搜索主角"朱利叶斯"，但从208页到237页都没有找到"朱利叶斯"的字样，那么，在这些页面里，你可能把他的名字错写成了其他名字。这种情况发生的频率比你想象的要高。

所有主要角色都起了名字吗？ 他们的人物特征是否一致和明确？ 在你大笔记本的第一页列一份清单，每出现一个新名字，就写下来，并随着阅读进程交叉核对。每个名字旁要留足够的空间，你需要写下每个角色的细节。

锁定身体细节

在笔记本上的角色名字旁边写下你给角色设定的所有身体细节。如果你发现，小说开始时身高一米九的英俊红发小伙，过了一百页却变成了皮肤黝黑、跛脚还患有哮喘的矮胖子，请尽情开怀大笑。笑完之后把它修改过来。

琢磨性格

在每个名字旁边写下你在故事不同阶段赋予角色的特征，看看这个人是否毫无来由地迅速、彻底地转变了性格。一个善良、活泼的英雄可能突然变成一个胆小怕事、愤世嫉俗的非英雄角色。看一看，一笑而过，然后改过来。

审视关系

审视人物关系是否前后一致很重要。在笔记本上用线条和箭头来示意角色之间的关系。彩笔是很好的选择（购买文具的好机会！），它会让关系解读变得有趣又容易。你可以用红线表示爱情，蓝线表示家人，绿线表示对抗（或是你选择的任意一种关系准则）。根据你的小说，你可能需要用这些线条画出性欲、保有共同的秘密、前任关系、同一支足球队的队友 …… 任何在你的小说背景下显得重要的人物关系都要画出来。

看看这些关系。代表爱意的线条有很多，但没有代表敌对关系的线条，这意味着你在写一本快乐的书，但它是你想要的吗？一些角色之间是否有多条线段连接？ 如果不是，故事中的关系是否过于简单？你清楚谁和谁有关系吗？有什么样的关系？（我们的意思是，你的读者能读明白吗？）一边读一边检查。你的角色可能有两个爸爸，一大群远亲，却对角色或故事没有明显的支持作用，也没有显示出什么特别的意义。

除非故事需要，否则"少即是多"，让关系保持简单才是正确方式。

权衡重要性

你要判断是不是所有角色都有存在的必要。如果任何一个角色消失了，会有人注意到吗？如果没有，你应该把他们删掉吗？如果他们是必要的，他们出现的次数够多吗？他们是故事的一部分还是只做点缀？如果他们没有发挥作用，那就合并或者删掉。

场景设置

打开你的大笔记本，翻到中间部分。前面的篇幅留给上文中要为人物做的笔记。在打开的这一位置，左边的页面上写"第一章"。翻到下一页，在左页上写"第二章"。依此类推，每章占两页。这样一来，每一章都可以在你面前摊开，无需翻页。

然后把故事每一章里发生的每个场景都列出来。

场景是一个自成一体的剧情单元。"自成一体"的意思是每个场景都有开头、中间和结尾。到场景结束时，应该会发生某些新的事情来推动剧情的发展。

为每个场景写一句简短的概括，总结为什么这个场景出现在书中，比如："偷来的黄金再次失窃，""约翰的不忠首次引来怀疑"，或者"发现了丢失毛拖鞋的关键线索"，等等。

每个场景出现在书中都需要有充分的理由，而"我真的很喜欢它"并不是一个充分的理由。有时，真正精彩的场景你却不得不舍弃。这真是一个艰难的世界，真的很难。

小建议

检查每个场景是否存在冲突 —— 不一定是人们互相扭打，任何形式的斗争都可以。如果场景中的人物没有以某种方式进行斗争（人物之间的斗争，他们自身的斗争，或是他们与周围环境的斗争），你就需要用其他一些东西来保持读者的兴趣，否则，你得认真思考这个场景的存在是否合乎情理。第11章对冲突做了更多讨论，可以参考。

环境的构建

你应该知道，大多数读者都希望对故事的背景环境有很好的了解，因此，你需要认真思考小说发生的地点。地点之所以关键，还有一个更重要的原因，即环境本身也是一种角色。它们可以像人物一样改变事物。一对恋人在撒哈拉沙漠和北极做同样的事情，哪怕对话相同，整个场景也迥然不同。简单来说，雪和沙决定了人物需要穿不同的衣服，做不同的动作。同样两群人，在沙漠枪战和在北极枪战，描述方法也全然不同。背景环境为故事增色，也改变了故事。所以它需要保持前后一致。记住：事实准确通常很好，但更重要的是具有说服力。

确定天气

在你找出的每个场景旁边记下天气情况。确保每个场景内部和场景之间的变化前后一致。如有任何变化发生，不要忘记在笔记本上写下来。这也就是说，天气只有在真正重要的时候才值得浪费笔墨：除非对故事有影响，否则无需描述天气的每一次变化。

景色描写

有一个重要问题："为了让读者理解这个场景，我最低限度要告诉他们些什么？"现在，看着每一段的描述，扪心自问："如果我去掉这一行，会有多大的影响？"如果答案并不是"影响很大"，你可能就该把它删掉。

检查情节大纲

从初稿的开头通读一遍。每当一个场景开始，记下发生了什么，然后把结果记下来。一个场景是一个重要事件，这个事件可能是一连串事情组成的，比如对话交流、动作片段，等等。

在你打印的初稿上对场景做个标记（我们建议你写一个数字，这样在需要的时候很容易找到），然后在你的编辑工作笔记本上写下对这个场景的简短描述。如果没条件打印初稿，那就记下电子稿的页码，并以同样方式写下场景描述。

你标记和描述的场景就是你的线索大纲（outline chain），有些人称之为步骤大纲（step outline）。

在检查小说大纲时，对于以下三个问题，你需要得出满意的答案：

✓ 你的故事是有所进展，还是在原地打转？很明显，你想要一个能往前发展的故事，而不是一个追着自己尾巴转圈的故事。

✓ 场景的标记之间是否存在很大的间隔？如果是，你的场景是不是太慢了？保持小说的节奏很重要。也许你的场景需要写得紧凑一些。或者，你需要加快速度，增加更多的动作。反过来说，标记成堆，可能表明你的写作过于轻快（当然，这种可能性比较小）。不管怎么说，考虑一下这种可能性——如果你的标记靠得非常近，你的写作可能过于零散。

✓ 情节是否总体上朝着高潮的方向发展？它是否像这样：有时突然上升，偶尔往下落，但总体趋势仍然是上升的？

《重生》的大纲

以下是我们为帕特·巴克（Pat Barker）的小说《重生》（*Regeneration*）第一章做的线索大纲，不妨通过它来看看提纲的做法：

✓ 场景1，第3页：1917年，第一次世界大战。开场是萨松书面拒绝再次战斗。对战场上的人和待在家里的人做了区分（后者不可能理解战争到底意味着什么）。

✓ 场景2，第3页：里弗斯医生读完萨松的拒绝信。布莱斯告诉他，萨松即将送来这里治疗。讨论炮弹休克症的性质。萨松行动的政治后果，里弗斯的尴尬处境。

✓ 场景3，第5页：萨松在火车上。战争的短暂闪回。

✓ 场景4，第5页：闪回到一周前，看到即将回到战场的罗伯特。讨论萨松拒绝再次参加战斗的动机：希望将战争的恶行公之于众。

✓ 场景5，第6页：萨松同意接受"治疗"，以证明他没有疯。（如果他疯了，那么当局可以无视他的抗议。）

✓ 场景6，第8页：萨松的出租车到达时，里弗斯正在阅读他英勇作战的记录。

在短短8页的6个小场景里，巴克为读者提供了大量信息。她介绍了两位主角：萨松和里弗斯，并深入描写了他们的性格。她揭示了他们各自的立场，以及这些立场给他们带来的问题，并明确表示两人之间的斗争不可避免。巴克还引入了两个配角。

只用6个场景便传达了所有这些信息和故事，表明巴克用笔精练，也预示着余下的故事将顺利发展。

折腾拼写和语法

读到这个标题时，你感到了畏难情绪，对吗？几乎人人都有这种感觉。语法听上去就是一项艰苦工作，你会遭遇各种奇怪的词汇，还要记住许多难以理解的知识。如果你想成为一名语法老师，那么的确如此，语法了解得越多越好。好在你只是想写作，那不需要全都知道，够用就行。

在对文档进行拼写检查时，不要关闭软件的"语法检查"功能。它并不总是正确（英式英语和美式英语的书写惯例也并不全都相同），有时甚至毫无意义，但它也可以让你注意到重要的错误。

打破规则前首先要了解规则

《钱伯斯词典》（*Chambers Dictionary*）将语法定义为"从发音、词形变化、句法和历史发展的角度研究语言的科学；根据语法规则正确运用语言的艺术"。

从写作者的角度来看，最重要的是沟通。你需要知道句子是如何运作的，以确保你所写的一切都能帮助而不是妨碍读者理解故事。如果你把这句话阐释成"看法，写作者，沟通就是这样"，读者兴许最终能够明白你的意思，但问题在于，他们要看许多许多遍才能理解。请设身处地为读者着想。如果有哪个故事，每句话都得读上三遍才能完全理解，难道你会愿意读它？当然不会。

写作是一种游戏。拼写和语法是规则。你可以选择无视规则，但这可能意味着没有人愿意和你一起玩。不用担心，你能找到很多方法帮你学习语法。下面是一些基础知识，以速成教程的形式呈现。如果你想先跳过这一部分，稍后再回来阅读也可以，但先读完这一部分会给你带来益处。

最容易让你困惑的无非是几类简单的地方。把它们修补好基本上就没问题了。

处理撇号

一直以来，人们总是告诉你撇号（apostrophe）很复杂。[1] 我们在这里要告诉你，没这回事。深呼吸，我们帮你把事情理清楚。

---

[1] 撇号也叫"所有格符号"。这一节说的都是英语语法规则，有些规则对中文写作也有一定帮助，读者可酌情选择阅读。

以下分别是需要和不需要使用撇号的情况：

- ✓ 如果你在一个单词后面加上"s"来表示某物属于某人（也即所有格），那么你确实需要加上撇号。撇号放在"s"前。如"cat's basket"（猫的篮子）和"Henry's book"（亨利的书）。对于以"s"结尾的单词，你只需要加撇号，但不需要再加"s"，如"Louis' piano"（路易的钢琴）。
- ✓ 如果你在一个单词后加上"s"来表示不止一个（也即所谓的"复数"形式），则不需要使用撇号。例如"two cats"（两只猫）和"a box of books"（一箱书）。

这两条规则的唯一例外（总是有例外）是"its"这个词。对"its"而言，一切要颠倒过来。如果你在"it"后加"s"是因为某物属于它，不用撇号，比如"its whiskers"（它的胡须）或"its box"（它的盒子）。然而，对 it is 或 it has 的缩写来说，要使用撇号，也即"it's"（参见下面关于缩写的部分）。如"it's a cat"（它是一只猫）和"it's been kept in the library"（它保存在图书馆）。

- ✓ 有些时候，你写的一个单词实际是两个单词结合到一起的缩写形式，则需要使用撇号。如"don't""there's""you're"和"we'll"。

注意，撇号出现在被省略掉的字母所在的位置，而不是两个单词的连接处（除非两者恰好相同！）。

整理好了。关于撇号的规则就这些。真的。对实际使用来说，这就是你需要了解的有关撇号的全部内容。在极少数情况下这些规则会失效，但这些情况太罕见了，你真的不用担心，要避免也很容易。例如，如果你想说某物属于威金斯夫妇（Mr and Mrs Wiggins），而你不知道该用"Wigginses""Wiggins"还是

"Wiggins's"，那就直接说 "the Wiggins family"（威金斯一家）或者 "Joan and Barry"（威金斯夫妇各自的名字）。

关于逗号

要想记住如何处理逗号，最简单方法是想象你正向听众大声朗读一句话。你在句中停顿的每一个地方，都要用逗号。逗号不表示暂停，而是表示其他各种各样的事情，比如哪个动词与哪个主语有关，或表示从句中某些非重要信息，等等。在朗读时，你往往会用停顿来表示同样的意思，也就是说，朗读时的停顿，可以为写作时怎样使用逗号提供线索。

把阅读书稿当工作的人会告诉你，如果你关于逗号的使用有什么不确定的地方，有两条指导方针可以帮你解决问题：

- ✔ 如果一个句子里有好多个逗号，要仔细看一看。是不是有些逗号应该是句号？（答案：没错，有可能。）
- ✔ 总的来说，练习写作时，短句太多总好过长句太多，因为短句多更容易阅读。

关于逗号，你知道这些就够了。

给对话打标点

对话结尾的句号，应放在引号之内，比如：

"我想要你。"他转向我。

同样的规则也适用于感叹号和问号，例如：

"你想要我吗？"他问道。

使用逗号来引出对话"标签"，例如：

"我想要你，"他说。

也可以在对话"标签"之后使用逗号来引入对话：

他低声说，"我想要你。"

更多关于对话的内容，参见第10章。

冒号和分号

冒号和分号比逗号稍微复杂一些。如果你拿不准用法，在熟悉之前不妨避免使用它们。（避免它们通常很容易，如下例所示。）你随时可以把逗号或句号改成冒号或分号。

✓ 冒号通常用于引出列举、解释或定义。例如，如果史密斯、琼斯和布朗在一场足球比赛中都为联队进了球，你可以这样写："联队以3—0的比分获胜，史密斯、琼斯和布朗分别进球。"你也可以这样写："联队有三名进球选手：史密斯、布朗和琼斯。"句子的前半部分暗示接下来会有一份名单，冒号则证实了这一点。

✓ 你可以使用冒号进行解释。例："这是我需要的东西：一把斧头、一把锯子和一大袋钉子。"

✓ 你也可以使用冒号表示定义。看看字典，你通常会发现在单词和它的定义之间隔着一个冒号。

✓ 分号有两个主要用途。它可以连接两个相互关联的完整句子，比如："约翰是红头发；简是黑头发。"这里的分号可以换成句号，但使用分号可以暗示两个人之间有某种关系。

✓ 在句子中间使用暗示转折的词语（如"然而""否则"和"因而"）时，也可以使用分号。如："珍妮特整天像个机器人一样工作；然而，她的努力一无所获。"这表明句子的两个部分之间有着直接的关系。

请参考莱斯利·沃德 (Lesley Ward) 和杰拉尔丁·伍兹 (Geraldine Woods) 的《英语语法傻瓜书》(*English Grammar For Dummies*)，你会对语法和标点符号获得更深入的了解。

注意拼写

拼写错误令人讨厌，使人困惑，而且极不专业，因为这意味着其他人必须花工夫来纠正你的错误。这是需要耗费时间和金钱的。好在现在有了计算机拼写检查软件：这些软件可以发现大多数问题。

小建议

通读你的文字，找出电脑没有发现的错词（比如，在想说"there"时用了"their"，把"two"写成了"tow"，等等）。如果你自己不擅长拼写检查，在把稿件寄给经纪人之前，向擅长拼写检查的朋友求助，或者花钱雇人帮你校对一遍。

如果你的小说偶尔出现错误，那用不着太担心，人人都会犯错。

要专业

如果你想在语法方面做到完美，你得下一番苦功夫。但你不需要做到完美，你只需要做得专业就够了。如果你的文章充满了最基本的语法错误，你看起来就像是外行人。很多人都在跟你竞争，而他们都写得像专业人士。外行人跟专业人士较量，通常是专业人士获胜。

基础语法错误会令你的文字意思不清楚。如果你足够幸运，读者会努力理解你的意图，但请代入读者的角度想一想。如果你可以选择，你会想要读一份文字清晰、易于理解的书稿，还是一份充满错误、要用大量精力揣度作者意思的书稿？

要记住

你的写作不必从一开始就完美无缺（当然，如果你从一开始就写对，而不是终稿都敲了一半才修改，显然会节省一些时间）。

呈现一份完美的书稿

只有在交给出版社的那一天，你的书稿才必须达到语法完美的状态 —— 实际上，到了那一天也不一定非要如此。无需100%的完美（当然，这是一个很美好的目标！），只需要专业即可。少量错误并无大碍。有些错误，尤其是反复出现的错误，会让读者感到厌烦。用对语法是整个项目中最容易的部分。把错误控制在合理范围内，你的出版社也会合理地对待你的稿子。

如果前面这些方法都不管用，你还能找到许多以审稿为生的人。这种服务并不贵，因为用电脑做文稿处理，审稿员只需纠正文字错误，不必再把文字打一遍。如果你自己靠不住，这项服务值得投资。记得货比三家。如果朋友和家人愿意帮忙，也知道你想要什么，找他们也不错。

完善排版和呈现效果

稿件的呈现效果（就是你作品的观感，是如何排版的）是最后才考虑的东西。编辑时所做的更改会影响呈现效果，所以在完成修改之前不必考虑它！

如果你要把作品寄给代理机构或出版社，请浏览其网站上的指南，严格遵守。检查技术性的东西 —— 页码、章节等等。我们经常惊讶地看到，不少稿件都有两个第七章。

呈现效果的主要规则是：运用常识。除非你有很充分的理由不这样做，否则，请遵循以下建议：

✔ 对读者友善：别故意把他们弄糊涂。

✔ 如果你想做什么新奇的事情，一定要有充分理由，不能你觉得开心就做了。雷·鲁宾逊（Ray Robinson）的小说《电流》（*Electricity*）中用一页全黑的纸，代表叙述者癫痫发作时的思维。在这种情况下，这种技巧可能很有趣，也发人深省，但如果你没来由地这么做，则既不好玩，也毫无意义。如果你在某一页上反着写字或使用拉丁文，一定要理由充分。如果你对这类事情感兴趣，可以看看马克·Z.丹尼勒夫斯基（Mark Z. Danielewski）的小说《树叶之屋》（*House of Leaves*），它几乎涵盖了你能想到的一切手法，兴许还有一些你从未想到过的东西。

✓ 尽你所能地讲好故事。不要让个性和偏好妨碍故事的讲述。你对蹩脚的双关语情有独钟，并不意味着其他人都会喜欢。

小建议

不要做任何让你的作品难以阅读的事情：不要使用奇怪的字体、镜像书写、古怪的拼写等等。在决定让你的故事违反公认规则之前，请三思再三思。除非绝对必要，不要让你的小说变得难以阅读和理解。对读者多些体贴。

你有过这样的经历吗 —— 你拿起一本书，看着它说："啊，太好了，我一定要买这本书：它看起来非常难读，而且因为它奇特的写作方式，我完全搞不懂其中到底发生了些什么。"恐怕没有吧？你的潜在读者也一样不会有这种经历。

你可能觉得在文稿页面上使用奇怪的排版和技巧利大于弊。这由你决定。这是你的书。一如既往，我们的建议是讲好故事。任何妨碍讲故事的东西都是坏事。所以，在做任何有碍于呈现故事内容的事情之前，你一定要有非常笃定的理由。你可能认为故意制造混乱是个好主意，但出版社可能并不认同。

获得成功的学生

我们曾经有一个学生，他正在写一本很复杂的小说，有大量对话。动作和对话经常同时出现，让人很难弄清楚到底发生了什么。这份书稿没有引号，没有断行，也没有线索表明是谁在说话。这本身已经让小说变得很难读了，更奇怪的是，人物的名字一直在变。弗雷德会突然变成"约翰"，几页后又变回"弗雷德"。"理查德"会变成"简"（但仍然是男性），还有一只叫"猫"的狗和一只叫"狗"的猫，但又有

> 一次狗被叫作"狗"，等等。这稿子把我们完全搞糊涂了，我们需要不时停下来检查，才能确保我们没有搞错是谁在做什么。
>
> 我们不明白这个学生为什么用这种方式写小说。我们问他为什么，他回答说，"我想真正地激怒读者。"话已至此，我们只好回答："干得漂亮。"

你不需要重新发明轮子。如果你拿不准某件事该怎么做，找几本已出版的书，看看其他作者是如何处理的（这里说找"几本"是因为，如果你只找了一本书，结果它是彻底的实验小说，那你就麻烦了！）。找和你正在写的作品同一类型的书来看。如果你正在写犯罪小说，就看看其他犯罪小说家是怎么做的，看看他们的方式适不适合你。

小建议

最后再说一遍：如果你出于某种原因想要打破规则，没关系，但务必惦记着读者。一点一点地打破旧规则，这样读者至少可以渐渐明白你的新规则。关键在于，你心里要确信两点：第一，不使用传统方法对你来说一定利大于弊；第二，打破规则也不会逼你做出其他你不愿做的改变。

获取反馈 —— 什么时候获得，如何获得

初稿完成后，有些人想冲出屋外，给所有认识的人看，询问他们的想法。另一些人则把稿子紧紧抱着，不肯松手。

我们并不是想说哪种方法就错了。然而，作为一般规则，我们建议你避免这两种极端方式，原因将在下面的部分解释。

如果你给所有人看

与所有人分享你的小说，可能会让你得到很多人的意见和建

议。不过，这么做的问题如下：

✓ 不是每个人都知道自己在说什么。如果你把小说给所有人看，你会得到一些没有价值的建议。

✓ 就算人们知道自己在说什么，也可能不愿意告诉你真实情况。他们可能很喜欢你，不愿告诉你他们不喜欢你的作品；他们也有可能嫉妒你，不会真实地说出他们的想法（我们也不希望出现这种情况，但这是一个残酷的世界）。个人动机常常有碍实情的传达。

✓ 知道自己在说什么的那些人，可能意见相左。你会收到各种矛盾的建议。

✓ 不是所有人都喜欢读同一类东西，所以人们的建议可能会受你所写的题材影响，而跟你的写作无关。

✓ 人们的关注点可能不一样，给出的反馈并不是你需要的信息。

如果你不给任何人看

你的小说有可能非常精彩。但让我们现实一点，它也可能非常糟糕。毕竟，这只是份初稿而已。

你花了很长时间，一个字一个字地把它敲出来。你确定自己能对它做出评价吗？我们遇到的每一位写作者都说，到了某个阶段，他们就完全不知道自己正在创作的东西是好是坏了。你大概率会对自己的作品感到厌倦，因为过分熟悉而不想再多看一眼。对自己诚实些：在这种情况下，你仍然能对自己的作品做出最佳判断吗？

把你的草稿拿给别人看，有可能解决不了什么问题，但值得一试。大多数人都这么做，而且效果很好。

折中之道

很明显，我们推荐的做法是在"给所有人看"和"不给任何人看"这两个极端之间寻找平衡：

✔ 先把草稿给有限的几个人看。之后，如果你愿意，可以随时扩大读者范围，但要记住，只要你把它给别人看，就没法撤回了。

✔ 只给经验丰富、你尊重其判断力的人看。

✔ 只给对你没有负面印象的人看，至少一开始不要给。

小建议

告诉别人你想要在哪些方面得到反馈。很明显，你会听到他们在各个方面发表的各种意见，但你要保证他们知道你着重想听哪方面的意见。例如，你可以让他们把注意力集中在结构上，或是问他们，对于主要人物遭遇的麻烦，他们有没有兴趣坚持读下去。如果他们读完后告诉你，他们很不喜欢你小说里的对话，那也只能随他们了。

要记住

要小心些。照顾好自己，保护好作品：

✔ 只把作品给你信任的人看，但尽量从不止一个人那里获得反馈。

✔ 把获得的评论搁置一两天。不要匆忙采纳审稿人的建议，不管他们是谁，也不管他们的建议有多棒。记好笔记，搁置一段时间。就算你完全相信这些建议，也要确保你的修改在另一个副本文件上进行。不要在唯一的草稿原文件上进行改动。万一效果不好，你说不定想恢复先前的版本。

你知道，你自己的想法今天看来非常精彩，可等过了一阵之后，往往就显得没那么棒了。其他人的想法同样如此。
别太急躁。

把收到的反馈利用起来

反馈通常有3种主要类型：没有什么帮助的泛泛而谈（"我
真的很喜欢"）、过于笼统者（"我不太喜欢主角"）和非常具体者
（"第73页有个拼写错误"）。判断你准备接受哪些反馈，不接受哪
些（当然，我们建议，所有的拼写错误你都检查一下！）。根据这
些反馈进行重写。不要马虎对待，花点时间慢慢来。是的，这很难，
但需要做。在比赛的最后一圈毁掉所有工作是没有意义的。

终稿

好了，你得到了很多有用的反馈，写出了线索大纲，检查了
语法和拼写。现在该做什么了？

答案可能会让你大吃一惊 —— 把你的手稿放到一个安全的地
方，忘了它吧。你应该忘记多久，大家意见不一，但对大多数写
作者来说，两个星期左右似乎很合适。如果可以的话，去休个假。
没法休假，那就别再想你的稿子。（这就是你需要离开的原因：如
果你在家待着，小说就在手边，你很难不去想它。）

为什么要把小说放两个星期？先不说别的事情，那些在你写
作期间帮你处理琐事的人，你总得花点时间表达感激。更重要的
是，你需要休息一下，因为过去的几个月里，你埋头于工作。你
吃饭时想着它，呼吸时想着它，睡觉时也想着它。其他事情几乎
没有占据过你的思绪。你一直生活在其中。你跟它靠得太近了。
现在，你需要拉开一些距离。

这次休息之后，你下一项工作是有条不紊地做好最后一轮编辑，完成你的终稿（也就是你发给经纪人的那一版）。这一轮的修改不能着急，所以你需要收拾好自己的状态，有点像运动员跑完预赛后集中精力准备决赛。你需要休息来恢复精力。而且，你离开一阵子，重新投入小说就会有一种新鲜感，这有利于你对它进行最后的打磨。

第五部分　出版

小建议

向出版社或经纪公司投稿的五个建议 [1]

如果你找不到出版社或作家经纪公司的具体投稿要求，可以遵循以下建议：

✓ 邮寄稿件而不是用电子邮件投稿。经纪人不想被困在电子邮件的收件箱里，也不希望你要求他们优先处理你的邮件。他们想把你的投稿放在一边，有空的时候再看。

✓ 附上前三章内容。仅靠梗概，编辑或经纪人很难判断是否对一部小说有兴趣，许多人会直接拒绝感到不确定的作品，并不会要求再看更多的样章。

✓ 稿件使用双倍行距，单页打印，带上页码。如果编辑或经纪人可以根据页码的指引，查看特定页面，或是能在每一行之间写一点儿评论，你获得反馈或编辑注释的概率会更大。

✓ 发送完整的情节梗概。初次阅读时，情节梗概可以帮助经纪人迅速判断他们是否对你的小说感兴趣。

✓ 如果邮寄稿件，附上一个写好地址的回邮信封。没有回邮信封，就好像是要经纪人为退稿支付费用似的。不过，你也别期待得到回信。

---

[1] 这一部分介绍的主要是欧美国家的作家经纪人与出版市场运作情况，与国内情况有所差异，但很多建议十分有价值，读者可选择阅读。

在这部分，你将了解到：

✔ 寻找作家经纪人的实用指导，包括怎样撰写情节梗概，
　如何确定要联系哪些经纪公司。

✔ 了解预付款和版税是什么，以及如何提高获得它们的机会。

✔ 如果你希望读者第一时间读到自己的小说，可以了解一
　下自助出版。

第15章

出版小说

在本章中，你将了解到：

▶ 以写作为生

▶ 了解出版的运转方式

▶ 看清出版社在寻找什么内容

▶ 掌握市场情况

▶ 把数字加起来

到目前为止，你一直专注于创作，你在不断完善和实践自己的写作技能。但如果你想让小说出版，就需要开始考虑如何向他人推销你自己以及你的作品。本章会帮助你把自己看作一个专业写作者。只要你有正确的策略，有坚持不懈的决心，再加上一点运气，你的小说就有可能为你带来收入。

本章的重点是为你的小说找一家出版社。找到出版社（这是通往读者的途径）曾经是所有作者都必须面对的障碍。随着自助出版的出现，任何人都可以出版自己的作品。在第19章，你可以找到关于自助出版电子书的信息。如今的挑战是让读者发现它 —— 让人们注意到它、评论它、最终购买它。从这个意义上说，无论作品是怎么出版的，每个作者都面临着同样的障碍。找一个经纪人代理你的作品并卖给出版社的优势在于，你不必独自面对这些挑战。

出版社可以大范围发行和宣传你的小说，也可以在你写作期间预付版税来支持你。（第18章介绍了图书交易的结构和付款方式。）

这一章向你说明出版社是什么样的机构，他们在寻找什么样的小说。出版社和经纪人还可以授权海外译本版权、北美版本的版权（如果你是个英国作者）、影视版权，这些都可以提供可观的收入。

出版小说的生意竞争激烈，一如所有的自雇职业，它可能存在风险，也很孤独。许多有才华的作家把写作视为一种爱好而非职业，主要是因为不管他们多希望能多赚一点，他们还是无法靠写作收入维持生活。好消息是，对小说写作新手来说，大获成功的机会总是有的。

成为作家

写作者和作家的区别是什么？这么说吧：写作者可以坐在房间里独自敲打键盘好几年，也许他们每天结束的时候把电脑屏幕上的每个字都删掉，但仍然可以自称"写作者"。而作家是有成果展示其努力的写作者。就你而言，你的成果就是一部小说。

你只知道成为作家的好处，但成为作家也有坏处。比方说，一旦你成为作家，除了每天写作、购买许多可爱的文具、欣赏火车站海报上你的形象之外，你还要承担无数的责任。你能想到作家生活有各种光鲜之处，但也不妨看看表15-1，对比一下作家的"神话"和现实。

表15-1 写作生活：神话与现实

神话	现实
作家整天都在咖啡馆里写作。	你可能真的花不起经常去咖啡馆的钱，所以你要长时间地待在家里，只有笔记本电脑陪在身边。还可能碰到更糟糕的情况，你不是一个人住，但你的室友理解不了你的工作，放氛围不对的音乐，音量还开得很大。又或者，他们十分理解你，还试图帮助和支持你，他们愉快地帮你倒茶，走进来问你写得怎么样了 —— 就在你终于要解决小说第7章结尾棘手问题的时候！

（续表）

神话	现实
作家独立工作。	你必须倾听并接受编辑的建议，这意味着有时你会遭到否决，丧失已经习惯的对小说的完全掌控。自助出版作家则发现自己成了某个在线社群的一员，社群里满是书评人和写作同行，日日众声喧哗。
作家可以逃避枯燥乏味的日常工作。	你发现自己一遍又一遍地阅读稿件，以检查编辑是不是把逗号放在了你一直怀疑该放但又拿不太准的地方。
作家可以自由安排工作时间。	你必须成为经纪人和出版商的好同事，愉快地回应他们的临时要求，不介意他们消失几天或几个星期去参加书展，也不介意他们在每件小事上频繁改变主意。如果你是自助出版，你的工作时间可能比预期的要长，就跟任何小生意人一样。
作家只要专注于创意工作就行了。	为了宣传你的书，你必须在社交媒体上过"第二人生"，接受当地广播电台凌晨节目的采访，而这些节目的主持人从学校毕业后就没读过一本书，总是会忘记你的小说"纯属虚构"，非要追问你的构思从哪里得来。
作家可以专注于写作。	哪怕你感冒了，天色昏黑又下着雨，你仍然需要通过读书活动或对谈活动来培养读者群。即使你大部分时间只是在家里对着笔记本电脑，喝了太多咖啡，没做什么值得一提的事情，你还是要定期写博客、发推文。
成为作家实现了你生活的所有梦想。	你不得不再写一本小说，接着再写一本 —— 说不定得一年写一本。

出版之路可能是你走过的最令人筋疲力尽、最动摇信心（甚至代价最为高昂）的一条路。这里还有一些其他原因，让你想要把手稿悄悄塞进橱柜，忘掉这整件事：

✔ 现在，小说写完了，你不确定它到底好不好。你需要彻底重写。

✓ 现在，小说写完了，你敢肯定它非常好，精彩极了。说不定是你五年来读过的最好看的书。你绝对不希望看到一帮高高在上、傲慢自大、不领情的出版商告诉你：你错了。

✓ 现在，小说写完了，你有了另一个更好的想法。

✓ 你刚刚意识到，你写小说是为自己，而不是为别人。对了，当然也是为了你的莫德阿姨，她会得到一份复印件。

✓ 你刚刚意识到，对大多数人来说发表作品是为了名和利。你不需要，因为你本来就是一名相当富裕的知名小提琴家，不需要再锦上添花了。

如果你对自己的书稿没有绝对的信心，就不要寄给出版社或经纪人。如果你意识到你的小说中有错误，立刻改正，别拖到有人告诉你才改。负责阅读你稿件的人可能并不会给出详细的评价。永远假设你只有一次机会，尽力做到最好。

理解出版社的工作

许多人认为编辑工作是出版社承担的主要职能。这份工作专业性强，需要具备较高技能才能胜任。一家成功出版社的独特力量，不仅在于编辑人员的技能，还在于它有能力选择最好的图书付诸出版，并为你的书锁定读者，使之触达最广阔的市场。

出版社出版、推广你的书，把它放在实体书店和网店销售，当然是希望从你的作品中获得可观的利润。但他们只是获得你授权的人。在签署出版协议时，你授权他们，也即你允许他们销售你的书。但你仍然是版权持有人，归根结底，你的小说是属于你自己的，而不属于出版社。

以下是出版社要做的一些工作：

✓ **编辑稿件**：出版社聘请编辑人员，选择最适合出版的图书。他们找作家组稿，编辑作家的稿子，并与这些作家建立长期联系。

编辑过程的另一部分侧重于为你做指导，无论是突显人物特征，微调情节，还是对文风进行逐行修改，都是为了使你的故事达到最好状态。如果你的小说在某些章节缺乏速度，或者如果一个角色听起来跟另一个角色太过雷同，靠谱的编辑人员都会指出来，并鼓励你做修改。

你的编辑还要安排为小说做排版和校对。他们会标记出所有缺失的逗号，向生产和美术设计部门简要说明这本书的制作情况以确定所需成本，为它安排设计、印刷，此外还要制作数字格式，以出版电子书。

✓ **市场营销和发行**：出版社的专长也集中在市场营销和发行领域。尽管许多自助出版的作者在电子书销售上取得了成功，但在这个领域，出版社仍然比大多数作者更有优势。他们可以通过多种途径保证图书销量，如媒体宣传、在零售端做广告和促销活动。他们在发行渠道上也具有绝对的规模和效力。

出版社不断地与零售商和媒体讨论即将出版的新书，并制定最佳策略，为作家的作品找到受众。

✓ **代理权**：如果你把相关权利卖给出版社，他们也会代表你来开拓和利用你图书的权利。（第17章介绍了你可以授予出版社哪些权利。）这些权利包括翻译权、不同地区的出版权、有声版权和报纸摘录权。但他们的核心业务是你的小说在其本土地区的出版、营销和销售。

从事出版工作的人

很多从事图书出版工作的人在大学里学的是语言文学系，读过"你一生必读书单"上的所有书籍。但出版行业的许多决策者并不是那些对莎士比亚的笑话（很搞笑的！）理解得最深入的学生。他们可能是优秀的沟通者，富有创造力，知道如何有效地将产品推向市场，但学识不见得最为渊博。他们大部分人爱书，为追求愉悦读过很多书，但并非人人都是文学专家。

你对英国出版社和经纪人的一些先入为主的看法和刻板印象，有可能是正确的。他们大多是来自英格兰东南部的白人中产阶级大学毕业生。出版社并不以此为荣，有些机构正在采取积极措施来加以改变。好消息是，来自英格兰东南部的白人中产阶级大学毕业生对能够扩展自己知识结构的书籍很感兴趣。这意味着，你不必非得是来自英格兰东南部的白人中产阶级大学毕业生，才能成为一名成功的作家。希望你已经认识到这一点了。

出版人大多都很有趣，因为他们什么事情都知道一点，而且几乎对任何事情都感兴趣。他们通常聪明且鼓舞人心。为了推出新作家，他们必须成为这样的人。他们习惯于与各种各样的人见面和相处，往往很有魅力。他们从事这个行业大概不是为了钱（出版行业的收入是出了名的低），而是因为他们真心热爱书籍，对每一个伟大的新"发现"都感到兴奋。说不定你就是下一个！如果你成了一位出过书的作家，你与出版人和经纪人的关系不见得总是美好的，但有一点可以肯定：这些人在聚会上和你闲聊，绝对不会没话说。

出版品牌

多数大出版社会分立出诸多独立的"迷你出版社"，也叫作"出版品牌"（imprint），所有品牌的书目构成该出版社的总书目。每个出版品牌通常都有独立的负责人，此人决定整体书目的出版方向，监督预算，拟定出版计划。

大多数（欧美）出版社在过去30年左右的时间经历了多次收购和合并，如今一家出版社可能会集合了10个甚至更多不同的品牌。例如，箭（Arrow）、黑天鹅（Black Swan）、世纪（Century）、查托与温都斯（Chatto & Windus）、道布尔戴（Doubleday）、哈维尔·塞柯（Harvill Secker）、哈金森（Hutchinson）、乔纳森·凯普（Jonathan Cape）、埃布里（Ebury）和威廉·海涅曼（William Heinemann）只是企鹅兰登书屋众多不同品牌里的一小部分。

每个出版品牌的负责人及其同事都非常清楚哪种小说最适合该品牌的出版形象。一些品牌专注于特定的市场领域，比如科幻小说。但更多的时候，品牌的出版方向要模糊得多，也各具性格，这与他们对自己的文学或商业定位有关。（关于"文学"和"商业"这两个概念的用处，请参见第17章。）各品牌的出版人还可能对自己的典型读者有一定的认识，其特征包括年龄、性别、购书地点等等。

超级出版社

2013年，兰登书屋和企鹅出版集团合并成为一家大型企业集团。评论人士说，面对亚马逊等主导型零售商手里掌握的巨大权力，出版社间的这种合并是唯一合乎逻辑的反应，如果出版社能够抵制不断走低的图书定价，这种合并也符合所有作者的长期利益。然而，出版集团数量的减少，也意味着为你的作品竞争的机构在减少，可能对作者的收入和影响力产生长期不利冲击。另一方面，为了应对大型出版集团里不断膨胀的企业氛围，以及利用数字出版管理成本较低所带来的机会，许多以个性为导向的小品牌出现了，有些是独立机构，有些附属在大出版社旗下。今天的出版界呈现出复杂的面貌，体现了出版从业人员所称的"行业动荡"。

尽管消费者不认识大多数出版品牌 [据说，普通购书者只认得

费伯（Faber & Faber）和企鹅这两个品牌]，但这些品牌对图书零售商、发行商、书评人和文学奖评委来说有着一定的意义。

经纪人对不同出版品牌工作人员的阅读品味有着敏锐的认知。事实上，出版品牌的负责人和编辑绝对不会委托作者撰写一本不符合其市场定位的书籍，而且，编辑们最常见的拒稿理由便是"这本小说不适合我们"。拒稿不仅仅与你有关，更与他们自己有关。

分析出版社寻找的图书类型

那么，出版社如何决定哪些小说值得出版呢？真的只需要判断哪些小说"最为优秀"吗？不，实际上并不完全是这样。

毫无疑问，出版社喜欢委托作家撰写自己欣赏的小说，那些能打动他们、让他们思考，或者看起来和他们以前读过的任何东西迥然不同的小说。一些出版社甚至专门出版受众有限的书籍。但即便如此，他们通常还是会选择自己觉得最畅销的书，而不是他们认为最优秀的作品。有时，一本书能兼顾这两者——经纪人、出版社和作家当然都希望如此。

出版是为了盈利

出版业和其他行业一样：它的存在是为了赚钱。表15-2将出版流程与其他行业进行了比较，以说明出版与焗豆生意并没有太大区别。（在这个比喻中，你就是那些豆子。）这个行业可能有点过时，有时候缺乏远见，也不比其他以盈利为目的的事业更高尚。在其他条件相同的情况下，大多数出版社可能更乐于通过出好书而非坏书来赚钱，但从现实角度考虑，归根结底，他们最关心的是盈亏底线。

表15-2　出版与其他业务的比较

业务	第一步	第二步	第三步	第四步
出版一本书	编辑	生产	推广	销售
制作焗豆罐头	焗豆子	生产	推广	销售
制作地板抛光剂	研发	生产	推广	销售

看看畅销小说的构成

我们的经验表明，一部商业上成功的小说需要具备以下要素：

✓ **通俗易懂、引人入胜。** 你给别人讲述这本小说的情节和人物概述时，别人一听就觉得有趣。通常，出版社能立刻看出如何包装它以吸引读者。

✓ **人们乐于推荐和讨论。** 这本小说讲述了精彩的故事，见解深刻，令读者为之激动。它会对读者产生影响，促使读者与朋友热切地探讨它，给每个人买一本当成礼物，或是想要给它写书评。

✓ **在某一方面触动读者神经。** 这种小说雄辩地讲述了一种特殊的人类体验，或是触及了与当今世界相关、大众都感兴趣的主题。你经常会听人说这样的小说"契合时代精神"。

✓ **让读者想起自己喜欢的书。** 这类小说是当下流行的作品，也可能是对出版趋势有所回应的作品。这本书的封面很可能跟类似书籍的封面相像，让读者相信自己买的就是同类型的东西。

当然还有其他类型的畅销小说，比如名作家的作品，或其他名人（新闻人物、政治人物、网红）的作品。这类书因为与名人绑定，又或者作者已拥有一定粉丝群体，通常能获得很大的宣传推动力。

如果一些潮流风向引领者能够推动一本书成为畅销书，出版社在图书选题上自然会考虑到他们的品味，他们可能是某个意见领袖，可能是奖项，也可能是像"理查德和朱迪读书俱乐部"（Richard and Judy Book Club，英国谈话类读书节目）这样的机构。受理查德和朱迪品牌加持的零售商和媒体营销活动，对英国出版业有着巨大的影响。理查德和朱迪（在出版界被称为"R&J"）选择的小说类型，是情感丰富、情节强烈、令人难忘的故事，定位完美地介乎通俗小说和文学小说之间。尽管 R&J 的书目多种多样，但都有着一些共同的情感认知。

出版社会看你的小说跟他们出版的既有作品是否类似，还是完全不同。例如，如果他们已经出版了很多青春浪漫小说，他们可能会觉得出版更多其他类型的作品不可避免地会分散其注意力，使他们无法专注地为已培养起来的作者构建职业发展道路。另一方面，如果他们去年出版了一本青春浪漫小说，并且销量超过了预期，他们就会急于再买入另一本类似作品。

思考你小说的市场

热卖的小说必须足够优秀，但你仍要考虑它们与出版社和读者的关系。简而言之，它们必须有市场需求。如果你听人说自己的作品"没有市场"，你会感到非常沮丧，但出版社在退稿时经常这样说。

本部分内容将帮助你理解"市场"的含义，从而帮助你最大限度地提高出版机会。

现在，你有了一份产品（也就是你的小说），你必须了解它的价值。对小说而言，这价值意味着对潜在读者人数的估计。

你小说的市场价值完全取决于有多少人愿意花钱读它。请记住，你是在请求人们付费阅读你的书 —— 这是一条非常有益的行事准则。

多关注书店、畅销书排行榜、报纸、杂志、网站和视频节目中的图书信息，这有助于你学习迎合公众胃口，就跟其他任何形式的娱乐一样。

界定"市场"的含义

在本节语境下，市场的一种有效定义是喜好。如果出版社说你的小说类型"目前没有市场"，他们真正的意思是公众对它没有兴趣。这并不意味着你的小说不好或者不健康，只不过，今年夏天人们更爱吃沙拉而不是馅饼。你的馅饼兴许非常美味，但如果今年没有人买，你就不走运了。所以，想要写得很大胆，或写得与众不同，并不是件容易的事。

想为你的小说找到出版社，时机合适很重要。如果出版社说它的主题或风格"过时""无聊"或"不受欢迎"，请振作起来，别往心里去。你可能只是走在了时尚的前面。许多作者的作品因风格差异，难以填入预期市场，这使得他们走上了自助出版的道路。就算出版社对你的小说能否吸引大量读者不敢打包票，你把自己的书在网上自助出版，仍有可能获得无数粉丝。

公众对某一类小说的喜好由许多因素决定，包括前一年哪些小说取得了成功。但是，除了调用之前成功的市场数据，出版社还从其他媒体中汲取灵感，包括新闻报道、时事、热门电视节目、杂志、报纸、网站和电影。

例如，如果一种特定风格的惊悚剧集在电视上大获成功，那么，这种风格最终可能会影响读者想要购买的惊悚小说类型。如果一档新的电视素描喜剧秀（comedy sketch show）成为办公室茶歇时段的热门话题，那么这种幽默类型就可能成为出版人有意无意地在小说稿件中寻找的目标。

在不太遥远的过去，闹剧和滑稽戏在戏剧、电影和书籍中取得了巨大的成功，但在如今讽刺至上的时代，很难再靠那些闹腾的滑稽元素卖出一本小说。

要注意你的小说跟其他作家的书比较起来怎么样。不要自欺欺人地认为自己写得像英国维多利亚时代最为出色的小说家安东尼·特洛勒普（Anthony Trollope）。像谁都没问题，但你要清楚自己是谁。

不要陷入过度模仿他人成功的陷阱，不要迎合并不适合你的写作风格和你并不感兴趣的新潮流。经纪人和编辑很容易发现你在装样子。

弄清楚谁在控制市场

人们总爱做出一副"市场很神秘"的样子。其实不是。市场就是你，就是我们，还有其他所有买书的人。你会说，那太好了，因为你确信你、我们和其他所有买书的人都会买你的小说！

且慢！首先，他们只有在书店或网上看到了你的书才会买。但坦率地说，除非你的小说就放在书店门口的货架上，或是进入了电子书畅销书排行榜，否则人们根本不会注意到它。当然，读者也可以去找它，但如果他们之前没听说过这本书，那也无从找起。

大多数时候，读者走进书店或浏览网店的时候，并没有什么特别打算，他们最后往往会购买一本摆在吸引眼球的地方、价格也很有吸引力的书。

找到控制者

那么，契合你的小说的市场，是什么人在控制？以下群体皆有嫌疑：

✔ **销售商**：在书店门口或在线平台上，销售商如何选择要推广哪本小说？首先，他们会参加出版社定期举办的销售展示会，出版社会介绍即将发行的书籍。根据宣传话术、封面、书名、对读者基础的了解以及出版社提供的关于小说的营销预算和宣传计划信息，销售商可以选择向顾客推销哪些书。他们知道，大多数顾客都依靠自己来挑选最感兴趣的小说。

那么，也许是销售商控制着市场？

✔ **出版社**：出版社会向零售商支付费用，以获取书店最佳的促销位置。而且，不是出版书单上的每一本书都能分到他们投入的营销资金。故此，他们往往会选择自己最想让书店推广的图书。他们每个月指定哪些书籍进入重点书目（或称"主打"书目、"超级重点"书目，或其他一些表达"最重要"书籍的委婉说法）。在出版社发给销售商的书单里，这些图书总是列在最靠前的位置。

那么，也许是出版社控制着市场？

✔ **经纪人**：出版社通常只购买经纪人提交的小说[1]。因此，经纪人是最初的潮流引领者，他们每个星期筛选大量投稿，只选择其中几本展示给出版社。但实际上，他们平常关注的是那些出版社从其他经纪人手里买下的书，以及那些在书店门口促销推广的书。

那么，也许是经纪人控制着市场？

✔ **三者兼而有之**：这真的是一场经纪人、出版社和销售商之间联手设计的巨大阴谋吗？我们必须诚实地说：在某种程度上，这是对整个行业部分真实（且悲观）的看法。如今，你必须达成某种共识才会推广一个新作者。既然三者有着共同利益（他们都希望自己的书大卖特卖），那么毫无疑

---

[1] 此处指欧美出版社的惯常做法。在我国，通常是出版社或出版公司直接与作者对接。国内也有一些专业出版经纪机构，但未形成行业规模。

问，他们会对出版什么样的图书达成一定程度的共识。

为消费者喝彩

尽管出版社和大型零售商喜欢掀起阅读潮流、打造畅销书，喜欢预测下一个潮头和下一本畅销书在哪儿，但我们仍然相信，在市场上拥有最强大力量的是读者。如果你浏览任何一个全凭读者付费生存的故事内容网站，你会看到同样的小说一次又一次地登上榜首。这些小说大多很好地预示了下一波轰动出版行业的趋势，无论是情色小说 [《五十度灰》(*Fifty Shades of Grey*)] 还是超自然爱情小说 [有数不清的例子，著名的有《暮光之城》(*Twilight*) 系列]。

数字自助出版的支持者表示，网上自助出版电子书销售是完全由读者"票选"的 —— 任何一本书都有机会通过口碑传播而成为畅销书。他们认为出版社是守门人，势力太大，妨碍了读者自行创造趋势。我们对"出版社是守门人"的理论持怀疑态度，因为亚马逊同样拥有这样的权力，而电子书热销的决定因素之一是价格。然而，不可否认的是，许多并未开展大规模推广活动的小说，由于普通读者的口口相传而获得了巨大的销量。这些书似乎引起了人们的共鸣。换句话说，它们拥有巨大的市场。

图书销售的机制

出版社通常仍会在图书上印上定价，但自从《净书价协议》(Net Book Agreement) [①] 被废除以后，零售商不必非得按定价销售图

---

① 《净书价协议》是英国和爱尔兰的出版商协会与书店之间达成的一项固定图书价格协议，协议规定，书店不能以低于出版商所定价格出售书籍。在英国，该协议自1900年实施，到20世纪90年代被废除。

书。这就是为什么你可以在超市[①]和网上以半价甚至更低折扣买到一些小说。你也许已经忘了，或是没有意识到情况并非总是如此。

《净书价协议》废除后，消费者可以对最受欢迎的图书货比三家，获得最优惠的折扣。亚马逊和超市等零售商有能力给顾客提供大幅度折扣，现在几乎主导了畅销书市场。

电子书也有出版者定价，但亚马逊上并不列出。唯一公开标示的价格就是零售商的折扣销售价格，目前以相对于同一本书的纸质书定价来表示折扣。作者获得的电子书版税与出版社从零售商那里获得的收入（而非建议零售价）挂钩（我们将在第18章对此做进一步解释）。

零售商要求出版社提供越来越大的购买折扣，这给出版社的利润造成了压力（作者希望获得的版税水平也因此受到影响，这个问题同样会在第18章中进行更全面的探讨）。

在电子书刚掀起热潮时，出版社曾试图保持它的合理高价（比平装书低20%左右），当时，他们与在线零售商签订的协议中坚持采用代理模式（agency model）条款。按照代理模式，由出版社设定面向消费者的打折销售价，而不是由零售商定价。而到了撰写本书的2014年，代理模式遭受了重大打击。

探索卖书的地方

过去，图书是由专业零售商销售的，但以下几个因素改变了市场情况：

> ✓ 互联网零售的发展。书籍是网上销售量最大的产品之一。网络零售商的管理费用较低，可以向消费者收取较低的价格。电子书的流行，也带动了消费者在网上购买纸质书。

---

① 在欧美，大型超市是重要的图书销售渠道。

2012年，英国38％的图书购买、美国44％的图书购买都在网上完成。你还要记住，顾客可以免费试看每本小说的前几页。这对小说的编辑产生了影响，使得小说的节奏比以往任何时候都变得更快。在线零售中另一个需要考虑的关键因素是搜索功能扮演了重要角色。较之初出茅庐的作家，这种搜索方式更偏爱那些作品已为读者所熟知的作家。

✓ 多家零售商市场主导地位日益增强。任何可以推动降低价格的市场，都会吸引超市这类企业。在超市图书畅销榜上获得推广的，往往是那些已经证明自己的书能热卖的作者。大多数零售促销以价格而非主题做导向，能以较低价格销售的书籍会在畅销书排行榜上迅速上升。

✓ 图书连锁店曾经是商业街和购物中心里的明星角色，但随着电子书的出现，它们的影响力减弱了。随着独立书店的衰落，我们看到市中心冒出了越来越多的折扣书店和二手书店。拥有庞大库存的知名图书品牌往往在二手店和折扣店里最显眼。因此，你可以看到，零售环境变化的直接结果是知名品牌的销售增长。

✓ 在英国，WH史密斯（WHSmith）连锁书店仍然在大多数城镇中心开设门店。他们的旅游业务部门在火车站和机场经营着非常成功的门店。通勤族和度假客经常光顾这些书店，它们往往能引领潮流，并预测哪些小说会吸引通勤和度假读者的注意力。

至于新作家在哪里销售呢？极具影响力的理查德和朱迪读书俱乐部推广活动，是由WH史密斯操盘的。该读书俱乐部推广成功的作品，有可能带来现象级销量——一本书可能在畅销书排行榜上占据数月甚至数年的统治地位。随着每家零售商都选择并支持这类成功作品，连锁和在线书店的销售就会出现多样性的缺失，如果没有独立零售商，这一问题便很难得到缓解。

出版社想委托作者创作哪种类型图书？以上市场因素都会影响他们的决定。我们将在第19章详细探讨电子书格式里特别畅销的书籍种类。

等你真正读到这一章时，市场将再次发生变化。任何新的图书销售链、购物习惯、交易法律或技术进步，都可能显著改变当前的局面。但关键在于：知道顾客可能会在哪里买你的书（在哪家书店购买，在什么设备上以什么格式购买），有助于你写出一本商业上成功的书，并为之进行恰当的营销。

抬高定价

零售商以折扣价从出版社采购书籍。因此，一本定价7.99英镑的平装书可能会按35%到75%（甚至更高！）的折扣卖给书店。书店采购的书越多，出版社提供的折扣就越大。（出版社印得越多，每本书的单位成本就越低。）如果书店提出要在图书排行榜位置或门店入口推广一本小说，它可能会要求获得更高的折扣作为该推广活动的报酬。

表15-3显示了一本定价10英镑的书籍的平均成本和利润分配情况。该信息来自一家顶级商业出版社。

表15-3　定价10英镑的纸质书成本／利润的大致分配情况

成本或利润	百分比	金额
制作成本	12%	1.20英镑
版税	6%*	0.60英镑
发行／营销费用	8%	0.80英镑
出版社开支	9%	0.90英镑
交易折扣	60%	6英镑
出版社净利润	5%	0.50英镑

*请注意，这不是出版合同中典型的版税率，而是向零售商提供高折扣后压低的版税。

　　由于每本书零售定价中的大部分都花在了营销、销售和发行上，而书店又要求这么大的折扣，出版社只有把每一部小说卖出很多册才能赚到钱。所以他们不能经常犯错误。

　　虽然表15-3只涉及纸质书，但电子书的情况也出奇地相似。纸质书印装或电子书制作成本显然不占主要地位，它们在一本书的成本中一直只占相对较低的比例。出版社指出，由于电子书的销售往往会蚕食纸质书的销售量，因此一本新书的启动成本需要在纸质书和电子书之间分摊。

　　尽管消费者仍在不断购买图书（哪怕从纸质书逐渐转向电子书），但随着书店促销范围缩小、零售商要求的促销费用和折扣越发高昂，出版社在营业额不增长的情况下利润空间受到挤压。因此，如今想让出版社相信你的小说具有良好的商业价值越来越难。不过，与之相对应的是我们将在第19章讨论的自助出版，这将为新作者带来一些机会。

　　这一切听起来有点让人泄气，对不对？有一件事或许能为你打打气，出版社最喜欢新东西。如果你以前没有出版经历，出版社可以尽情幻想有多少人想购买你的书……做个"小鲜肉"的感觉如何？现在你只需要找人来"动刀卖肉"就好。这种人，我们常常称之为经纪人。

第16章

寻找经纪人

在本章中，你将了解到：

▶ 经纪人是什么

▶ 寻找经纪公司

▶ 联系经纪人

▶ 投稿

▶ 从拒绝中获益

▶ 找到合适的经纪人

许多出版社只接受通过经纪人提交的作品，而且人们普遍认为，如果你在寻找出版社，首先需要找到经纪人[①]。即使是依靠自助出版起步的作家，在取得一定程度的成功后，也往往会与经纪人合作。一些自助出版的作者实际上是先与经纪人签约，然后再与其合作自助出版。（我们在第19章解释了为什么要这样做。）经纪公司的名单是现成的，但这样的机构有数百家，有时会让人不知从何入手。这一章会帮你弄清楚该给谁写邮件，以及如何写邮件。对许多人来说，寻找经纪人是在坎坷出版路上迈出的第一步，甚至可能让你第一次遭遇批评或退稿。这也可能

[①] 本章所述均基于英国出版行业的情况，也适用大部分欧美国家。在我国也有一些作家经纪公司和经纪人，但还不成熟。我国出版机构的图书编辑一般与作家直接对接。此外，我国近年来出现了一批在线小说平台，这些平台的编辑在出版实践中充当了作家经纪人的角色，所以本章中的一些内容仍有借鉴价值，读者可选择阅读。

是你第一次体验赞美和奉承 —— 这同样会让你迷失方向！本章介绍了你可能会收到哪些类型的反馈，并相应地提出我们的看法。

为了给你和你的小说找到最合适的经纪人，你需要先了解经纪人的工作方式，以及他们为什么是这样工作的。

请注意，经纪人都在经纪公司工作，或是单打独斗，或是与其他经纪人配合，本章将"经纪人"（agent）和"经纪公司"（agency）多多少少视为同义词。例如，经纪公司可能有投稿指南，但可能是某位经纪人撰写的。

了解作家经纪公司是做什么的

作家经纪公司（literary agency）是以促进和维护客户利益为主要业务的公司，其客户都是作家。身为作家，会有专属的经纪人代表你，但经纪公司的其他经纪人可能负责出售你作品的特定权利，比如翻译权。

出版业是一个相对封闭的行业，有自己的行话、惯例和商业模式。优秀的经纪人拥有技术专长和丰富的经验，可以尽可能确保出版合同对你有利。作家与出版社之间的关系，可能充满了对彼此的高度期待，而经纪人在出版过程中的每一步都为作家提供宝贵的建议和指导。

每个经纪人都偏爱特定类型的作品，但他们很少专门代理某一类型的图书。大多数经纪人都是多面手，只避开那些主题看上去太过狭窄的内容（例如，技术书籍或小众书籍 —— 这主要与非虚构作品的作者有关，跟小说家关系不大）。除了经纪人之外，经纪公司也会雇用助理和财务人员。

作家经纪公司的主要职能是：

✓ 保护和促进公司客户的利益。

✓ 寻找新作者，签下来成为经纪公司的客户。

✓ 为客户提供作品的编辑反馈意见。

✓ 把客户的作品提交给出版社。

✓ 代表作者在英国和海外进行出版交易，协商销售作品的其他权利，如电影版权、有声书版权和连载版权。

✓ 经纪公司负责协商所有合同条款。

✓ 与出版社保持联系，在出版过程的每个阶段推动作者获得最大利益（例如，书封的修改、书店促销费用的支付等）。

✓ 代表作者开具发票，通过经纪公司的账户处理作者的图书收入。

✓ 协助作者自助出版电子书。

✓ 从与出版社谈判下的交易中，抽取作者收入的一定比例作为自己的报酬 —— 在英国通常是15%，在美国和国外的版权交易中是20%。

你的经纪人还应该审核你的版税报表，确保金额正确。

作家经纪人不做的事情包括：

✓ 要求你支付加入经纪公司的费用，或你投稿后，他们要收取审稿费。声誉良好的作家经纪人在跟作者签约之前绝不会索要报酬。

✓ 负责图书宣传，约人写书评、特稿，代理作者的公共关系。

✓ 提供税务、养老金或法律咨询。优秀的经纪人对法律和财务事项有着很好的认识，但他并非这两个行业的专业人士，不能以专业顾问的身份行事。

✓ 为你准备增值税申报表或以任何方式负责你的会计事务。

✓ 让他们保证能为你达成出版协议。

✓ 借钱给你。

✓ 向你借钱。

✓ 为一群未发表作品的作者举办"早间咖啡谈话"活动。

　　当然，我们可以举出一些经纪人的例子，他们借钱给作者，帮他们办理增值税退税，发表书评，并提供相当于上门服务的工作。我们也可以想到有些经纪人帮自己旗下的作者搬家，为他们的孩子取名字，提供婚姻咨询（从经纪人的角度来看，这通常是一个双赢局面），并在每个星期四晚上和某位特定的作者一醉方休，雷打不动。但你不能指望一定能获得这些服务 …… 你甚至连圣诞卡都不见得能从经纪人那里收到（本书作者丽兹尤其不擅长这些事情）。但一定程度的忠诚、勤奋和对你作品的热情，是可以期待的。

　　所有经纪公司的核心业务都是优先维护它已经签约的客户。你还没有被签下，自然不是优先考虑对象。当你真的和经纪人签约时，最不希望看到的就是他们立即对你失去兴趣，并全力寻找新作者，对吧？

接触一些规模较小的经纪公司

　　许多经纪公司规模都非常小，雇员不到10人，其中很大一部分实际上只有一个人。如果你看到你的经纪人单打独斗，不必多虑。经纪业务的性质天然适合小团体和个人，因为你不需要豪华的办公室或固定的时间来履行经纪职责。

　　许多非常小的公司也能提供出色的服务。通常，独立开业的经纪人都是非常成功的经纪人，他们离开大型经纪公司单干是因为他们知道，靠自己的客户名单完全能赚到足够的钱来支持其新业务。当然，和所有行业一样，有些人只是什么都不知道的冒险家。

　　成为一家规模极小的经纪公司的客户，当然也有一些缺点。

如果你打电话给经纪人，想要联系到某个人（任何人），经纪人时间紧迫又没有私人助理，没空理你，你可能会很恼火。但在一家大型公司，你也很容易遭到忽视，所以，选择什么样的公司，也许是个人口味的问题。许多小型经纪公司依靠与第三方经纪公司的关系销售电影版权或翻译版权，所以，如果这些版权的销售对你来说非常重要，那么从一开始就要尽可能多地了解这些第三方经纪公司及其外部关系。理想情况下，这些第三方经纪人对你的作品会像你的主经纪人一样充满热情。

调查大型经纪公司

在大公司，经纪人通常会有助理（助手不仅仅是做秘书工作，通常还会与作者建立密切联系）。你的经纪人的一些同事（及其助手）可能专门负责销售翻译权、连载权、有声版权、影视版权。大型经纪公司可能有财务部门和记账人员，如果你足够幸运（一定要一开始就问），他们还会雇人检查版税报表的准确性。此外，大公司可能还有前台和行政人员，以及实习生（这些"看不见的手"让整个出版行业丝滑运转）。

大型经纪公司的经纪人在获得经纪人头衔之前，往往会先做一段时间的实习生。他们从助理做起，有机会学习这份工作技术方面的内容，包括熟悉合同细节、搞清楚出版界的重要人士都是谁、如何拍卖小说、什么样的宣传方式是好的，等等。此外，还要发展一些优秀经纪人所需的软性技能，包括如何说"不"，何时说"是"，如何让对方觉得自己赢了，又能达到你想要的目的，如何在聚会上闲聊，如何在金钱算盘打得劈啪作响的同时满足别人的自尊心，诸如此类。有时，一个经纪人起初是编辑，或是其他岗位上的出版人员，后来才觉得经纪人更有趣／能赚更多的钱／工作时间更宽裕。在这一点上，他们想得没错……至少，对判断力强的经纪人来说的确如此。

对经纪公司的考察

一个人想成为作家经纪人，不需要通过考试，没有强制性的实习制度，不需要考取专业协会的会员资格，所以，你要评估经纪人的经验和能力有时很困难。近年来，也有越来越多的企业自称经纪公司，为写作者提供各式各样的服务。

以下部分提供了一些建议，教你区分优秀的经纪人和没信用的行业混子，告诉你如何找到经纪公司的信息。

向作家经纪人协会查询

虽然经纪人不需要加入专业团体就能执业（对比而言，财务顾问必须加入专业团体才能执业），但英国的经纪公司可以自愿申请加入作家经纪人协会（Association of Authors' Agents）。截至本书撰写时，加入作家经纪人协会的资格是，机构必须成立至少两年，并且每年必须赚取至少2.5万英镑的佣金。

小建议

大多数初创作家经纪公司只要一符合资格就会加入作家经纪人协会，所以要是你拿不准某家作家经纪公司的资质，可以登录作家经纪人协会的网站（www.agentsassoc.co.uk）查看会员名单。

成为作家经纪人协会的会员后，公司会签署一份自治行为准则，详细内容可以在作家经纪人协会网站上看到。这份行为准则可以让你从作者的角度认识到，你可以期待经纪人为你做哪些实际工作。例如，作家经纪人协会要求其会员公司在21天内将作者的款项转交给作者，而且，作者的款项必须存放在单独的客户账户中。（这样的安排是为了防止经纪公司"不小心"用你的钱支付了自己的燃气费账单。）

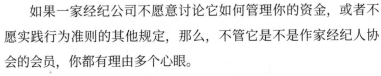

如果一家经纪公司不愿意讨论它如何管理你的资金，或者不愿实践行为准则的其他规定，那么，不管它是不是作家经纪人协会的会员，你都有理由多个心眼。

判断一家公司的最好方法是看它的客户名单。如果一家经纪公司代理了许多受欢迎的作家（理论上，这些人可以从多家经纪公司中进行挑选），那么，你可以认为这家公司是挺不错的。

确定与哪些经纪人接洽

除了作家经纪人协会网站上的名单，另一个很受欢迎的经纪公司名单来自布鲁姆斯伯里出版社（Bloomsbury）每年出版的《作家和艺术家年鉴》（*The Writers' and Artists' Yearbook*），在书店和图书馆随处可见。这本书也是出版行业诸多其他方面的宝贵信息来源。

大多数经纪公司都有网站，提供公司、客户、经纪人和选题兴趣方向等信息。充分利用这些信息。阅读所有经纪人的简介，翻查并严格遵循投稿建议，记下该公司客户名单，查找客户所写书籍，了解他们的写作类型。

你也可以在社交网络推特（Twitter）[①]、写作社群网站和出版主题博客上找到不少经纪人。你可以在网上搜索具体经纪人的名字，由于大多数作者都会提到自己的经纪人，所以与他们相关的信息是很丰富的。经纪人在某种程度上是在公众视线下工作的，只要你进行调查研究，便可形成一个可供你判断的印象。

如果你对某家公司有任何迫切的问题，只需打电话询问接待员。如果接待员不喜欢你的问题，他们可以选择不回答。不过，你用不着非告诉他们你的名字。如果你的问题真的很烦人，最好

---

① 2022年，埃隆·马斯克（Elon Musk）收购了推特，并于2023年将其更名为"X"。

是匿名询问。别在电话里唐突地提出要塞给他们一份完整的情节大纲。

接洽经纪人

研究一下《作家和艺术家年鉴》中的经纪公司简介，大致了解哪些公司可能最适合你。但如果你最终决定把小说随机寄给某家公司，也不必担心。在这个阶段，你很难知道哪位经纪人最适合你，随意试试也无妨。根据具体情况，运用常识，写几封邮件，看看进展如何。

借助人脉和其他推荐渠道

寻找经纪人的方式有很多。到目前为止，找经纪人的最好途径是请人推荐。如果你在出版行业认识什么人，或者你和你的姨妈认识什么作家，就请他们给你推荐一些人。别因为动用了私人关系而感到内疚。如果你的推荐人跟经纪人的关系很好，别犹豫，在你的接洽邮件中务必提到你们这位共同的朋友，这样就有希望让经纪人感到有必要好好阅读你的小说。人脉不足并不会对你造成什么伤害，但有些人脉会为你带来不小帮助。既然你有人脉，那就大胆用起来。

其他推荐来源，可以是出版讲座上的专家，作家活动上出现的作者，作家网站（一定会提到经纪人的名字），作家圈子和写作杂志。阅读一些图书行业刊物也是值得的，比如《书商》(*The Bookseller*) 杂志（每周发行，可以在线订阅，也可以通过图书馆或报刊亭购买），它登载了很多出版业信息。在经纪人信息方面，该杂志会列出一些最近的新书交易和负责交易的经纪人详情。此外，在写作研讨会上，总会有一群有抱负的作家聚到一起，他们也可以给你推荐一些过去帮助过他们的经纪人。

换句话说，如果你真的想成为一名能出书的作家，那就要走出去，开始建立人脉网络，做行业研究，这样你很快就能学到一些技巧。

选择接触哪些经纪人，还有一种很受欢迎的方法：找一本你觉得与自己的小说很像的小说，从致谢页上摘录经纪人的名字。你肯定看到过类似这样的话："我衷心感谢我忠实的经纪人乔蒂，在我认为这部小说永远不够好的时候始终不渝地支持我。"如果这位经纪人喜欢这本小说，他们兴许也会喜欢你的小说。

小建议

"金粉"（gold dust）是一种特殊的经纪人——这个称呼是指这类人有一些做经纪人、经纪人助理或图书编辑的经验，但尚未建立起完整客户队伍。这类经纪人尤其渴望新项目和新作者。他们更有可能为你提供反馈和鼓励，也更愿意在你身上投入时间。试着打电话给规模稍微大些的经纪公司（这样的公司里更可能有处在这样位置上的经纪人），问他们目前是否有人在寻找新作者。你有一成的概率碰上好运气。（买彩票中头奖的概率是一千四百万分之一，所以十分之一的概率是很高的！）

想好接洽方法

接洽经纪人的第一步，是看看其所属的经纪公司是否接受陌生作者的主动投稿。

如果你不用打电话就能确定这一点（比如查看经纪公司的网站，或翻阅前文"确定与哪些经纪人接洽"一节提到的投稿指南），当然再好不过了。一些公司对询问这一政策的来电态度冷漠，他们讨厌每个星期回答100次同样的问题。

但另一方面，有些经纪人会私下建议你寄出投稿邮件之前先给经纪公司打个电话，询问哪位经纪人特别乐意接受投稿，又或是核实一下该公司的投稿指南，等等。如果你有重要的问题（比如咨询应该把你的小说寄给谁），当然可以打电话。如果你不满意他们的回答，没关系，礼貌地感谢对方，挂断电话就行。

作为第一次投稿的作者，有件事你绝对不能做，那就是打电话给某家经纪公司，告诉他们你马上要寄去一份精彩的新小说稿件。经纪人可不接受电话推销。

你可能听说过，有些经纪人更偏爱在独家投稿的基础上进行洽谈，也就是说，他们不希望你在同一时间与其他人接触。不过，大多数经纪人都承认，这个行业的竞争十分激烈，作家们在为其作品选到最合适的经纪人之前，肯定希望与多个经纪人进行洽谈，这是可以理解的。所以，就算有人提出"独家"的要求，你也不要感到受了欺负。是一次联系一家公司，还是同时接触若干家，完全取决于你。

如果你只接洽一位经纪人，务必在信中向他说明你投稿的唯一性。但也不要认为这样你就有权利获得更快的回复。如果你在大约六个星期内没有收到经纪人的回复，就给别人写邮件，继续前进。你无需撤回投稿，那是浪费时间。

我们建议你同时接触大约四家（三家，或者五六家都可以）经纪公司。如果这些投稿没有任何结果，再另选四家，重新开始。

请记住，经纪公司可以选择是否阅读你的作品，他们根本没有义务回应你的投稿。他们不收费，记得吗？但如果一家公司在其网站上、在《作家和艺术家年鉴》上或在电话里公开说明接受投稿，那么，你就可以优先向他们投稿。

一些写作者显然觉得自己享有很多权利：有权与经纪人通电话，有权收到经纪人对其投稿的及时回复，有权获得详细的编辑反馈，有权获得一份全面的退稿理由清单，有权获得可供其选择的其他经纪人人选。他们的态度似乎是这样：我来了，我写了一部精彩的小说，现在你的工作是承认我的才华，放下其他一切，确保我的作品找到合适的读者。这显然是傲慢的妄想，如果你表现出这种态度，经纪公司不会给你好脸色。

只有碰到以下情况，才有理由要求经纪公司做出回应：

✓ 另一名经纪人正在催你确认跟他们签约。
✓ 有出版社要出你的书。

事实上，如果有一位经纪人正在积极考虑你的作品，而你却没有告知他自己已经接受了来自另一家经纪公司的邀约，那么前者有充分的理由大感恼火！

投稿

找到经纪人的第一步是把你的稿子发给他们。找一家公司的投稿指南学习一番，按照它的规则投稿。你必须对自己小说的成败有自信。别过多地纠结投稿信怎么写 —— 只要保证它不会让任何人反感就行了！不过，花时间为小说写一份优秀的内容梗概是值得的。（我们在本章稍后部分就"撰写投稿信"和"撰写梗概"这两个方面提出了建议。）

如果一家公司声明不接受非约稿的投稿，而你又真的想把小说寄给他们，那就寄吧。有些经纪机构之所以不鼓励这么做，是因为他们不想面对数量无法控制的海量投稿，但他们有可能会像其他经纪人一样认真阅读你的稿件。就算该公司退回了你的稿子，你也无非损失了一点邮费。

然而，如果一家公司声明它不接受特定类型的书，比如不接受科幻小说、不接受儿童书籍等等，那请一定按照字面意义理解它。无论你的小说有多好，如果它属于经纪公司不感兴趣的类型，真的不会有人去读它。

你可以运用常识帮助自己。例如，如果你对某公司的投稿指南视若无睹，那么就不要怪这家公司觉得你是个业余选手且不太可能写出值得一看的东西。

试着站在经纪人的角度思考，这会节省你的时间，也免得让你备受打击。

遵守经纪公司的投稿要求

经纪公司每个月会收到数百份有抱负的作者投来的稿件。（一家中等规模的公司通常每天能收到约20份。）为了让所有作者公正、平等地吸引经纪人的关注，公司制定了投稿指南，要求所有作者提交相同类型的资料。审读来稿是一项困难且耗时的任务，投稿指南旨在使经纪人尽可能轻松快速地完成它。你可以在《作家和艺术家年鉴》和经纪公司网站上找到相应的投稿指南。

下面这一点很关键：如果一家公司接受公开投稿，请严格遵守其投稿指南。不要对指南吹毛求疵，这会让经纪人感到恼火，对你也没有任何帮助，而且，这些指导原则的存在有充分的理由。

如果你找不到一家公司的具体投稿要求，以下清单可以很好地指导你如何与该公司接洽，也可以帮你深入了解一般投稿要求背后的想法：

✓ **邮寄投稿信，而不是发电子邮件。** 经纪人不希望被困在电子邮件收件箱里，也不希望你要求他们优先处理你的邮件。他们想把你的投稿信放在一边，有空的时候再看。

如今经纪人会在电子阅读器上阅读稿件，一些经纪人也的确会通过电子邮件邀约稿件。然而，如果违背经纪公司的明确要求，直接给经纪人发去电子邮件，或者不先试着给你想联系的经纪人邮寄投稿信，那么你通常不会得到很好的回应，因为通过电子邮件自发投稿的稿件，99.9%质量都很差。通常，写信人在发电子邮件投稿的时候，并没有特定的经纪人收件方，而是给一大批经纪人群发邮件。许多自发投稿都来自北美。

✓ **附上前三章作为样章。** 不要费心去解释为什么你认为中间的三章比前三章更合适。如果你小说的前三章写得"有点慢"或"不典型"，那么你需要补救这些问题，而不是给它们找借口。如果前三章不行，这本书就不行。再说了，难道你很机灵地试过从中间开始阅读一本小说？

如果投稿指南要求你发送部分章节，切莫忘了附上。仅从小说梗概来判断一部小说是否有趣非常困难，许多经纪人会直接拒绝拿不准的作品，而不是索要更多样章做进一步判断。

✓ **稿件使用双倍行距，单页打印，带上页码。** 如果经纪人阅读稿件时要眯着眼睛，或是读着读着就串行了，很可能会把它扔到一边，直接看下一份稿件。如果经纪人可以根据页码指引，查看特定页面，或是能在每一行之间写一点评论，你获得反馈或编辑注释的概率会更大。

不要把稿件以图书的形式装订出来。经纪人知道书是什么样子，谢谢。不必特意为了投稿而特意去印成书。

✓ **发送完整的情节梗概。** 初次阅读时，情节梗概可以帮助经纪人迅速判断他们是否对小说感兴趣。如果你没有在样章前附上梗概，急躁的经纪人会感到困惑，不愿意深入探索小说，反而会因为缺乏信息而大感恼火。（本章后面的"撰写梗概"部分将讨论如何撰写情节梗概。）

就算附上的梗概让你的稿子很快遭到拒绝，也是一件好事。我之前的一位上司（也是经纪人）常说，快速拒绝是第二好的回应，比起漫长等待后遭到拒绝要好得多。另一位经纪人说："不发送梗概就像是邀请我参加你的聚会却忘了告诉我去你家的路。我有可能在没有指示信息的情况下找到你家，但我兴许并不会费那么大的功夫去尝试，也可能在途中迷失方向。"

✓ 附上一个写好地址的回邮信封。没有回邮信封，就好像是要经纪人为退稿支付费用似的。

✓ 别期望收到回信。对一家经纪公司来说，每收到一份稿件都给予回复是非常耗时的。如果你坚持要求经纪人给你回复，对方通常会觉得你是在绝望地给自己找借口，好给他们不停打电话探问结果。经纪人可能要过一段时间才准备好阅读你的稿子，他可能此时才会看到你要求回信的请求。这会让他们大为光火。在他们即将阅读你的稿件时，这可不是件好事。

经纪公司并不会承诺给你回信，就算他们有意回信，也只能大概估计何时回复。如果你给经纪人打电话，纠缠他们，肯定很快就会遭到拒绝 —— 当然，这可能就是你的目的。如果你打电话告诉他们，另有他人对你感兴趣，他们无疑会赶紧看一看你的稿子。没有人希望自己错过一颗宝石。但如果他们不喜欢你的小说，也并不会因为别人有意签下你的作品就对你产生兴趣。他们知道，其他经纪人随时都会出错，就跟他们自己一样。

打电话给经纪人，谎称另一个经纪人对你的书感兴趣 —— 这是个非常糟糕的主意。经纪人之间常常互相沟通，没有人愿意发现自己上当受骗，相互信任是经纪人和作者关系的核心，尤为重要。请千万别这么做。

不要在接触经纪人的同时直接接触出版社。每多一家出版社拒绝你的书，经纪人就少一个给你机会的理由。经纪人喜欢从头开始与作家合作。

撰写投稿信

你的投稿信只需大致列出信后所附的内容，简要介绍一下你写了一本什么样的书，礼貌地表达你希望经纪人喜欢你寄去的稿件。听起来很容易，对吧？

对大多数人来说，给经纪人写信的最佳建议就是遵从常识。但实际上，不少写作者在这第一道关卡上就失败了。

现实很无情。如果你写了一封糟糕的信，经纪人可能连看都不看就把你的稿件丢到一边。听起来很刺耳？别忘了，经纪人对你有多漂亮（无论报纸怎么说）、你是否能做出美味的苹果馅饼、你上周末是否钓到了一条大鱼丝毫不感兴趣。他们只关心你会不会写作。所以，投稿信写得不好，你的稿子就危险了。

你的投稿信的行文不应是最吸引人的地方，它只是预热表演。只要它不会妨碍经纪人阅读你的小说，就算完成了任务。它不需要像你的小说一样有趣、搞笑或动人。

起草一封能发挥作用的投稿信，需要考虑以下问题：

- ✔ **信件的长度：** 大多数投稿信都应该相对较短，冗长的信件明显令人生厌。不过，信件也不应该过短，以免让人觉得不礼貌、自作聪明或粗心大意。除非你有极不寻常的理由需要写得更长，否则两三段就够了。
- ✔ **准确地书写收信人信息：** 写投稿信的关键是要让每个经纪人都觉得，你在选择给他们写信时是颇费心思的。

以下错误，只要稍微运用点常识就能轻松避免，但每一个经纪人都多次碰到它们：

- 把经纪人或经纪公司的名字写错了：这会给人留下糟糕的第一印象。想想看：如果有人给你写信想打动你，却把你的名字拼错了，你会留下什么样的印象？
- 以"亲爱的先生 / 女士"（Dear Sir/Madam）或"亲爱的经纪人"（Dear agent）为称呼：如果你的信件是写给投稿部门的，直接写"先生 / 女士"才是合适的称呼，这也是一些经纪公司的偏好。"亲爱的经纪人"太不正式，也太没有针对性了。大多数经纪人都希望你已经研究过该公司中合适经纪人的名字，本章中"想好接洽方法"一节已对此做过探讨。你应该称呼经纪人的全名，比如"亲爱的丽兹·克雷默"，或是其他礼貌的称呼，如"尊敬的克雷默女士"。
- 让人一眼看出这封信是群发的：如果除了用圆珠笔潦草写就的收信人姓名和自己的签名之外，其他所有的内容都是打印出来的，那么，这就是在邀请经纪人走捷径 —— 不用读就丢掉你的手稿。
- 把经纪人的所属公司搞错了：这是在凌晨处理多份投稿信的风险，所以，在寄送复杂的投稿信之前，一定要睡个好觉。

✓ 精心呈现：使用干净的上好白色无线信纸撰写你的信件。做好拼写检查。通读一遍。别对着它抽烟（烟味会残留在信纸上），也别把果酱掉在上面。这些事情很重要，因为它们决定了经纪人对你的第一印象。

✓ 展示你阳光的一面：经纪人喜欢跟快乐、随和的人合作，他们不会抱怨当今的媒体、出版行业、经纪人，也不会因为遭到解雇或没钱而满腹怨言。

经纪人不一定想和幸运、漂亮的人合作 —— 他们只是想和那些不会把自己的问题写到信里的人合作。当然，他们想和喜欢写作的人合作！在投稿信中可以加入这样一句话："我希望你喜欢读我的小说，就像我喜欢写它一样。"

有相当多寄给经纪人的投稿信行文粗鲁，这真是叫人惊讶。你会在求职时表现得粗鲁吗？你的信应该给人这样的印象：如果经纪人能回信，你会很高兴。

✓ **不要奉承**：写奉承的话要非常谨慎。正确拼写经纪人和经纪公司的名字、购买优质信纸已经足够表示你的尊重了。引用经纪人写过的文章，或者把他们代理的客户作为你最欣赏的作家列出来，这些把戏都太过常见，对你没有什么好处，而且看起来很谄媚。如果读完本书后，你决定把自己的小说寄给丽兹（本书作者之一）的经纪公司，请不必提及你有多喜欢我们的书。如果你说的是实话，谢谢！但赞美的话不妨留到以后再说。

✓ **介绍你的书**：不要在信中过分努力地推销你的小说。就算你是优秀的小说家，写广告文案却有可能很蹩脚。你很可能会把你的作品与其他小说进行多次比较，或者滥用"反乌托邦"之类的词，让经纪人产生反感。如果你为自己的书想出了一个朗朗上口、引人入胜、好莱坞式的一句话宣传语，把它用起来。否则，就让这部小说靠自己的实力碰碰运气吧。

你可以用几句话来描述小说的主题或情节。显然，要让它听起来尽量有趣。信的正文无需提供完整的情节梗概。

切莫班门弄斧，告诉经纪人这本书应该如何销售、卖给什么样的人。

✓ **把幽默感留在家里**：请不要试图让你的信变得搞笑，除非你本身是那种非常搞笑甚至都注意不到自己在搞笑的人。

幽默放错地方的一个例子是，读完本书后，你把小说寄给我们，然后把我们在书中所说的一些已经被证明是完全错误的东西（可能是你犯的错，也可能是我们犯的错）拿出来开玩笑。也不要试图用其他方法让自己显得与众不同。投稿信要有投稿信的样子。你要相信，你可以靠自己的小说让自己脱颖而出。

✓ **克制你自我否定的冲动**：不要在信中以任何方式显露出你有被退稿的预感，例如：

· 指出自己小说的缺点。

· 提醒经纪人，说他们把审阅的大部分稿子都退了。

· 告诉经纪人，你的小说"只有"19.5万字。

· 提及你从其他经纪人那里收到的所有鼓励性建议（这无意中表明了其他经纪人已经拒绝了你，而现在信中这位经纪人不是你的首选）。

自我否定的信件可能有数百种类型，但我们这里主要指是从字面上就预计自己会被退稿的信。比如，"我知道你可能在想这不适合你，但……"

✓ **关于你的背景**：如果一个作者有不寻常的背景，将有助于推广其作品。例如，你第一次写小说，如果你极为年轻，或者已经很老了，都可能引起媒体的兴趣。如果你身在监狱或医院，务必向经纪人透露这一信息。如果你在过去遭受了一些可怕的侮辱，媒体可能会对你感兴趣（很遗憾，媒体就是这样。当然，你的小说仍必须是好作品）。

当然了，你的婚姻状况，你孩子的名字和年龄，你过去的教学生涯，以及你公公和你住在一起，这些事情都无关紧要。就算小说讲的是一位与公公同住、当老师的母亲，经纪人也并不在乎你的直接经历；他们只关心小说写得好不好。

当然也有例外情况，比如你本身是记者或广播电视从业人员，就可能比别人有更专业的写作经验，而且你的人脉在书出版时可能会派上用场。所以，这时候你就可以透露一些关于你职业生涯的情况。如果你在另一个领域非常成功，也同样值得分享。如果作者是乐购（Tesco）的首席执行官，而不是当地浴帘供应商的老板，显然吸引力更大。你的地位并不能把一部坏小说变成一部好小说，但如果你的小说在经纪人看来还算有趣，你的地位可能会使天平偏向你。

✓ **搞清楚你有多少写作经历可以透露**：太多、太多、太多、太多的写作者提到，他们一直想写一部小说，在结束了一份伦敦金融城的长期工作 / 把孩子拉扯大 / 把岳父最终赶出家门之后，他们现在终于可以自由地写、写、写了！这并不会让你在经纪人面前显得很特别。经纪人只关心你现在写得有多好。如果你几十年来一直在做其他事情（这很正常，完全可以理解），那么你的写作并不见得很有潜力。如果你是作家圈子的一员，上过创意写作课程，参加过作家静修活动，发表过短篇小说或诗歌，赢得过（校外）写作比赛，或者发表过其他叙事作品，比如回忆录，那么你的写作潜力就大多了。

你写的技术期刊文章、新闻稿或是购物推荐文章，就不要提了。小说是完全不同的写作类型。

✓ **寻求反馈**：一个对自己的写作充满激情的快乐写作者，非常渴望从经纪人那里获得反馈或建议，哪怕是退稿。但令人惊讶的是，很少有作者在信中要求经纪人提供反馈。除非作者要求，经纪人一般不会提供反馈，因为有些作者收到反馈时，非但不高兴，还感觉受到了冒犯。如果你需要反馈，在投稿信中礼貌地请求。让经纪人决定给些什么意见，给多少意见。

其他不可以做的事情包括：

✓ 不要因为你床底下藏着两本废稿，就说这是你写的第三本小说。除非你曾出版过小说，否则你应该把每一部小说都说成是你的第一部。

✓ 不要提你是另一名经纪人推荐过来的。他们推荐你并不总是一种赞美。有时候，这样的推荐可能是一名经纪人对另一名经纪人所做的隐晦微妙的报复。（但如果是出版社编辑推荐的，你可以说出来，因为这对经纪人来说一定是正面评价。）

✓ 不要提你所有的朋友和家人都喜欢你的小说。他们当然喜欢！如果你认为这也算数，只会让经纪人觉得你离写小说的水平还差一点。

✓ 不要附上本地报纸登载的你反对新建人行横道的文章，这与投稿毫无关系。

✓ 不要假模假式地为你的稿子套一个假书封。出版社有高薪聘请的专业人员来做这些事。

✓ 拜托了，我们恳求你不要寄照片。如果你长得好看，经纪人会认为你虚荣自恋，而如果你长得丑，寄照片也于事无补。经纪人绝对不在乎你长成什么样，只要你的书写得好就行。你最近见到过什么作家的样子吗？

这些不能做的事情是不是太多了？所以，你的信大可以言简意赅。

撰写梗概

关于撰写梗概，你要记住的最重要一点是：梗概需要完整地阐述小说的情节。所以你必须透露结局。别担心，你不会破坏经纪人的兴致的。就算是推理小说，经纪人也有着足够的阅读经验，知道如何最明智地阅读梗概。不要把悬念放在梗概的结尾。经纪人不是随意浏览商品的消费者，而是需要对你的小说有全面了解的专业人士。

撰写梗概时，使用与小说本身大致相同的语调。梗概也应按照与小说本身相同的结构原则进行组织。如果读者直到小说2/3的时候才发现叙述者是男性，那么，也请到梗概进行到2/3时再透露这个信息。

梗概的作用不是推销你的小说，尽管我们希望它能反映出小说有趣的特质。梗概并非你在书的封底所看到的宣传语，所以不要用推销的口吻来写。

梗概不光要详细描述小说的整个情节，还需要揭示人物的情感发展。

揭示人物情感发展可能需要说出类似这样的话："到了这个阶段，费内拉已经对杰克把牙刷留在她公寓的动机产生了深深的怀疑。她仍然不知道那到底是不是他的牙刷。"接着又说："费内拉开始学着给别人机会。她明白，自从杰克的牙刷引起混乱之后，她没法再草率地做结论。"

对于梗概的理想长度，经纪人并不总是意见一致。不要觉得你必须把关于这本书的所有信息都写进去。两页可能是最理想的梗概长度。如果有必要，经纪人日后可能会要你提供更详细的东西。如果你也并不知道小说的结尾会发生什么，那就在梗概的最后说出来，并解释为何选择这么写。

以经纪公司的方式处理投稿

经纪公司收到投稿时，可能会系统性地进行记录（也可能没有）。如果他们的确没有，你也没法抱怨。投来的稿件难免会堆积在一起，直到该公司的某个人有时间初审。这个人是谁因公司而异，但通常，你的作品将由公司团队里的初级成员或外包审稿员浏览一遍。这些审稿员从一大堆投稿（通常会有个带贬义的戏称，比如烂泥堆，它指的是公司收到稿件的数量和质量）中挑选出有潜力的东西，再交由一个或若干经纪人审读。在一些经纪公司，经纪人可能会轮流审读来稿。就算你的第一读者并不是一位有几十年经验的老经纪人，也没关系。除非初级员工的判断力绝对可信，没有哪家机构允许他们审读来稿。在出版行业工作的年轻人很快就会明白什么是好作品，也知道本公司的经纪人想要代理什么样的作品。

绝不要在电话里（或任何其他地方）粗鲁地跟接待员、经纪人助理或审稿员说话。他们负责这个地方的运转。

实际上，在阅读写作者主动寄来的投稿时，大多数经纪人并不会想："这有什么好？我会喜欢这个吗？"他们坐下来面对一大堆稿件的时候，更可能是在想："天哪，要读这么多东西呀。希望我不用花太长时间来处理这些东西。好了，先看看第一个稿子有什么问题？"经纪公司有大量需要阅读的稿件，而他们对现有客户的忠诚度很高，因此在招揽新客户时非常谨慎。他们当然愿意寻找优秀的新人作者。但他们也在等着你去吸引他们、打动他们、给他们留下深刻的印象。

避免在一年中最繁忙的时候向经纪人投稿。圣诞节前后两星期都不是好时机。九月很忙 —— 大概是因为作家们在夏天有时间完成写作。公共假日或复活节一类的季节性假期后的一周，同样会有很多投稿，所以最好等几个星期，避开稿件拥堵。

如果经纪人对你的小说感兴趣，可能会要求多读一部分内容。有时，经纪人也许会给你打电话或发电子邮件，如果他们这么做了，说明他们对你的小说真的很感兴趣。他们知道，一旦开始沟通，他们就很难拒绝你这个潜在客户了。出于类似的原因，你也许会收到经纪公司发来的匿名赞美信或匿名退稿信；有些写作者一旦在一家公司里知道了某个人的名字，就会开始纠缠这位审稿员，频繁打电话和发送电子邮件。

提交未完成的小说

在把小说投给经纪人之前，你不一定要把它写完，当然，写完会更好。一般来说，你写得越多越完善，所以要把它看成一个完整的项目，而非一个"刚开始，能看到成果"的计划。

经纪人有时会单凭书里的部分内容（比如前3万字）来销售情节驱动的商业小说，比如惊悚小说和女性小说。在这种情况下，他们通常会在样章之外另向出版社提交一份非常详细的大纲，以阐述"接下来会发生什么"。这些小说能销售出去的基础，包括精彩的角色、扣人心弦的情节、完美的标题、奇妙的概念，还有写作中的自信或热情。

很明显，在小说写到一半时，试探性地向经纪人展示部分内容（毕竟他们只要求看前三章），是颇有吸引力的做法。但如果他们要求审读整本小说的剩余部分，你也不希望仓猝地完成，或是在小说后半段才发现小说设定有问题。此外，如果经纪人表示有兴趣再多看一些你的作品，别让他们等待，要在他们的兴趣刚刚显现时就抓住机会。

理解退稿信

经纪人对那些写得还凑合、模模糊糊有几分意思、刚达到平均水平、跟稿件堆里下一篇差不多好、比稿件堆里上一篇稍好一点的东西不感兴趣，对写出这些东西的人也不感兴趣。他们想要的客户是：太有才啦！令人惊叹！出乎意料！独一无二！滑稽搞笑！几个月来见过的最棒的作品！原因在于，经纪人经历许多苦涩的经验之后意识到，如果他们代理了写得凑合但不够令人拍案叫绝的作品，那么，面对出版社的退稿，经纪人很难保持乐观和动力。理想的经纪人应该能够在每次遭到出版社退稿后打电话给你，说："没关系，他们只是不识货，但我们知道他们错了 —— 所以我们再找找其他人。"每个经纪人的注意力都要分给多个作家，如果他们没有全身心爱上你的作品，想让他们一直支持你是很难的。

小建议

所以，如果一个经纪人回复你说，他们非常欣赏你的作品，但不够爱它，别生气。这么说吧：你配得上拥有一位爱你作品的经纪人，这个人拒绝你，实际上是在帮你的忙。

有时候，经纪人会写出饱含赞美之词的信，然而在信的结尾拒绝了作者。你应该被他们的评论鼓励，如果他们内心明白自己对你来说不是最好的代理，你应该信任他们的判断。例如，他们可能觉得没有时间来帮助你发展你的作品，在这种情况下，你最好去找别人。

很多经纪人会在退稿信里写，他们的意见只代表个人，其他人可能有不同意见。他们这么说在一定程度上是为了让自己安心。因为无数畅销小说都曾遭到大量经纪人和出版社拒绝，直到一位热情的拥护者"发现"了它。经纪人审稿是主观的，他们经常彼此意见不合。但经纪人说这句话还有防御目的。每一名经纪人都收到过退稿作者的辱骂信，所以大多数退稿意见都说得很委婉。

有些作者收到标准格式的或预先打印好的退稿信，会感到受了冒犯。但经纪人把时间花在审稿而不是写退稿信上，肯定要好得多吧？在丽兹的经纪公司，他们花在阅读作品上的时间可能是写退稿信的10倍，但在标准退稿信出现之前，他们要浪费许多时间在写信上。是别人读了你的稿子更重要，还是经纪人把退稿信写得很漂亮、假装对你的投稿很重视更重要？有些作者迫切渴望得到认可和尊重，但有必要把这些情感需求暂时放到一边，否则，它们会对你在专业上的努力造成干扰。记住，你不是在寻找真爱，而是在寻找经纪人。

经纪人给潜在客户写信的时间很少，所以，他们的反馈有时会以简短而直接的方式表达。有时候，对于投入大量时间和精力写就的稿件，人很难接受这样的批评。但是你可以从审读者所说的一切中获益，哪怕你认为他是错的。例如，如果经纪人不喜欢你小说的主角（你很喜欢这个角色），也许是你没有以恰当的方式把她写出来。她在你脑子里是不是比在书上更生动鲜活？

有时经纪人知道自己无法向作者解释为什么这部小说不会成功。就像每个母亲都认为自己的孩子很漂亮，一些小说家拒绝承认自己写得不如他们欣赏的成名作家。在这种情况下，躲在标准格式的退稿信后面是一种解脱。

与经纪人见面，找到最适合你的人

如果经纪人对你的作品感兴趣，最终会建议双方见面。（如果经纪人没有建议，你应该主动提出。）你见过的经纪人越多，对这个行业和自己的需求了解就越多。弄清楚自己想和什么样的经纪人合作。男性？女性？跟你同龄的人？年长的还是年轻的？

小建议

花点时间为你和你的小说选择最优秀的经纪人。这个决定和找到合适的出版社同样重要。一位优秀的经纪人可以把你的小说卖出去，帮你赚很多钱。合适的经纪人可以帮你做成大买卖，帮你享受而非让你畏惧出版过程。

经纪人各不相同，你可能需要坚持不懈才能找到完美搭档。见经纪人的时候，你要做一个他们愿意合作的人——一个认真对待写作，并能愉快相处的专业人士。尽量不要显得太急于求成，或是太随便。找个好日子，放轻松，做你自己。

在与潜在经纪人见面时，需要考虑以下一些问题：

✓ **沟通**：你和经纪人之间能有效沟通，彼此喜欢，这非常重
要，否则你们共事不会很愉快。

注意经纪人喜欢怎样与客户沟通。如果你喜欢发电子邮件，
而经纪人从不回复，这可能是个问题。如果你习惯打电话，
你与经纪人打电话时体验好吗？你认为他们会及时给你回
电话吗？

✓ **经纪公司的规模**：了解一下经纪公司如何销售美国版权、
翻译版权和电影版权。了解在你的经纪人度假期间，由谁
接手他们的工作。一家机构拥有的重要客户数量越多，它
在行业中的影响力就越大。聘请经纪人的原因之一，是他
们已经就其他客户的作品和出版社协商、签订过诸多合同
条款，这些条款也可以让你获益。如果他们知道出版社给
其他类似作者多少稿酬，他们就会处于更有利的谈判位置。

✓ **经验**：看一下经纪人拥有哪些经验，获得过怎样的成功。
经纪人的经验越丰富，与出版社的联系就越多，也就越容
易让你的书被人读到。你的经纪人对你写的这类小说特别
感兴趣吗？如果是，他们会认识所有购买这类小说版权的
图书编辑，只需要拿起电话就能让你的书有人读。

反过来说，在一家受人尊敬的经纪公司，哪怕经验没那么
丰富的经纪人，也可以依靠公司人脉选择合适的出版社投
稿，并且可能有更多的时间向你提供反馈，指导你完成整
个出版过程，研究那些难以捉摸的交易条款。

✓ **编辑反馈**：有些经纪人会提供大量反馈，有些则不会。你
第一次见某位经纪人时，看看他们对你的作品提了多少具
有建设性的反馈意见。你可能觉得他们比其他经纪人更挑
剔，但这可能只是因为他们更仔细地阅读了你的作品，或
者对你的期待比你自己还高。有些经纪人以前是编辑，这
种经验对作家来说是一笔巨大的财富。从前的编辑并不见

得总是最有经验的经纪人，但每个成功的经纪人必定有良好的编辑技巧，否则他们不会成功。

✓ **代理协议**：经纪人提出愿意代理你的作品时，他们应该给你一份客户协议让你签字。这份协议规定了经纪人对你，以及你对经纪人的义务。不要因为觉得有压力就马上签字。把它带回家，仔细阅读。

和所有的合同一样，你的经纪协议是为最坏的情况而设定的：如果你们因为某事有分歧应该怎么办。能与一家经纪公司签约是非常令人愉快和兴奋的，但以防有不同意见，你还是需要仔细阅读这份协议。

大多数经纪公司的客户协议都是极其简单的文件，或多或少地反映了作家经纪人协会的行为准则（请参阅前面的"向作家经纪人协会查询"一节）。与经纪人的关系没有期限。换句话说，只有当一方解雇另一方，你和经纪人的关系才会结束。在你成为经纪公司客户期间，你的经纪人签订的任何合同都将持续生效（也就是说，只要这本书还在销售）。换句话说，你从合同中获得的收入将继续通过该公司进行结算。即使你离开了这家公司，它仍然会从你的书的销售中获得全部佣金。如果经纪公司帮你与出版社达成了一笔交易（或者刚开始进行交易的谈判），而你在这份图书合同签署之前离开了这家公司，该交易仍被视为是他们的交易，他们有权从中获得佣金。

小建议

在英国，每一个真正有抱负的作家都应该加入英国作家协会（The Society of Authors）。成为会员能享受很多好处，其中最重要的一点是协会愿意就合同问题向作者提供建议。

在经纪人向出版社推荐你的作品之前，就算你们签了经纪协议，也不能真正将你和他们绑定到一起，而且你跟经纪人沟通也很方便，因此，一些经纪人迟迟不提出正式签约。他们没有意识到，对你来说，找到一名经纪人有多么重要，这意味着你离出版又靠近了一大步。

找不到经纪人，继续前进

如果你投了无数次稿，费去不少邮费，用了很多时间撰写完美的投稿信和小说梗概，却仍然找不到经纪人，那该怎么办？显然，你需要休息一晚，和三五好友喝几杯，此外，你还需要一套备用方案。你出版小说的梦想未必要在此终结。你需要振作起来，抖抖身上和小说上的灰尘，重新开始。

在第19章，我们将详细介绍如何自助出版你的小说，现在可能是为你的小说考虑这条出路的好时机。第19章还会介绍如何在线与读者和书评人免费分享你的作品并获得反馈。

大多数大出版社不接受非经纪人提交的投稿（可查看其网站获得具体指导），他们每年要收到几千份作品，以这种直接方式给予回应是很正面的。

较小的独立出版社（大多专注于文学小说），通常更愿意接受没有经纪人的作者投稿。一些小出版社是技艺高超的团队，尽管无法像大出版社那样获得大零售商的关注，但在编辑和出版优秀小说方面做得很好。通过小型专业出版社，你的作品也许会获得名家评论、入围文学奖项，你也可能会在电子书销售上取得成功。一旦你的书由这样一家受人尊敬的出版社出版，经纪人和大出版社就会更认真地对待你。你已经成功的作品，会让你与更主流的出版社或经纪人建立关系——如果你还需要的话。《作家和艺术家年鉴》列出了所有出版社名单，你也可以在独立出版商协会的网站（www.ipg.uk.com）上查看会员名录。

重新审视

如果你把一部小说投给了很多经纪公司，却运气很差，没有得到任何反馈，你可能会决定把这部小说放在一边，开始写点新东西。或者，你可能想尝试修改，再用不同的方式再次投稿。

你的小说很可能碰到了以下障碍：

✔ 在投稿信里，你听起来像个讨厌鬼。

✔ 你的小说名字起得糟糕，或是篇幅太长而无法吸引读者（超过12万个单词就可以说是太长了）。

✔ 你的内容简介听起来不够吸引人。

✔ 你的梗概晦涩难懂，要么就是长得叫人没法读完。

✔ 你的小说让人感觉太过熟悉，或者太老套过时。

✔ 你的写作质量还不够高。

退后一步，思考一下，你或你的作品是否符合上述情况？

你可以试着自己解决前5个问题。至于第6个，你不太适合自己评判。

如果你想在重新投稿之前获得一些独立的文学建议，可以试试文学咨询服务。这类咨询公司的质量参差不齐，但会向你提供一份收费的审读报告。我们知道有些作者很欣赏他们的客观反馈。不过，我们有时认为，文学咨询机构往往过分友善 —— 毕竟你是要付钱给他们的。

最大化你的机会

除了自助出版，你还可以尝试其他方法让更多人关注你的小说，并最大限度地提高经纪人对你的作品产生兴趣的可能性。一位作家告诉我们："我在一家全国性杂志的写作比赛中获胜，迅速开启了我的写作生涯。突然间，经纪人和出版社对我产生了兴趣，这为我打开了许多大门。"关键是要确保在机会出现时，你手里已经积累了一些作品。请考虑以下这些选择：

✓ 许多全国性的杂志、报纸，甚至电视节目和网站都会赞助或主办写作比赛。如果你已经写了一篇故事，或是能够写一些适合投稿的东西，请参加这些比赛。参赛者也许没有你想象中那么多，因为很多人想了太久，并没有真正去写。就算你没赢，也可以从准备作品和投稿的过程中获得经验，并且可能会获得一些额外的宣传。

✓ 写作杂志经常会刊登文学奖项和比赛，所以你可以订阅此类杂志。它们还可以为未发表作品的写作者提供建议和信息，告知其他写作者如何赚钱，如何找到出版的途径。

✓ 如果有写作群体专注于你喜欢的文学类型，试着加入他们，加入后可以获得专业知识，并结识志同道合的写作者。你可以通过加入写作协会来实现这一点。例如，"爱情小说家协会"（Romantic Novelists' Association）通过"新作家"计划、年度大会和本地聚会等多种方式支持没出过书的爱情小说作者。你可以找找和你写同一类型小说的作者经常在哪儿出没（网上或者现实中的活动地点），加入他们。

✓ 如果你喜欢写短篇小说，给所有接受此类小说的杂志和网站投稿。虽然出版社不太可能出版你的小说集（因为很难热卖），但写这些故事能给你带来宝贵的经验。看到自己的作品登载出来，也能带来不少满足感和名声。

✓ 有时候，不妨把你的小说寄给有影响力的人士以获取好评，这样你就可以在找经纪人或出版社的时候引用他们的评价。写作者有时会向已出版作品的作家、当地知名人士、文学顾问、出版人、当地书商、本地读书群体或图书馆员寻求此类评语。

要记住

一般而言，我们认为，大多数出过书的作者，不会轻易给未发表作品的作者提供评论，除非前者本来就认识后者。

如果你引用的不是知名人士的评价，价值也并不高。

小建议

如果你再次向同一个经纪公司投稿，不要提及之前失败的投稿经历。经纪公司也许意识不到他们之前看过你的小说，特别是你改变了标题和其他关键细节之后。不要重复提交完全相同的作品。请接受事实：经纪公司认为，它目前这样还不适合出版。

记住，想要成为作家，你不一定非得出过书。为完成一部小说所获得的成就感而自豪吧。本书接下来的几章会让你意识到，出过书的作家也可能过着不稳定的生活，有时也压力巨大。你真的确定自己想成为职业写作者吗？ 也许你可以尽情享受写作乐趣，而不必因为要与出版社签约、受到他人批评而焦虑。

第17章

准备出版

在本章中，你将了解到：

▶ 准备好你的手稿

▶ 寄给出版社

▶ 选择出版社

▶ 敲定合同

这一章说的是经纪人帮你的作品找到出版社的全过程，从经纪人把小说提交给出版社编辑开始，直到与出版社签订合同。

如果经纪人在把你的作品提交给出版社之前，没有让你真正明白出版流程，你可能会发现，与出版社打交道让人大感失望，甚至会迷失方向。本章解释了出版社组稿会议的决策过程。我们的目标是揭开图书竞价和销售的神秘面纱，并解释预付款和版税制度，使你对自己能赚到多少钱有个大致的概念。

准备提交稿件

终于，你要听到真正的出版人对你小说的看法了。你可能对此感到兴奋；也可能害怕。不管怎样，现在都不是急躁的时候。让更多人读你的小说，接受所有可用的批评意见。

要记住

把一部小说投给已经拒绝过它的出版社并不容易，所以，通常来说你只有一次打动对方的机会。请确保你的稿件尽量优秀，抓住这个机会。

与经纪人合作

大多数作者都认为，有一个经纪人的最大好处，就是感到自己不再是孤军作战，不再是一个人推着巨石上山了。相较于你生活中的其他关系，你和经纪人完全是互利互惠的。请思考以下你和经纪人的共同目标：

✓ 你们都想赚些钱（你赚不到钱，经纪人也赚不到钱）。

✓ 你们都希望获得长久的成功，也期望在短期内获得收益。

✓ 你们都希望找到一段令你满意的作者 — 编辑关系（否则你会不开心，经纪人也会背上沉重的负担），并且希望这种关系能最大限度地发挥你的才华。

✓ 你们都想找到一家能为你的书进行有效营销和宣传的出版社，这样就不只是庆祝达成了一笔出版交易就完事儿了，你们还可以一起发展事业。

✓ 你们想成功，所以，你们双方都对自己的潜力有正确的认识。

所以，你们基本上是一支团队，共同努力建立你的写作事业。你不应该觉得自己是在为经纪人工作 —— 但也不要把经纪人当作你的雇员。你们是合作伙伴，依赖彼此的成功和创意，尽管有时你可能需要听从经纪人的专业知识。

要记住

每一段伙伴关系都依赖开放和诚实的沟通才能茁壮成长。你的经纪人是专业人士，但他们代表你所做的每一件事，都应该向你做出解释。

让书稿达到最佳状态

修改书稿，直到你确信它已经达到最佳状态，适于提交给出版社。

写作是一项孤独的工作，你很容易过于沉浸在自己的作品中，无法对正在做的事情做出明确判断。如果你足够幸运地找到一位优秀的经纪人，他们应该很乐意阅读并评论你小说的草稿（甚至连续好几版草稿），然后再转给编辑审阅。优秀的经纪人会督促你尽全力写作。你请经纪人，不是为了让他们拿着你的作品出去随便碰运气。

如果你没有经纪人，请要求第一读者（无论是朋友、熟人还是付费的编辑顾问）尽可能提出诚实和有建设性的意见。

第14章提供了完稿后进行编辑的相关内容。

起一个合适的标题

除了对小说文本进行全面编辑外，经纪人可能还会建议你更改小说的名字或篇幅，或修改其他基本细节，比如更改主角的年龄以更好地适应市场。

给小说起一个合适的名字，比你想象的重要得多。精彩的书名有助于吸引读者注意到你首次出版的小说。一个奇妙的标题可以成功地激发读者的想象力，让他们开怀大笑，或者让他们走进书店时不忘去寻找你的书。出版社明白，如果逛书店的读者不知道你是谁，那就需要另一个理由来拿起你的书。

书名配合设计得当的封面，往往能为你完成大部分营销工作。如果有合适的标题，出版社就有意愿把你的书列入自己的书目，哪怕他们认为你的小说还需要一些帮助，以使你的故事素材达到最佳状态。

什么样的标题合适，什么样的标题算是起错了，不可能用几句话就说清楚。但是，如果审稿者和你的朋友认为你的标题"还行"，而不是特别精彩，那么，在把小说提交给出版社之前，你可能还要做修改。

大多数糟糕的书名之所以糟糕，是因为它们没有向读者说清楚它们描述的是什么样的书（现代的？恐怖的？浪漫的？），或是因为它们试图表达一些比小说本身更为模糊的东西，比如某个书名表达的意思是：作者认为读者应该怎样看待主人公对女友的感觉。但大多数书名并不糟糕 —— 只是不够好。

尽管出版社会在出版前对你的手稿进行编辑加工，并且可能会与你协商更改书名，但只有最强大、最自信的小说才会第一时间让出版社买单。所以，不要以为你可以等到与编辑合作时再修改小说或改变书名。（关于出版社编辑角色的更多细节，请参见第15章。）

投稿给出版社

到了一定阶段，你就会意识到出版社其实没有那么多。至少，既能出版你的首部小说，又拥有足够的营销预算让你的画像出现在公交车侧面的出版社，没有那么多。也许只有十家大型出版社会出版你这类小说。（每种类型的小说都只有大约十家大型出版社出版。）你的经纪人也许觉得，在众多优秀的小型出版商中，有一家可以让你的小说获得评论家和读者的高度关注。但是，能掌握你命运的人仍然相当少，你开始感觉到，出版社群的规模其实很小。

制定"进攻计划"

你的经纪人很可能在你的小说还没写完的时候，就已经把它推销给出版社了，因为出版社的编辑和经纪人每天都会见面交谈。编辑们会记住那些听起来有趣的书，有时还会联系经纪人，请他们记下自己感兴趣的东西，以备将来参考。编辑们很清楚，他们是在竞争最有潜力的书稿。

等你的小说做好投稿准备之后，经纪人会列出一份可行的出版社名单。不必犹豫，请经纪人向你一一说明各个出版社的情况，理解他为什么会选择某位编辑或某家出版社。（第15章对"出版品牌"做了解释。）这并非质疑经纪人的判断，你只是想参与决策。请经纪人在收到出版社回复后及时向你反馈。

要记下把稿件投到了哪里，以防将来你和经纪人关系破裂，不知到何处找你的编辑。

你写的是商业小说还是纯文学小说？

在决定把小说寄给哪家出版社之前，经纪人必须对你的小说的类型做出结论。长久以来，小说被概念性地分为两种类型：商业小说和纯文学小说。大多数出版品牌都只专注于其中一部分市场。尽管这些术语对大多数读者来说毫无意义，对大多数作者来说也无关紧要，但出版社和经纪人仍顽固地把它们作为一种快速分类方式：

✓ **商业小说**：包括各种类型小说，如犯罪小说、惊悚小说、爱情小说、科幻小说，还有一些超级畅销书（blockbusters）。多数商业小说都是按照某些众所周知的讲故事规则写成的。例如，大多数商业爱情故事都有一个大团圆结局。作者要应对的挑战是，如何让这段通往必然结局的旅程显得既出人意料又饶有趣味。大多数商业小说的成功依赖于情节安排和节奏控制。商业小说中的人物，即使他们行为不端，通常也都需要引起读者的共鸣。

✓ **纯文学小说**：这类小说因其风格或内容而被认为读起来具有挑战性。它们可能呈现更多层次的主题或思想，也可能在结构或书写方式上更为复杂（但也许最终读起来会让人享受）。纯文学小说包括不易于归类的小说和不遵循传统叙事规则的小说。纯文学小说可以更多地以人物性格或视角为导向，而不是以动作或情节为导向。这些小说更关注内在思想，而不是对话和动作。

大多数纯文学小说其实并不排斥被商业化，因为大多数纯文学小说家都想获得商业上的成功，每年总有几本这种被认为具有"知性价值"的小说销量远超多数犯罪小说。出于同样的原因，许多商业小说绝对可以称之为"聪明"——要么是因为人物塑造或情节设计成功，要么是因为作者对所写主题把握得当，有取悦读者的能力。

撇开这些对术语的争论，大多数小说显然都处于广阔的灰色地带，既非明显的商业小说，也不是一目了然的文学小说。比如，伊恩·班克斯（Iain Banks）的《捕蜂器》（*The Wasp Factory*）并不是传统的惊悚小说，但同样情节复杂、令人恐惧；迈克尔·翁达杰（Michael Ondaatje）的《英国病人》（*The British Patient*）则通过多重视角讲述了一个宏大的爱情故事，还包括一段以战争和神话为主题的悠长狂想。小说的界限总是很模糊，你的小说很可能既有商业性，也有文学性。

出版社如今（终于）对这些定义失去了兴趣，并开始按照不同的原则（如目标读者的年龄或性别）构建品牌。如今，读书俱乐部成了一种大受欢迎的休闲活动，成员们追求的书籍，通常能展示读者自身的智慧，因此，出版社会用相当文艺的风格包装某些十分商业化的书籍。

当然，大多数读者并不在意这些限制性的术语。读者往往更喜欢那些在某些方面出人意料、具有挑战性，同时在风格或内容上也让人易于接受的书。如果你问大多数读者喜欢什么样的书，他们通常会回答："我喜欢好故事。"

经纪人对出版社的编辑和品牌都十分了解，利用好这一点十分重要。不同出版社在宣传、市场营销、封面设计和发行等方面有截然不同的方法。商业出版品牌的营销预算有时比文学出版品牌高，销售目标也更雄心勃勃（这样的概括有时也不甚可靠）。相比商业出版社，文学出版社更有可能先以精装本出版你的小说，部分原因是为了向报纸评论家表明，你的小说值得认真对待。一些出版社会将不同的出版格式分阶段安排，例如先出版电子书。有时候，一些零售商会获得独家销售的窗口期。在决定将你的小说提交给某家出版社之前，经纪人会权衡每个出版品牌的声誉和出版策略。

如果你强烈地认为自己的书属于某一品牌而不是另一品牌，你要从一开始就确认经纪人与你观点一致。

拟定投稿名单

有时经纪人会大范围投稿，一次性将你的小说发送给多达8家到10家出版社。这种方法的好处是，如果若干家出版社对你的小说感兴趣，他们会激烈竞争以获得出版权。还有些时候，经纪人只会发给两三位（甚至仅仅一位）他们觉得最契合你的小说特质的出版社编辑。

竞价

如果经纪人决定为你的书设置竞价，那就是说，他们要同时把它寄给几家出版社，希望他们能竞争版权。在竞价过程中，经纪人会在同一天把你的小说发给所有选定的图书编辑，并设定初步答复的截止日期。截止日期可以是几天到三周之间的任何时间。经纪人就像拍卖行的拍卖师一样，让感兴趣的各方相互竞争，邀请更高的出价。

有时，出版社会先发制人，在规定的截止日期之前出价，买下出版权。这种方法叫作"预购"（pre-empting）或者"提前报价"。此类提前报价的出价往往相当高，目的是诱使经纪人取消计划中的竞价。如果经纪人坚持竞价，则表明他们希望到规定的截止日期能收到几家出版社的报价。

竞价可能令人兴奋，但并非所有小说都适合以这种方式提交。如果你的小说写得与众不同，经纪人可能觉得还是让少数编辑多花点时间思考一下比较好。

如果编辑们获得了独家窗口期来考虑你的小说，他们就不得不更迅速地阅读你的小说，如果有兴趣，他们还会提前支付一大笔钱，以避免与其他出版商争夺出版权。

 从你的角度来看，只要最终找到了合适的出版社，并达成了一笔好交易，经纪人处理这个过程的方式就无所谓对错。

一窥组稿流程

编辑读了你的小说之后，如果无意出版，通常很快就会退稿。就算他们真的喜欢这本书，也需要获得同事们的一定支持，才能提出报价。

锁定交易

出版人或经纪人也许会提到过去的美好时光（通常一手正拿着第二杯波特酒），那时编辑在出版社的自主权比现在更大。这段时光已离我们这个时代远去，你懂的。编辑过去常常只因自己的欣赏，就买下一本小说的版权。之后，他们找到发行部门的同事，下令说:"我买了这本小说,希望你把它卖出去。"

这种情况如今很少发生,尤其是在大型商业出版社。如今,编辑们与发行、市场营销部门的同事(有时还包括版权和公关部门的同事)聚在一起,讨论想买哪些书,再向作者或经纪人开出报价。如果发行人员说某本小说卖不出去,那么,不管编辑多么欣赏它,他们可能都不会买。

出版社每周或每两周举行一次会议,讨论那些有积极评价的选题。此类会议名称繁多,如选题会、编辑会、版权采购会或出版会。某位手上有选题需要讨论的编辑,通常会在会议前分发小说的几页样章给与会者,好让每个人都能在讨论中做出贡献。有时,编辑部会先开会决定哪些项目要和其他部门的同事讨论。

具体的流程因出版社而异。有时,编辑们会预先得到关键岗位同事的支持并确定要给该书提供出版机会,然后再把小说带到会议上。在这种情况下,他们可能只是希望发行同事给予一些指导(比如,这本书有望卖出多少册),从而确定应该给作者多高的预付款。但在另一些出版社,编辑们会把很多项目带到会议上进行广泛讨论。

会议也许会讨论出版时间表。出版社不想同时出版太多同类型的书,以防这些书互相竞争书店的最佳促销位置。因此,在这个阶段,仅仅因为出版社负担不起太多的好东西,就会使得一些好书遭到退稿。例如,他们可能觉得没法在同一个夏天推出两部关于法医学家的全新系列犯罪小说。

商业出版社在购买你的小说之前,内部通常需要达成某种共识。这意味着出版社可能回避冒险、大胆的提案。从积极的方面来看,如果整个出版团队都支持出版某部小说,他们就会产生责任感,为它感到兴奋,这可以让你的小说成为发行人员或宣传人员待办事项里靠前的项目。

在提出报价之前,编辑可能有义务计算书的成本,他们要使用内部电子表格软件，根据书的生产成本、定价、出版社预期总收入以及计划印刷册数，来计算出版社能承受的作者报酬。

与出版社会见

如果一家出版社对你的小说很感兴趣，他们通常会提议双方见个面。这可能发生在他们出价购买你的小说版权之后（但在你同意交易之前），也可能发生在他们把钱放到桌上之前。

如果出版社没有提出会面的建议，你的经纪人通常也会提出来。经纪人明白，只有和出版社编辑面对面，你才能形成得出一个审慎的意见，知道你喜不喜欢跟那个人一起共事。如果有几家出版社都对你的小说感兴趣，那么你将根据更多的因素来做最后选择，而不是光考虑钱的问题。

在这个阶段，与出版社的会面有两种形式：

✓ **在一张小桌子或办公桌旁（桌上摆着塑料杯装的咖啡，可能还有饼干）。** 你也许是单独和编辑见面，试着确定你们能否共事。编辑可能已经对如何改进你的小说提出了各种各样的设想，并且想听听你的意见。

适合在这样的会面中思考的问题：

- 你和编辑对你的书有相同的看法吗？ 如果他们认为这是一个面向女性读者的当代悲惨爱情故事，而你认为这是一个跨国惊悚故事，你们可能会在编辑阶段或在图书封面设计时产生分歧。
- 作为作者，你对编辑和这家出版社有多重要？ 他们对你的书有多高的期待？
- 编辑的同事中有谁读过这本书吗？ 如果还没读过，你就知道你的作品在出版流程中还没走多远。
- 编辑希望在一年中的什么时候出版你的小说，以什么格式出版（精装本还是平装本），为什么？

✓ **围着一张大桌子（有咖啡、茶或水，肯定有巧克力饼干，说不定还有葡萄）。**这类会议是潜在作者同时会见若干出版社人员，与会者通常有某个来自公关部门的人、某个来自市场部的人，还可能有来自发行部或版权部的人，以及至少一名编辑代表。此类会议有两个作用：

· 它们给了出版社展示实力的机会，让你相信他们是出版你的小说的合适选择。如果会议桌上洋溢着良好的团队精神，或是市场部门组织了精彩的营销计划介绍，就会激发你想跟他们一起合作的愿望。

除了考虑你是否喜欢这些人，你还可以利用这个机会感受一下这是一家什么样的出版公司。它的等级制度是什么样的？规模有多大？它如何描述自己？每家出版社都喜欢将自己所做的事情与其他出版社区别开来。（事实上，除了两家公司内部结构有所不同之外，它们并没有太大区别。）

· 它们为出版社提供了一个更好的了解你的机会，这一条同样适用于之前描述的小型会议。他们想知道你是不是他们乐于共事的那种人。

出版社希望你是什么样

出版社当然希望你方方面面都堪称典范。如果你不是，他们也并不太担心。但你最好具备如下一些品质：

✓ **口齿清晰：**你能说清楚你的小说吗？你能够宣传它吗？

✓ **友好：**你听到他们讲的小笑话会笑吗？

✓ **相对谦逊：**你允许别人编辑、修改你的稿件吗？

✓ **对自己的作品有信心：**你能启发他们，让他们更喜欢你的作品吗？

✔ 有魅力：在你离开房间后，他们还能感受到你的气息吗？

✔ 气味相投：双方都可以坦诚相见吗？

你想要找的出版社是什么样

如果你想与出版社达成一笔好交易，你和经纪人就必须竭尽所能地让出版社对你投资，这样你才有能力全职写作。通常，提供最高预付款的出版社对你的作品最热情，这对你是否与他们达成协议有一定影响。但资金最雄厚的出版社不见得最适合你或你的小说。

选择出版社最需要着重考虑的事情是：

✔ 该出版社在这个领域有良好的出版记录吗？他们是否已经证明自己能成功出版你这类小说？

✔ 你认为自己会成为他们作者名单上的重要小说家吗？你的书在出版的那个月会成为该出版社的当期主打产品吗？

✔ 你喜欢你未来的编辑吗？你觉得可以跟他共事吗？

✔ 出版社对如何出版你的小说（以及你可能写作的其他作品）有令人信服的设想吗？

所有的出版社、书店和经纪人都可以通过一家公司的帮助（该公司使用计算机软件记录大多数书店的销售情况），即时获取作者图书的销售数字。这些销售数字说明了每本书在市场上的表现，书店在确定作者新小说的订购册数时，经常参考这些数字。

在过去，一名小说家可以凭借几本书就建立起职业生涯，但现在情况并非总是如此。出于这个原因，你务必保证自己的第一本书有最大的成功概率，这意味着首先就要选择合适的出版社。

如果你的一本书表现不佳，销售数字会让你感觉像脖子上挂着一块大石头，抬不起头来。出版社发现，一旦作者销量开始下滑，

警告！

就很难再次提高，而且他们也不太可能忠实地支持书不好卖的作者。这看起来不公平，但实际情况就是如此。书卖不了很多不是你的责任，但如果卖不出去，你会很痛苦。众所周知，为了重振事业，相当多的作家会改名换姓、调整策略。

达成交易

如果一家出版社对你产生了浓厚的兴趣，并且表示愿意出版你的书，你接下来就要面对一系列技术性的流程了。

谈判

一旦出版社提出要出版你的小说，你或你的经纪人就可以开始谈判具体条款。如果你有经纪人，请让他们以自己的方式处理谈判事宜。当然，未经你的授权，经纪人不应该敲定交易。

要记住

出版社很少会立即给出最优报价，必须有人说服他们，他们才会支付更高的价格。如果出版社最初的出价就是上限，通常会明确地说出来。

出版合同包含许多变量，因此有很多需要考虑的因素。每次合同谈判，在前期就必须确定如下一些关键问题：

✓ **授权范围**：你是在出售英国境内的出版权，还是全球范围内的出版权？

✓ **授权种类**：除了图书出版权，你是否还出售有声书、影视或期刊连载权等其他权利？

✓ **预付款**：预付款给多少，采用什么样的方式支付？

✓ **版税**：版税率是多少？

第18章对典型的出版合同，以及你应该如何获得报酬进行了更详细的分析。但从上述列表可以看出，身为作家，你需要了解两个基本原则：你卖的是什么，你将如何获得报酬？

关于授权范围

英国的出版社希望有权在更远的地方销售你的书的英文版本。澳大利亚和新西兰是英国出版社的一块庞大市场，当然，加拿大也很重要。但从阿尔及利亚到奥地利，世界各地都有专门的书店出售英语书籍。一些作者在英国和美国的出版社在部分此类国家激烈地争夺独家发行权。这些海外销售也叫作出口销售（export sales）。

大多数英国出版合同中包含的标准范围，是传统的英国本土和英联邦地区，尽管其中的许多国家很久以前就离开了英联邦。

理解你在卖什么

你在小说中创造了一些完全原创的东西，除非你正式把它转让给别人，否则你就是版权所有者。换句话说，只要你是小说的唯一创作者，在英国的法律下，你就拥有它的版权。

你不应该把你作品的所有权卖给任何人，这就相当于卖掉靠作品赚钱的权利。

你可以做的是授予许可权，允许他人以特定方式利用你的作品。例如，你可以向出版商授权在英国独家印刷和发行你的小说。你可以授权出版小说的大字版，或者授权将之翻译成德语并在德国发行的权利，等等。

所有你可以授予他人的许可权，统称为你小说的权利。

把你小说的权利想象成一个大苹果馅饼。这块馅饼，你想切成片卖给多少人都行。如果你能把整个馅饼都卖给一家机构（比如你的英国出版社），他们出的钱比你只卖出几片要多，这个交易就比较诱人。

然而，就算有人买下整块大馅饼，对方也不一定都想自己吃。

这位买家可能会将其中一部分出售给第三方，例如，将大字版的版权授权给专出大字版的出版社，将德文版权授权给德国出版社。大馅饼买家从这些交易中赚到的钱会分给你一些，他们保留其中一部分 [要等他们先把买大馅饼付给你的钱赚回来之后，才会继续向你支付这些钱，这叫作"赚回你的预付金"（earning out your advance）]。

如果你不想把某部分版权收益让给出版社，那么单独出售不同版权（也就是把大馅饼切开，一片一片单卖）是最好的选择。

有时，出版社要依靠图书版权之外的其他版权收入来资助你的小说出版，因此，你必须同意将大部分版权出售给他们才能达成交易。有时，如果你把所有权利都卖给一家出版社，他们会非常兴奋，还会为你和小说投入额外的精力与资金，这对与他们建立积极的长期关系非常有价值。

如果你没有经纪人，你更有理由把小说的所有权利卖给出版社。

出版社在本土出版你的小说的权利最为核心，此外的所有权利都被称为附属权利或子权利。这是因为，销售这些权利实际上是他们核心业务之外的附属业务。有些经纪人认为，这就是不将这些权利授权给出版社的充分理由。经纪人还质疑，出版社在进行附属权利交易时，必然会优先考虑自身的出版利益，不见得总能以作者的利益为重。

我们建议你绝对不要考虑将影视版权交给出版社。出版社没有相关专业知识，很难做好影视版权授权工作。如果你的小说有影视或戏剧改编的潜力，你可以日后聘请一名专业的电影经纪人为你做这样的交易。你肯定不希望出版社从这些权利的潜在收益中分一杯羹。

你可能需要考虑保留的其他权利包括：

✓ **翻译权**：所有知名作家经纪公司都有专人代表客户出售这些权利。

✓ **美国版权**：经纪公司会与美国经纪人合作或直接出售这些权利（英国作家适用）。

✓ **有声书版权**。

✓ **连载、选集和引用权**：这些是以其他形式使用你作品部分文字的权利。

未能达成交易

如果你的小说已经提交给出版社，但还没有找到一个看出它商业潜力的人，也许是时候重新考虑你的作品了。如果经纪人对你很忠诚，并且和你一同承受了退稿过程，你不妨安排与他们会面，一起拟定一套策略。经纪人可能会要求你修改小说，采纳从出版社那里得到的一些建议。他们也可能会告诉你，把这部小说放到一边，重新写一部新作品。重新提交被退稿的作品通常不会成功，大多数经纪人会建议你写新作品。只要有时间，优秀的经纪人就会在整个过程中为你提供指导。

此外，你可以考虑自行出版小说，无论有没有经纪人的帮助和支持都可以实现。请参阅第19章了解自助出版的情况。

理想情况下，你和经纪人将继续合作。大多数经纪人在接受新客户时都非常谨慎，只有他们感觉愿意与你一路走下去且合作不仅限于你写好的这部小说，才会为你提供经纪服务。

然而，如果一位作家的小说遭到多家出版社退稿，一些经纪人与客户的关系就会不可挽回地走向破裂。有时，经纪人会失去信心，开始远离作者。你应该找一个能及时回复你的电话和电子邮件、及时阅读你作品的经纪人。

实话说，只要你的经纪人已经把你的小说投给很多看起来合适的编辑，他们的工作就不算有过失，但具体情况也要具体分析。如果你写出了第二部小说，可能会让你的经纪人重新振奋起来，弥合你们之间的裂痕。

如果你仍然对你的经纪人感到不满，你或许应该悄悄地为下一部小说寻找新的经纪人。你之前有过经纪人，但这不会让其他经纪人望而却步。事实上，相较于那些从未让经纪人产生过兴趣的作者，你反而有了一定优势。切莫暗示你和现任／前任经纪人闹翻了——新经纪人肯定会怀疑你是不是"难对付"。你只要表达自己希望和一个能以全新视角看待你作品的人共事就行了。

第18章

身为作家需要处理的商业事务

· · · · · · · · · · · · · · · · · ·

在本章中，你将了解到：

▶ 审读出版合同

▶ 签订出版合同

▶ 获得版税

▶ 出版作品

· · · · · · · · · · · · · · · · · ·

如果你和出版社达成了交易，恭喜你！你不再需要努力证明自己是一个有潜力的作家，因为已经有人把金钱和名誉押到你身上，相信你能写出一本有人读也有人喜欢的书。从现在开始，你的私人写作生活，就将与身为作家的公共生活并存了。

本章会让你从商业方面深入了解身为作家的生活 —— 教你如何阅读合同，了解预付款和版税的运作方式。出过书的作家如何生活？你了解得越多，也就越容易成为一位能出书的作家。

审读出版合同

与出版社建立专业合作关系的第一步，是签署一份涵盖彼此义务的合同。在这一部分，我们将解释你与出版社对彼此的义务。

我们无法在这里提供详细的合同建议，但可以帮助你了解合同的总体要求。

合同最关键的地方在于，当你们碰到最坏的情况时，它能提供保护。但就算你与出版社的合作进展顺利，你也需要经常参考合同条款，以便提醒自己到底同意了哪些事项。合同里可以包含任何事情，比如：你的书付印之前，你有多少时间来检查排版页面或校样（通常是14天到21天）；谁负责为你小说中出现的引文获得授权（可能是你自己，不过出版社可能会帮忙支付一些费用）；出版社的出书时限是多久（通常是12个月到18个月）。

英国作家协会（网址：www.societyofauthors.net）为所有作者提供了极佳的合同建议，因此，就算你没有经纪人，也可以在签署任何文件之前确保自己了解状况。

出版社通常非常乐意修改发给新作者的标准合同。事实上，你的经纪人跟出版社之间说不定已经有了一些对标准条款做过大幅改进的模板合同，这些合同是经纪人和出版社之间经过一段时间商榷才敲定的。这些预先磋商好的合同叫作范式合同（boilerplate contracts），范式条款双方一般不能再进行协商，并且通常有利于新作者。预付款、版税、授权区域和其他版权的授权条款，并非范式条款，每桩交易都会有所不同；但所有的样板合同中，都应包含法律责任、终止理由等重要条款。

你承诺的事项

大多数合同都规定了作者的以下责任：

- ✓ 交付一部双方在长度、类型和主题上达成共识的小说。如果你的小说只完成了一部分，合同可能还会规定小说完成后应符合一定的出版标准。
- ✓ 按照约定日期交稿。合同应该允许双方协商修改交稿日期，并且只要向出版社充分告知预期延迟事宜，通常不会影响图书出版。然而，出版社没有义务接受延期交稿的作品。

✔ 保证小说是原创（不是抄袭的），并且你在其中没有诽谤任何人。如果你确实抄袭或诽谤了他人，你也同意承担出版社因此遭到法律追究所产生的费用。

✔ 对出版社授予独家权利。（第17章解释了你可以授予的权利类型。）

即使你满足了这些要求，你也无法强迫出版社出版你的小说。不过，如果他们没有出版，你可以要求赔偿。

出版社承担的义务

出版社对你的主要合同义务应包括：

✔ 在固定期限内出版你小说的印刷版和电子版，期限通常是在你交稿后的12个月或18个月。如果没有时间限制，你就无法确定出版社未能履行出版义务的时间点。

✔ 保证图书一直有售（或至少电子书有售），如果图书绝版、无法购买或每年销售数量低于某个约定数字，权利将归还给你（也即取消合同）。

✔ 允许你检查并修订作品的校样。

✔ 就封面设计、内容简介、作者简介和照片等事宜向你咨询。

✔ 及时支付预付款，每年两次结算版税（有关稿酬的问题，更多信息请参阅后文"获得预付款和版税"一节）。

✔ 支付给你一定比例的附属权益收入，并将这些收入纳入你的版税账目一并计算。（第17章解释了诸如翻译权等附属权益。）

✔ 如果出版社违约，并且在你书面通知他们违约后30天内未能纠正违约行为，你可以终止合同。

出版社不承担的义务

出版合同通常不承诺：

✔ 营销预算或畅销书待遇。

✔ 你对书籍封面设计有最终决定权。

✔ 你的编辑一定会留在出版社，直至你的书出版为止。

✔ 一定的印刷数量或销售水平。

✔ 产假或病假的报酬。

许多事情都需要建立在信任基础上，所以，保持与出版社之间的善意和互助合作至关重要。

要注意的合同条款

合同这种文件理解起来并不那么容易。除了前面列出的主要义务外，还有一些其他条款需要注意：

✔ 如果出版社对你交的成稿不满意怎么办？你有权获得适当的编辑反馈，并应获得足够的时间进行修改。

✔ 在什么情况下你授予对方的权利会交还给你？过去，只要出版社保持图书在售，就一直持有出版权。但现在，由于在线销售电子书不需要任何费用，哪怕纸质书已经停止发行，他们也热衷于把版权握在手里。因此，要确保他们即使没有义务一直保持纸质书在售，也有义务让电子书的销量保持在某个最低水平以上，否则你就可以收回版权。也许还应要求他们每十年更新一次图书封面。

✓ 一旦你的应得收入超出了你之前收到的预付款，要确保你的附属权益收入在30天内支付给你，而不必等到下一个版税结算期。

✓ 使用插图或引用其他作者作品的费用，由谁来支付？还有什么其他成本可能会落到你身上 —— 例如，就非虚构作品而言，谁来支付索引制作费用？

✓ 确保合同涵盖了最好和最坏的情况。问问自己，未来可能发生的最糟糕情况会是什么，在这种情况下，我能得到保护吗？（如生病、未能交稿、出版社未能出版，等等。）最好的结果是什么？如果你的书成为畅销书，卖出了电影版权，你会得到适当的回报吗？

获得预付款和版税

出版社通常会给作者支付预付款 —— 实际上，预付款是一种诚意，是对作者未来会收到版税的保证。本节对预付款和版税都做了说明。

你的预付款可能低至500英镑，也可能高至50万英镑。出版社愿意为你的小说支付多少预付款，取决于他们及其他出版社对你小说版权的竞争激烈程度，以及他们认为自己能把你的书卖出多少册。

即使你手上有合同，也不能准确预测你能获得多少版税。（"接受销售的不可预测性"一节解释了为什么会这样。也可以参阅"如何估算版税收入"一节，看看如何预测你的收入 —— 虽然并不完全准确。）

作者赚取版税

版税是出版社从你每本书的销售收入中抽取的一定百分比。大多数版税是根据一本书的定价计算的。标准的平装本版税为7.5%，在该书售出一定数量后上升到10%。（一本定价7.99英镑的平装书，每卖出一本，作者能获得60便士，销售到一定册数之后，则上升到80便士。）一些版税是根据出版社的净收入而不是书的定价计算的（例如，版税为净收入的15%）。因此，如果出版社以50%的折扣向书商出售一本7.99英镑的平装书，其净收入约为4英镑，而15%的净收入就是60便士。

每6个月（通常在12月底和6月底），出版社会检查账目，并向作者提供版税报表，说明作者的书在过去6个月卖出了多少册。他们会给自己3个月的时间来完成这一过程，所以作者往往在9月和3月收到版税报表。此时应付给作者的任何版税，都将通过支票或银行转账的方式随报表一同支付。

在一个固定期限内，出版社会保留作者版税的一定比例（通常为20%至25%），通常为3个版税期或18个月，以备部分书籍可能被书店退货。这叫作退货准备金（reserve against returns）。

所以，你只能得到自己所赚的75%，一年两次，可能还要拖欠9个月。不是很理想，对吧？这就是为什么作者会得到预付款。

作者需要预付款

出版社意识到，如果你没钱买咖啡和写作工具、没钱交电费，你就写不了书，所以，他们把你未来的版税收入预支给你。

出版社通过估算你的书他们能卖出多少本，来确定自身能够承担多高的预付款。但是预付款并不总是单纯地反映你未来的潜在版税收入。有时出版商乐意支付一部分他们知道永远没法赚回来的预付款，因为市场决定了某本书或某位作者在出版界非常抢手，他们的价值远不止版税所得。实际情况往往是在作者赚回预付款之前，出版社就开始盈利了。

只有当你赚到的钱足够抵扣预付款时，你才能看到新版税进账。抵偿预付款也叫赚出预付款（earning your advance）。只要你没有违反出版合同的条款，预付款就无须退还。

预付款通常分3期或者4期支付。第一期款项在出版合同签字后支付，第二期款项在交付完整手稿时支付。接着，到图书首次出版时，你应该会收到最后的三分之一。如果你的预付款是分4期支付的，那么，你可能会在首次出版（一般为精装书）时收到第三期付款，并在平装本出版时收到最后四分之一款项。

接受销售的不可预测性

出版社尝试预测哪些书会成为畅销书，而后为这些书投入大量营销支持，以实现他们的预期。但是你会发现，市场上每出现一本可预测的畅销书（例如，电影改编书，畅销书作者的新作，或出版社给予极致宣传推广的处女作作者），就可能会出现一本黑马畅销书，或是代价高昂但意外失败的书。这种商业上的不可预测性，让所有相关方面都感到沮丧，但每一家出版社都喜欢挑战，并试图通过精明的、机会主义的出版操作来克服不利情况。

仅凭预测，无法判断你到底能不能赚回预付款。就算你能猜到自己的书销量如何，你也很难回答需要卖出多少本才能赚回预付款。你也许想知道为什么；毕竟，你的合同里已经规定了版税和建议定价。

以下因素导致你无法准确计算版税收入：

✓ **附属权利销售**：如果你的出版社出售了翻译权、美国版权或任何你授予他们的其他权利（从有声书到大字版版权），那么，你在这些收入中所占的份额，可以抵消你的预付款。光是销售美国版权的一笔优厚收入，就能在英国版出版前抵消掉你的预付款！另一方面，如果你的书没有售出任何附属权利，可能意味着你必须在本国售出大量书籍才能赚回你的预付款，而后再开始收到新版税。

✓ **高折扣销售**：出版社可能以高折扣或出口版税率向书店销售书籍，这意味着，你从这些书中获得的版税会减少。你不知道有多少册以多大的折扣卖出，因此很难确定版税金额。

✓ **退货准备金**：出版商在约定时间内（通常是3个版税期或18个月）保留一定比例的版税收入，以防书店将大量未售出的书退回。即使你的出版社向书店发货50000册图书，如果顾客没有拿起来到收银台前付款，它们最终会回到仓库。

以下章节将说明为什么版税比看上去要更复杂。我们还将展示如何估算你的收入。

为什么版税各不相同

我们在前面的"作者赚取版税"一节描述了平装本图书的标准版税结构。精装本版税往往从定价的10％开始，在售出2500册或3000册时上升到12.5％，在售出5000册或6000册后上升到15％。但大多数作者的纸质书版税都达不到这个水平。

以下是你的平装本或精装本标准版税减少的两个主要原因：

✓ **出口**：在出口地区销售的图书，由于运输成本较高，所得版税较低。

✔ **高折扣**：出版社以高于平均折扣的价格将你的书卖给书商，分摊给你的版税较低。这样一来，出版社可以在无需承担全部成本的情况下完成此类交易。

　　如今越来越多的书籍以高折扣销售，因此作家的版税比以往任何时候都远低于其预期。出于这个原因，由作家经纪公司代表作者与出版社达成协议，即使在高折扣销售的情况下仍能获得预先约定的版税（并将其作为其范式合同中的条款，在前文的"审读出版合同"一节中做过解释），对作者来说十分宝贵，因为此类条款必然比出版社通常给出的条件更有利。

电子书版税的核算方式

　　出版社出售电子书给零售商，目前采用与纸质图书相同的"定价折扣"模式 ①，但支付给作者的版税却并不以定价的百分比计算（如第15章所述）。截至本书撰写（也即2014年）时，标准电子书版税为出版社从零售商处所获净收入的25％。作家协会仍在为提高版税而努力，而经纪人也在尽可能频繁地敦促出版社改进这些标准条款。现在，一些作者采用逐级递增的版税模式获得报酬，也就是说，随着作者的电子书销量增加，版税也会增加。有时候，对于再版、没有纸质书的纯数字版，或不支付预付款的电子书，可以协商更高的电子书版税。

　　很遗憾，出版商的核算系统并没有跟上行业变化的速度，作者的版税报表几乎不提供消费者购买电子书花了多少钱的信息。

---

① 亚马逊的电子书平台 Kindle 于2014年推出电子书包月服务"Kindle Unlimited"，电子书可以在付费会员期限内无限阅读，而无须单独购买。这种会员制订阅服务此后也在其他电子书平台上流行起来，因此现在的电子书有相当一部分不再以"定价折扣"模式销售。但后文所述电子书版税率为净收入的25％，仍是现在一般通行的行业标准。

经纪人主张，电子书的核算统计需要更加详细和透明，以便更好地进行销售审计。

数字印刷对出版业产生了巨大的影响。这种技术，业内称为按需印刷（print on demand, 简称POD），使得出版社能够以相对较低的成本一次只印刷一两册图书。这意味着一些绝版书仍然可以订购纸质版。按需印制的图书质量不如普通印刷的平装书，价格稍高（大约10英镑到15英镑），因此，如果读者对平装书的需求持续存在，经纪人通常不赞成将书列入按需印刷计划。

如何估算版税收入

当出版社告诉你他们已经卖出了多少册书，或预期在书店卖出多少册书时，你可以着手进行一次非常粗略的计算，以确定你是否在预付款之外还能获得版税。在计算之前，你需要记住以下几点：

- ✔ **附属权利销售：** 这是你第一次出书，未经市场检验，你应该保守一点，忽略这种收入的可能 —— 也就是说，你计算时应该假设出版社并未卖出任何附属权利。这很令人失望，特别是在你已经将全球版权卖给了出版社的情况下。不过，只要他们之后卖出了附属权利，你可以马上重新计算，眼下你姑且放宽心，把这当成是最坏的情况。

- ✔ **高折扣销售：** 你的书以高折扣卖出多少册，在很大程度上取决于你写的是哪类小说。如果是放在超市里出售的类型小说，那么，你的版税率可能比那些小型独立出版社的作者低得多（这些出版社的大多数纸质书，都是通过专业独立书店售出的）。最稳妥的做法是估算时稍稍降低版税率 —— 也即按标准版税率的75%到80%计算。这样做，

> 是考虑到一部分书可获得全额版税（希望如此），而另一些书只能赚到偏低的版税。
>
> ✓ **预留退货款项**：如果出版社扣下了你25％的版税作为退货准备金，那么，合理的做法就是将他们给你的预期销售数据减去25％。

举个例子，假设你收到了2万英镑的预付款，你的书出平装本，售价为7.99英镑，你签署了一份标准版税协议，根据该协议，平装本售出的前2万册，你可以获得每册7.5％的版税，两万册之后，每册可拿到10％的版税。

出版社通知你，你的平装本已经卖了2万册，于是你拿起计算器算了算：7.99英镑 × 7.5％ = 60便士/册；60便士/册 × 2万册 = 1.2万英镑。考虑到其中80％来自高折扣销售，你得到了一个粗略的数字：9600英镑（1.2万英镑 × 80％）。因此，考虑到出版社已付过2万英镑预付款，你还需要再赚1.04万英镑的版税才能扯平。

要计算出还需要卖出多少册，才能赚回预付款，要从10％的版税算起（假设现在已经卖出了2万册），也就是每册80便士。按80％来算（考虑高折扣销售），那么从现在开始，你每本书可以赚64便士（7.99英镑 × 10％ × 80％= 64便士）。

用剩下的预付款，也即10400英镑除以64便士，你可能需要再卖16250册书才能赚出20000英镑预付款，并在此后收到新的版税 —— 也就是说，你总共需要卖出36250册。但请记住，实际要卖出的书，可能更多，也可能更少。

这种倒推算法不太准确的主要原因是，它没有考虑电子书的销售情况。要纳入电子书版税收入，你首先需要大致了解每册电子书的版税率。让我们假设，如果出版社给在线零售书商的折扣是50％（实际上可能更高，而且你的出版社永远不会向你透露具体数字），你将获得电子书建议零售价50％的25％（标准电子书版税率）。

　　然而，你很可能并不知道你电子书的建议零售价是多少。现下你第一次知道它是在你的版税清单上，因为亚马逊上唯一可见的价格是它的折扣销售价。你可以去问你的出版社，要不就等他们把版税清单寄给你。看看你的电子书销售收入是多少，以及卖出了多少份。如果你收到了5000英镑的电子书版税，并卖出了1万份电子书，那么你就知道，每卖出一册电子书，你可能会收到大约50便士的版税。这时候，你再在版税估算中加入一部分电子书销量。

考虑"两本书交易"

　　"两本书交易"（two-book deal）是克服出版业不可预测性的一种方式。

　　如果一家出版社想要出版你的小说，他们或许会觉得一次性签下你的前两部小说颇为有利，所以向你提出"两本书交易"。与出版社达成这种协议的好处是，他们可以在推出你的第一部小说的过程中投入较多精力和金钱，因为他们知道，你的第二部小说也能为他们带来收益。如果他们将两本书在一份合约中合并核算，那么其中一本书的所有版税和其他权益收入，不仅可以抵扣这本书的预付款，也可以抵扣另一本书的预付款，这样他们就可以将风险分摊到两本书上。（经纪人常常会要求一起签约的图书"分别结算"，但出版社不见得总能答应。）

　　对你来说，达成"两本书交易"的好处是至少在未来几年得到了财务保障。另一个好处是能够与出版社一起规划职业生涯（而不仅仅是一本书）。如果你们都觉得双方是一个团队，可以长期合作，就会对你们的沟通和未来规划产生积极影响。

　　这种合同的主要弊端在于，你必须在第一部小说出版之前确定第二部小说的价值，如果其价值被低估，你或经纪人就会觉得现阶段最好只签一本书的合同，之后再谈第二份合同。

面对出版的现实

　　你签了第一本书，感觉棒极了！当你碰到一家对你的作品充满热情的出版社，你会感到自己平生头一回得到了真正的理解和赏识。给你的书做出版计划非常令人兴奋，而且，在非常孤独地写了几个月甚至几年之后，你突然置身这样一家充满活力的公司，也会让人精神为之一振。在长时间的写作和准备之后，这一切似乎发生得很快。

事实上，达成一桩图书交易带来的兴奋和快感实在太高，从逻辑上说，随着时间的推移，成为作家的乐趣是日益减弱的。

出书之所以也有压力，可能是以下一些原因造成的：

✓ 出版过程中的一些重要问题完全超出了你的控制。市场营销、销量、把你的书低价卖到超市里去，这些情况都将对你的职业生涯产生巨大影响，但你对这些活动几乎没有话语权。

✓ 市场环境和出版计划可能会发生变化。出版社不断调整出版书目和预算，这次会议上做好的计划，到了下一次会议上就变了。编辑希望对你真诚坦率，但在出版前的几个月里，他们告诉你的事情肯定会发生变化：本来可观的印数可能会缩水；大规模的营销活动可能会缩减预算；你的宣传总监可能在最后一刻由助理代替。

当然，你也可能碰到完全相反的情况。有时，出版社只付了很低的预付款，而且他们对书的期望也很有限，但经过口碑传播，它却大获成功。

✓ 市场营销和宣传工作对人的体力和精神都造成了负担。宣传活动通常会集中在相当短的一段时间内，主要是在一本书的出版前后，所以，它也许会让人筋疲力尽，紧张焦虑。一位作家说："我本是孤独的写手，却迅速陷入公关人员、采访者、出版技术人员、经纪人的重重包围。这转变颇为艰巨，隔不了多久又会变回去，本来受到大量关注，却又要回到键盘旁边，孤身作战。这对我来说很奇怪，不如我每天写作那么舒服。"

✔ 在社交媒体上打造一个作家的公共形象也十分令人生畏，在脸书（Facebook）和推特上推广自己的书也是如此。你可能还会发现，这些活动会分散你写作的精力。

✔ 出版业不可预测，对作者也并不十分忠诚。许多作者都感到非常脆弱，因为他们的事业远景得不到保障。作家经常受到误导，以为自己的成功仅仅取决于最近一本书。

当书最终出版，不少作者意识到，出版对他们来说并没有想象中那么重要。事实上，写作才是他们真正热爱的事，而出版只是一种谋生手段罢了。

第19章

掌控局面：自助出版

在本章中，你将了解到：

▶ 判断自助出版是否适合你

▶ 自己承担所有出版责任

▶ 让你的编辑技巧更上一层楼

▶ 发挥你的市场营销实力

如今，如果你是个写作者，还没找经纪人或出版社，那么还有一条途径可以直接面对读者，而无需经过出版机构的批准。你可能在媒体上读到过一些作者的故事，他们通过自助出版名利兼收。写作者不必接受作品束之高阁、无法与他人分享的命运。以电子书形式出版你的作品非常容易。

从这些媒体报道中，你可能会得出一个结论：对一些人来说，自助出版是打入传统出版的另一条途径。许多自助出版的作者都倾向于将作品以传统方式出版，以帮助他们发展作家生涯，因为纸质书的销量仍然比电子书大。自助出版相当于一边写小说一边运营着一份小生意，这种压力也会有它的代价。因此，对许多人来说，自助出版可能会让他们放弃写作。

然而，对另一些人来说，自助出版是一种从写作中赚钱的好方法。还有些人喜欢自助出版带来的自由和控制感，对他们来说，这么做利大于弊，他们可能在评估后做出判断：与商业出版社合作并不适合自己。在这一章中，我们着重探讨电子书而非纸质书的自助出版。相较于出版和销售纸质书所面临的挑战，出版电子书已成为自助出版人最青睐的途径，因为它的启动成本低，进入在线书店也更容易。

判断自助出版是否适合你

按自己的方式出版自己的作品，这可能非常适合一部分作家。你是否具备自助出版的成功条件呢？这一节，我们将通过一系列问题来帮助你做出决定。

你如何定义成功？

某些自助出版平台（比如亚马逊旗下的 Kindle Direct Publishing 平台）可以让你很轻松地以电子书形式出版作品，但如果你关心自己的小说在网页上是如何展示给读者的，它有什么样的封面，你就还要做不少工作。本章后面"你能身兼数职吗"一节介绍了诸多自助出版任务，你准备好承担了吗？

为了确定自助出版能否成为你的成功途径，请重新斟酌我们在第15章中提出的问题。首先，就你的写作背景而言，成功到底意味着什么？把小说写完，就意味着有所成就了吗？还是说，你认为只有实现出版才是成功？如果你想出版，你是希望看到自己的小说被印成书，还是发布电子书就足够了？你希望或需要经济上的成功吗？还是说，你只是想和别人分享你的作品，得到一些反馈、启动一场对话？最后，如果你看重经济回报或是文学评论方面的认可，什么程度的回报或认可会让你满意？你需要靠它谋生吗？

如果你现在对个人目标和抱负有了觉悟，那么，在这个过程中的每个阶段，你做出正确选择的概率就变得更大。你能节省不少时间，更富有成效地朝着个人目标努力。如果读完这一章，你发现自助出版可能无法实现你的抱负，你也可以放弃这个想法，以免努力之后感到失望和幻灭。

你是适合自助出版的作者吗

只要能够访问互联网，在技术上有一些信心，人人都可以自助出版。优秀的自助出版人不一定是最精通技术的作者。市面上有很多指南，比如阿里·卢克（Ali Luke）的《电子书出版傻瓜书》（*Publishing ebook For Dummies*），它们会带你一步步了解整个过程。

在自助出版领域最成功的作者，都是那些懂得市场营销技巧的人。如今的挑战不再是如何出版，而是如何让读者发现你。如果你一想到要为你的书做宣传、在推特上增加粉丝、在脸书上开设账号、让别人评论你的书……就觉得头疼，那么，自助出版会给你带来巨大的心理负担。

"曝光度"（Discoverability）是一个热门词汇，不仅网上众多的电子书作者喜欢说这个词，商业出版社的大鳄作者对此也不陌生。随着大多数独立书店、连锁书店甚至图书馆的倒闭，向读者介绍新作者变得越来越困难。

自助出版与写作完全是两回事。做一个自助出版人的经历，并不会提高你的写作技巧，也不会让你感受到在白纸上写出激动人心的创意时的那种愉悦。对某些人来说，自助出版可能很享受，但这并不意味着你喜欢写作就会喜欢自助出版。

不过自助出版确实可以提高你的市场意识，并可能从其他方面获得回报并丰富你的写作经验。自助出版和传统出版很像。除了掌握营销技巧外，一个优秀的自助出版人还要做一个多面手，正常出版社所有岗位的活，他们多少都要会一点儿（详见下文"你能身兼数职吗"一节）。如果你整体上对出版业不感兴趣，那就不必继续读下去，请直接跳到第六部分——就这样！

关于自助出版还有一种观点，那就是忘掉市场营销，只要花时间写出越来越多的作品就行了，迟早会有人注意到你的。你可以尝试一下这种方法。你的书写得越好，你就越可能得到积极回应。

你能身兼数职吗

要成为一名成功的自助出版人，你必须在自己的"小小出版公司"中扮演下列角色。否则，你就得找其他人（可能要花钱）来为你扮演这些角色：

- ✓ **编辑**：你必须用全新的眼光审视自己的稿件。要有想象力，语法不要出错，你得努力确保它给读者带来高质量的阅读体验。请阅读第14章，获取更多关于编辑的见解。
- ✓ **产品经理**：你需要将文本格式化，这样当它转换成在线销售时的通行文件格式（如 EPUB 和 MOBI）时，能呈现良好的页面效果。
- ✓ **商务总监**：你必须为自己的小说选择合适的价格和出版日期，创建在线数据，也叫元数据（metadata），让读者更容易发现你的作品。
- ✓ **营销总监**：你必须根据自己的作家身份建立公众形象，为你的书撰写新书资料，并考虑如何让它引起公众的注意。
- ✓ **宣传总监**：你必须依靠社交媒体找到你的读者和评论者。你必须撰写新闻稿，四处分发。
- ✓ **销售代表**：你必须与各种电子书零售平台打交道，并在每个平台上最大限度地提高自己的知名度。你还必须脸不红心不跳地推销自己。

✓ **财务主管**：一旦你靠自己的作品赚了钱，你必须保留足够的收入和支出记录，并填写纳税申报表。如果你从海外赚到了钱，必须采取措施确保这些收入没有被重复扣缴税款。

✓ **实习生**：你还会做一些无聊的行政工作，也有机会在工作中学习。

出版社里还包括一些你自己可能很难胜任的职位。例如，你可能缺乏专业知识，无法将作品的翻译权卖给世界各地的出版社。此外，就目前而言，你还无法通过超市等零售场所出售纸质书。因此，翻译版权负责人和大客户主管的职位只能空缺了。

同类小说在网上卖得好吗

你可以在网上发布任何小说（只要不违反法律，比如侵犯别人的隐私或版权）。但特定类型的小说似乎比其他类型更容易在网上获得成功。这些更受欢迎的小说包括（排名不分先后）：

✓ 各种犯罪和惊悚小说（在给自己的书起书名、制作封面之前，先研究一下亚马逊网站上的各种图书子类别，看看你属于哪一类）；

✓ 奇幻和科幻小说（各种风格皆可，当然有些更受欢迎）；

✓ 爱情小说（非常热销）；

✓ 青春（女性）文学（最受喜欢的老体裁，在网络时代依然活得很好）；

✓ 怀旧故事和历史传奇（最想拥有 Kindle 电子阅读器的人，平均年龄比你想象的要大）；

✓ 人性剧情（各种悲剧、苦恋、丧子的故事）；

✓ 情色作品（《五十度灰》最初就是从网上火起来的）；

✓ 恐怖小说，以及我们没有单独命名的和其他类型小说。

对自助出版的热爱

除了人人皆可出版，自助出版还有其他优点：

✓ **速度快。**你可以今晚写完小说，明天就上传，再隔一天就能读到书评了。传统出版的运作速度完全不一样：大多数小说要写完一年左右才能正式出版。自助出版的快节奏，让你想写多快就多快（尤其适合高产写手）。

✓ **掌控力强。**你可以自己确定书名、封面和定价，觉得不对，也可以随时调整。

✓ **销售数据即时可得。**你可以轻松查看自己的销售数据，查多少次都行，这样就很容易评估各种营销方式的效果，从而开展出色的宣传活动，并迅速做出调整。

✓ **接触经纪人和出版社的另一条途径。**对一些人来说，自助出版为达成传统出版交易开辟了一条新路，因为经纪人和出版社会注意到某些在读者群体里大受欢迎的书。

✓ **业务模式。**通过亚马逊的电子书平台（定价在1.49英镑至7.81英镑之间）销售的每一本电子书，你都能获得用户支付价格的70%。相比而言，传统出版社出版的电子书版税是他们从亚马逊收到的净收入的25%。所以，如果你能在亚马逊电子书平台上获得成功，从电子书上赚到的钱要比你从出版社赚到的更多。对许多自助出版的作者来说，这种差额弥补了自己在传统出版方面缺乏进展的问题。如需了解更多细节，请参阅后文《亚马逊电子书：版税、费率和权利》。

尽管网络上最成功的小说类别是那些最流行的、最易于获得的，但矛盾的是，下一个最合乎逻辑的自助出版图书方向，是面向特定读者群体的小众市场图书。无论是讲述牛仔之间的情色小说，还是关于军队恋情的小说，又或是研究某种特殊陶瓷制品的书，如果你能通过专业协会、博客或读书俱乐部，直接向牛仔竞技迷、军人家属或陶艺家推销，便可能获得很高的点击量。

你的作品能吸引电子书老读者吗

如果你的书仅以电子书形式自助出版，那么，你唯一的受众就是那些会上网买电子书的人。网上购书者的行为有一定的规律，我们在前面提到过，他们购买的自助出版小说里，类型小说要远远多于纯文学小说。我们推测出现这种情况可能是因为：

- ✓ 多数网上电子书平台的氛围鼓励读者购买特定类型的书。消费者总是冲动购物，他们会购买的书籍，都向他们提供非常明确的信息，说明自己能提供什么样的阅读体验。

- ✓ 典型的电子书买家喜欢即时满足感。逗我笑！让我哭！让我兴奋！商业类型小说能快速解决问题。我们喜欢它。没错，我们就是典型的网络读者。

- ✓ 现在的网上电子书平台并不便于漫无目的地浏览网页，顾客往往会按类别搜索，这就把他们指向了类型小说的分类目录。

- ✓ 类型小说可以从在线推荐系统中获益更多。想想你自己的经历。如果你曾读过某种言情小说，系统肯定会再给你推荐类似作品。反过来说，分类不明的小说就难以有针对性地推荐给读者。你读了一本以阿富汗为背景的纯文学小说，并不意味着你还想读另一本。

- ✓ 类型小说的读者往往更贪婪（一本速食作品只会引他们读下一本），所以类型小说的读者往往会更频繁地购买更多同类小说。

- ✓ 类型小说的粉丝往往会成为该领域的专家，因此消费者更愿意倾听其他读者的评论，而不是等着看报纸上的书评。

- ✓ 有些类型小说很适合在线营销，比方说，某类小说拥有大型在线社区，便于自助出版的作者访问。

✓ 有些类型小说对自助出版作者来说很值得尝试，因为传统出版社几乎抛弃了它们。近年来的例子包括幽默小说（关于什么内容好笑，已经没了共识），以老年人为主角的小说（出版社认为太过冒险），以及男性情感小说（在超市不受欢迎）。

一些自助出版指南的出发点是基于这样的假设：尽管阅读指南的读者已经决定要自助出版，但他们可能还是没有弄清楚自己要出版什么，也没有写出来些什么。这类自助出版者完全可以对当下的市场保持怀疑态度，他们比其他人有更大概率创作出非特定类型作品，以取悦没有特定类型爱好、喜欢随意浏览电子书平台网站的读者。

我们不建议选择写某种特定类型的小说来迎合市场。如上所述，许多目标读者都是你所选择的创作领域的专家，他们能够轻易地察觉出一部缺乏经验、刻意模仿的作品。你应该尝试动笔写一些自己擅长的东西，而不是把时间浪费在你不太喜欢的小说类型上。为什么要写一本言情小说，而且写了一大半才想起你自己根本不相信什么大团圆结局呢？

我们希望你已经阅读了本书的第一部分到第四部分，你应该把重点放在写作而非出版上。

小建议

另一种卖得很好的（自助出版的）电子书是系列小说，这些小说讲的要么是同一角色的故事，要么是多个故事共同构成一个更大的故事。系列电子书成功的主要原因在于营销和曝光度 —— 这是所有自助出版作者面临的两个关键挑战。与我们之前对网上购物习惯的猜测一致，"三部曲"小说免去了读者浏览网页的麻烦："三部曲"让读者快速知道这套系列书有多少本，得到最快速的解决方案。此外，作者也能从零售商的推荐中获益：你的第一本书就是第二本书最好的广告。

出版的政治性

自助出版已经成为一种（相对而言）具有政治性和部落特征的活动。一些成功的自助出版人大肆宣传传统出版社的不足之处，同时卖力吹捧自助出版。许多人戏称出版机构为"老古董出版社"，像是微笑着说它们完全过时，不再重要。

一些传统出版社和传统出版作者则贬低自助出版作品的质量。这没有什么助益。如今的情况是，很多自助出版作者过去都走过传统出版路线，他们对这种经历感到失望。要不就是他们遭到传统出版社退稿，认为出版社和经纪人是看门狗，而非推动者。

此外，电商巨头亚马逊主宰了出版社的图书零售运营环境，同时，它还是自助出版的最大推手。这就让人很容易理解为什么自助出版对出版社来说十分敏感。亚马逊是大多数出版社最大的客户，也是它们盈利和生存能力的最大威胁。你不仅能在亚马逊找到你喜欢的书，它现在还是世界上最受欢迎的电子阅读设备制造商，控制着英国95%的电子书零售市场，运营着自助出版平台，而且本身还是一家拥有自己品牌的图书出版社。

你不必选边支持哪个阵营。你可以热爱传统出版和纸质书，也可以同时自助出版电子书。我们预测，在未来，我们可能会看到更多的"混合型"作家。这些作家有时会自助出版，有时会把版权卖给出版社；有些书只出纸质版，有些只出电子版。但考虑到市场环境变化太过迅速，预测也很可能不准确。

自助出版的作者还要记住一件事，鉴于亚马逊公司在电子书零售领域占据主导地位，它可以随时从推手转变为看门人。你真的能掌控一切吗？

你仍然想尝试自助出版吗

如果你的回答是肯定的，那太好了！自助出版谁都能做，而且可以用很低的成本与他人分享你的作品，实践起来也没有什么困难。它可能是一条通往巨大成功的途径。许多畅销小说起初都是只有一个读者把它买走，看到你的书通过读者评论建立口碑，迅速走红，绝对是一件令人兴奋的事情。

小建议

如果你想听到人们对自助出版的热烈好评，可以去找找成功自助出版作家的自述。好在他们中许多人都喜欢写博客谈论自助出版，所以，你可以轻松地在网上找到许多成功案例并获得鼓励。

亚马逊电子书：版税、费率和权利

许多人声称亚马逊的 Kindle 电子书出版平台（Kindle Direct Publishing，KDP）比传统出版社支付的版税"更高"。在本章中，我们非常小心地尽量避免这么说，因为这么比较是错误的。

KDP 的运作方式与传统出版社不一样，它既不是出版人，也不是合作者。实际上，你从 KDP 那里得到的70％分成根本不是版税，它是顾客为你的产品支付的价格，减去亚马逊收取的30％销售佣金。

与出版社签订出版协议时的做法不同，KDP 不代理你小说的各种权利，也不像出版社那样与你分享控制权。所有的权利都归属于你，也即自助出版人。对比而言，传统出版社在你的授权之下开发你的作品，并因这种开发的职责获得收益，你从出版社那里获得的百分比，实际就是基于这些收益获得的版税。在书籍的制作过程中，出版社在文字编辑、版式设计和市场营销等方面与你合作。因为它承担了更多责任和成本，故此赚取更大的利润份额。

而你从亚马逊获得70％的收入，或许能从售出的每份电子书的定价中得到了更大的分成，但这种安排自有道理。你是自己图书权利的唯一所有者，因为所有的工作都是你自己完成的，你有权获得这笔钱。

踏上自助出版之路

如果你手边有详尽的操作指南（比如《电子书出版傻瓜书》），或者找到一个经验丰富的自助出版人的博客，都会让你在准备自助出版时更加轻松。很多人已经走完了自助出版流程，可以帮助你避开陷阱。

由于篇幅有限，我们无法在此为你提供详细的技术指南，因此，我们只提出一些值得你仔细考虑的关键问题，并告诉你我们如何思考这些问题。希望你读完本章后，能有一个更具洞察力的视角，以拓宽你看待电子书的视野。

在线分享你的作品

首先，提醒自己你的出版目标是什么（参见前文"你如何定义成功"一节）。你是想卖书，还是不为赚钱（至少最初是这么想的），只是为了获得读者、反馈和评论？

一些作家开启自助出版事业的起点，是把小说部分章节或全文发布在社群写作平台（community writing platforms）上，其他人可以在这种在线空间里免费阅读。这些作者在积累了一定关注者之后，就会到电子书销售平台上出售自己的作品。

我们认为与其他读者和写作者分享你的作品，是一个非常有益的编辑步骤。在网上发布的小说章节会获得大量批评性反馈，大多数作者都会对此感到惊讶。

如果你的主要目标是吸引出版社或经纪人的注意，你可以考虑把在线分享作品本身视为一个目的，因为一些作者在免费分享自己的小说这方面做得非常成功，直接从这种模式过渡到与传统出版社签订合同。

在你把作品发布到网上之前，不妨花些时间了解一下你感兴趣的写作平台。到网站上研究几个小时，直到你完全理解它的规则和结构，还有它读者的潜在偏好和行为。

以下是发布作品前的一些建议：

- ✔ 在线分享之前，多阅读其他作者的作品，看看你的作品应该达到什么水准。
- ✔ 查看哪些类型的作品最受欢迎，以及这个细分读者群的活跃程度。

- ✓ 读一读你正在研究的作品的评论区。琢磨一下，你自己会作何评论？
- ✓ 看看其他会员正在阅读什么、推荐什么内容，了解某种特定类型的小说是否受欢迎。
- ✓ 浏览网站会员的个人资料，获取一些如何在网上进行自我展示的思路。
- ✓ 翻看视觉展示内容，看看哪些作者的照片、书封及其他宣传图片吸引你。

网络小说平台 Wattpad

截至撰写本文时，Wattpad 可能是最成功的"故事分享网站"（按照他们的说法）。2013年，Wattpad 的用户在该网站上花费了410亿分钟。一些作家在 Wattpad 上启动了非常成功的写作生涯。

等到你阅读本书时，说不定已经出现另一个类似的故事分享网站。新网站可能有所不同，但这类网站的关键功能多多少少是相同的。

Wattpad 偏爱特定类型的小说和特定受众群体。（现在我们能看到很多关于某支热门英国男孩乐队的同人小说。）所以，在网页上好好浏览一番，想一想你的小说适合什么受众。

Wattpad 的会员包括读者、写作者和评论者。该网站上，这三种活动是相互关联且重叠的。但你也可以仅以读者或评论者的身份访问该网站。我们不建议你在 Wattpad 上只进行写作活动。你在 Wattpad 上发布作品，同时也作为读者和评论者与别人互动，这样能为你自己的作品吸引关注。

在线销售你的作品

当你准备好了，要在电子书平台上上架自己的小说，请先熟悉一下这样的平台，搞清楚如何才能最好地展示你的作品。你还要想一想，是只在一家平台发布你的书，还是让你的书立刻到处都能见到（取决于这对你来说是否重要）。

如果你没有电子书阅读器，请买一台！在线下商店里试用每一款阅读器（所有阅读器都可以在实体店购买）。熟悉用户如何使用每种阅读器购买图书，以及不同阅读器的阅读感受有何不同。

购买电子书阅读器之后，请以用户的身份体验一段时间。观察自己的行为：

- ✔ 你为什么选择在电子书在线商店的特定区域浏览？
- ✔ 你为什么要买你选的那些书？
- ✔ 你下载了多少篇免费样章？
- ✔ 你对书评的重视程度有多高？一本书需要有多少颗星，才能引起你的注意？
- ✔ 每本书的推介语你读了多少？
- ✔ 封面对你有多重要？哪些封面对你来说富有吸引力，为什么？
- ✔ 通过阅读器直接接入电子书商店，与通过其他设备访问相应网站，体验感有什么不同？

在 Wattpad 等社群写作平台上分享你正在创作的小说，与在电子书平台上发布小说的免费版不同。在这两种情况下，你都可以轻松地更新文件，创建修订版本。然而，社群写作平台希望你的小说在创作中随读者评论、建议即时调整改进，你在平台上的作者信息能反映出这一轨迹。而在电子书零售平台上，你的评论是网站的用户对成品的评论，不论这些评论者是否为你的作品付了费、是否真正读了，你都无法删除这些评论。所以，如果你认为自己的作品还不适合销售，就不要在电子书平台上免费发布。

一些自助出版的书之所以在亚马逊和其他电子书平台大获成功，原因之一是许多读者根据畅销书榜单买书，成功孕育出更多成功，有些作品能够长时间停留在畅销书榜单的前100名。让自己的作品进入电子书类目下的畅销书榜单，是你面临的一大挑战。

Kindle 电子书出版平台

Kindle 电子书出版平台（KDP）是亚马逊的自助出版平台。如果你使用 KDP，你的作品会出现在世界各地的亚马逊网站上。它采用一套简单的结构，指导你完成诸如为电子书定价、上传产品描述等步骤。

亚马逊会把你的 Word 文档转换为亚马逊电子书专用的 MOBI 文件，在此之前，要做好格式化工作。更多信息，请参考下文"解决技术细节"部分。

如果你在一个特定的价格范围内销售电子书，每售出一份，亚马逊会收取定价的30％作为佣金，如果你的收费高于或低于该价格范围，则收取65％作为佣金。（这是截至撰写本书时的情况，请到它的网站上了解最新的佣金费率。）

亚马逊出版平台最好的地方在于，一旦你在亚马逊上发布电子书，平台不会区分你是自助出版作者还是在传统出版社出过书的作者。你的书和网站上的其他书地位相同。所以，如果你的小说在阅读器上看起来、读起来很像一本经过了专业编辑和出版流程的小说，那么，它就是一本专业制作的小说。

目前，如果你选择加入亚马逊的 Kindle 精选计划（KDP Select），则你必须在亚马逊上独家销售作品，并可以获得一些额外的功能，比如你可以选择让读者在一定限期内免费阅读书籍，以起到营销作用。亚马逊高级会员可以从虚拟图书馆免费借阅你的书[1]，亚马逊会向作者支付借阅产生的费用。（虽然具体金额并不

---

[1] 即亚马逊推出的 Kindle Unlimited 订阅服务。

完全清楚，但以我们的经验看来，这个数字相当可观。）自助出版的作家们正在激烈地讨论 Kindle 精选计划的优缺点，请到网上搜索"KDP Select"，了解不同的观点。

有一点你必须记住，KDP 会始终与你在其他平台上的电子书销售价格相匹配，哪怕你的书在其他平台上免费赠送。因此，如果另一家在线平台给你的小说打折，它在亚马逊上的售价也会下降 —— 你的利润也就随之下降。

亚马逊在网站上对不同类型的图书采用不同的排行榜和书单。据我们所知，"畅销书榜单"是在一段相对较短的时间内对所有书的销售量进行排名，最新的销量得到的计算权重较高。"受欢迎度排行榜"是基于过去30天的多个因素进行排序，包括价格（价格越低，就越难在榜单上爬升）。

乐天 Kobo 写作生活

乐天公司的"Kobo 写作生活"（Kobo Writing Life）是电子书阅读品牌 Kobo 提供的自助出版服务，与亚马逊的 KDP 非常相似。截至本书撰写时，Kobo 的全球销售额中，有略超过10％的电子书来自自助出版作者。与索尼电子书阅读器、苹果公司的iBooks 商店和巴诺书店的 Nook 阅读器一样，Kobo 要求你将Word 文档转换成 EPUB 格式的文件才能发布。"Kobo 写作生活"可以免费把 Word 文件（或 MOBI 文件）转换成 EPUB 文件。和KDP 一样，如果你的小说定价在一定的价格范围内，Kobo 会付给你定价70％的收入，如果定价高于或低于这一区间，Kobo 给你的收入比例会更少（45％）。

亚马逊和作家经纪人

KDP 取得成功后，亚马逊迅速推出了一个专门面向作家经纪人及其客户的自助出版平台。亚马逊渴望在网站上看到尽量多的内容，所以，该平台的设计，部分是为了鼓励经纪公司将他们旗下一些作者的绝版书以电子书形式出版。

　　自助出版作者对这项服务的猜测在网上四处流传。你会发现很多人在讨论这样做是否值得。他们还会说，为什么你又要自己完成所有工作，还得把自助出版辛苦挣来的部分收入交给经纪人。

　　我们还无法深入探讨这项服务为作家提供的机会，但这些讨论足以说明它提供了显著的营销效益。我们在第16章讨论过，优秀的经纪人会为客户做大量的编辑工作、提供出版策略和其他服务，比如翻译权代理。我们认为，如果作者有意与经纪人建立长期牢固的合作关系，那么，在没有经纪人的参与下投身自助出版，并非合乎逻辑的选择（前提是你已经有了经纪人）。另一方面，我们也不建议你给经纪人超过标准佣金的费用；经纪人永远不应该拥有你的作品的权利，也不应该像出版社那样获得利润分成。他们应该永远是你权利的代理人，收取常规佣金，否则，他们就是获取了不应得的利益。

苹果公司的电子书商店

　　苹果手机和 iPad 平板的用户可以从苹果的电子书商店 iBooks 购买图书。苹果设备的用户也可以使用 Kindle 应用程序并从亚马逊购买书籍，读者可以通过这一渠道读到你的作品，所以你不一定非要在 iBooks 上发布你的小说。然而，苹果的电子书商店 iBooks 是一个不断增长的零售空间。还没有多少自助出版作者在这个平台发布作品，如果你发布了，就可以获得一些额外的曝光。（英国连锁书店 Waterstones 的电子书平台也是如此，它的用户并不多，因而它的图书排行榜单更容易攀升。）

　　如果你使用 iBooks Author 应用程序来出版电子书（如果书里插图或图表不多，其实没必要这么做），就只能通过 iBooks 出售你的书。

　　一般来说，iBooks 不接受来自个人的文件，只接受来自聚合分销商提交的文件，这使得我们要引出下面的内容。

Smashwords 和其他电子书分销商 / 聚合服务商

Smashwords 是目前几家电子书聚合服务商中最著名的一个，

它可以把你的作品在全球所有的数字出版平台上发布并销售，并从中抽成。Smashwords 称其 2013 年的销售额为 1210 万英镑。最近，Smashwords 与文件共享网站 Scribd 达成协议，所有 Scribd 用户都可以访问 Smashwords 的图书。

Smashwords 提供其传奇的"Meatgrinder"转换程序，让你对作品进行格式化操作，但据作者们说，它解决了一些问题，但带来了另一些问题。作者们经常要自己为不同的平台生成不同的文件格式。

使用 Smashwords 的真正优势在于，你的书可以在更多的平台上出版（包括澳大利亚和加拿大的一些平台）。读者也可以从 Smashwords 网站直接购买，因为它本身也是一家零售商。

自助出版作者也指出了使用 Smashwords 的一些缺点，比如支付较慢，以及在一个以美国为中心的网站上难以满足跨国需求，这些问题都挺复杂。

你从 Smashwords 获得多少收入，取决于你的小说在哪个平台上卖了出去。虽然 Smashwords 网站将其本站销售收入的 85％ 支付给作者，但在其他"联盟"平台上的销售收入，会受到交易费、折扣和汇款费用的影响。

您只能选择一个聚合服务商家来代理你的作品。你不能通过 Smashwords 和其他分销商同时把书卖给苹果，因此，请明智地进行选择。并非所有的聚合服务商都提供零售页面，但有些聚合服务商会提供其他服务：

- ✓ 在线自助出版服务商"Lulu"也可以为你出版平装本书籍。
- ✓ 总部位于英国的平台"eBookPartnership"提供电子书格式转换、封面设计和大量平台的国际分销。它的在线统计数据很容易理解，而且他们可以按月给你付费。你可以选择哪些文件格式自己管理，哪些文件格式由聚合商家为你处理。

自助出版服务

由于自助出版行业正在迅速发展，也取得了商业成功，因而许多企业纷纷涌现，它们愿意承担自助出版过程中的部分或全部工作。

有些公司信誉良好，也能发挥很大作用。如果你一想到格式化文本或撰写产品描述就头疼，那么找一家能提供自助出版服务的公司是个好办法。不过，你的销售可能赚不回花掉的费用，所以你最好先设定预算，明智地选择要花钱的服务。也许你花些工夫就能搞清楚怎样对文本进行格式化处理，但你学不会如何设计封面。

你要永远记住，归根结底，你必须对自己的书的定价做出选择，还要密切跟踪读者评价、包装效果和推销活动。你不能完全把出版人的角色外包给他人。你是唯一一个全面了解事情进展，长期看好自己小说潜力的人。

众筹：出版业的未来？

自助出版市场中有一些引人注目的另类商业模式，众筹（通常是在网上向大众筹集资金来资助一个项目）是最有趣的一种。例如，在众筹平台 Unbound 上，读者承诺为你的书提供资金，他们的回报（至少）是名字出现在书中的致谢中，并能免费获得一本样书。如果你达到了预定资金目标，Unbound 便将你的书付诸出版。Unbound 启动的项目数量相对有限，因此作者必须经历一个选择的过程。Unbound 上发起的项目多为非虚构作品，但我们可以预见，在不久的将来会有出版平台将众筹扩展到商业小说类别。

包装你的书

　　有些书之所以畅销，除了内容精彩，也多少因为出版社或作者找到了一个书名、封面、主题和出版时机上的黄金组合，如施展炼金术一样把畅销书炼了出来。许多畅销书作者自己也对书能卖这么好感到相当惊讶，他们会说，"它的销量就这么起飞了"或者"我走了好运"。炼金术当然是魔法，但在自助出版行业，明智的策略是把握好书名、封面、主题和出版时机这四个方面，为自己"创造好运气"。

构思绝妙书名

　　重读第17章，回顾一下关于起书名的基本技巧。出版电子书，合适的书名尤为重要，因为在任何时候，书名都是最扎眼的元素。它也是读者在电子书平台或搜索引擎中经常要输入的关键词。

　　书名和其他任何东西一样，都受时尚和社会趋势的影响。有时候，冗长、离奇、叙述感强烈的书名风格会引起共鸣。当这种风格用的人太多，下一批畅销书就会只用一个词当书名。是从潮流中脱颖而出，还是借鉴他人行之有效的出版技巧？你必须在两者之间找到平衡点。

　　最重要的是要记住，虽然是你自己挑选书名，但书名不是为了你而存在的。它的作用不是确认你对小说的愿景，也不是要印证你自己、你所爱的人眼里你身为小说家的形象。书名的作用是吸引读者阅读你的精彩小说，诱使他们购买并阅读。

　　例如，如果书名反映了读者是谁或渴望成为谁，它的效果可能会很好。F. 斯科特·菲茨杰拉德的《了不起的盖茨比》（*The*

Great Gatsby），最初的书名是《西卵的特里马乔》（*Trimalchio in West Egg*）。谢天谢地，他的编辑插手了。没有人想成为特里马乔，但人人都想成为了不起的盖茨比。

制作诱人封面

关于书的封面，我们最主要的建议是要确保这本书看上去不像是一本自助出版小说！如果你想让自己的小说在平台上享受跟其他电子书一样的地位，它就需要专业的封面设计，或者你自己能设计得很好，让它显得很专业。如果你出版小说的预算有限，那就把封面放在最首位。你可以在网上找封面设计师，查看他们的作品集并找他们设计。一些网站可以帮你联系数个设计师，每个人都会提供封面草案，竞标你这份封面设计工作。

小建议

自助出版的小说封面，通常会以缩略图的形式出现在网上，所以，封面上最重要的单词和图形元素，哪怕很小也应清晰可见。此外，你的封面应当在黑白效果下依然好看，这样在电子阅读器的黑白墨水屏上就能够脱颖而出。

和书名一样，封面也受审美潮流影响。花点时间在网上浏览一下，找找哪些封面看起来非常有吸引力，既美观又让人愿意掏钱。（例如，在2013年，蓝色封面似乎很流行。）当然，你不希望你的连环杀手惊悚小说看起来和其他同类小说毫无区别 —— 这会向读者传递出"你的书不够独特"的信号。但你需要让你的作品看起来真的像一本连环杀手惊悚小说，否则你的书永远吸引不了连环杀手惊悚小说的爱好者。

传达精彩主题（或撰写精彩图书简介）

在本书的许多章节中，我们都鼓励你思考自己的小说要面对多大的市场，所以我们假设，关于小说主题的重大决定，你都已经做好了。现在，你必须向读者传达，你的小说拥有一个精彩的主题，一个市场渴望的主题。

图书简介（blurb）是印在纸质书背面的文字。传统上，这本书的编辑会与销售部门的同事合作撰写这一文案，主要目的是鼓励读者试读小说的前几页。在网上，推介语还要承担额外的功能，利用词语、短语和评论，增加你这本书的曝光度（参见本章"注意你的元数据"一节，了解更多有关元数据的信息）。

为自己的书撰写推介语，会迫使你进行准确的内容定位——该定位不是对身为作者的你而言，而是对作品所面向的读者而言。你能描述出某种情境或困局，能立即激起人们的兴趣，让人过目难忘吗？就用这种描述做你的简介的开头。不要试图提及每个角色，或两个以上的情节转折。把故事带到一个引人入胜的地方，让读者想要接着往下读。

小建议

你可以做一个很有用的练习，那就是阅读不同出版社为同一本你已经非常熟悉的经典小说所写的简介。就算你已经知道故事、人物和主题，什么样的简介仍然能抓住你的注意力？如果一段精彩的推介语能让一本百年老书引人注目，想想看你的简介能做到什么程度。

把握完美时机

时机是我们所说"自己创造运气"的第四个关键因素。为你的作品找到合适的发布时机，有时取决于你能否赶上一波浪潮。

也许你的小说聚焦于当下某个有趣的话题，或者当下的重大社会议题，或是某种流行的令人沉迷的事物。

不管你的主题有多热门，请务必在有了一定的营销基础（比如你做了一个宣传网页）之后再发布你的小说。发布时间可以跟在重要的季节性事件（比如圣诞节等重要节日）之后。虽然假日销售很重要，但请记住，在圣诞节推出一本新的畅销书极具挑战性。一位自助出版作家告诉我们，在2013年圣诞节之后的那个星期，她的电子书销量必须是前一个星期的3倍，才能打入亚马逊畅销书榜前100名，这是因为刚购买了 Kindle 阅读器的用户正开始囤书。

解决技术细节

马上就到终点了！以下是你在为一部小说的自助出版流程收尾时需要研究和考虑的几个问题。

文件格式的转换

对许多第一次实践自助出版的人来说，到了发布前的准备阶段，他们面临的一个重大挑战是将自己的小说文本格式化，以便读者下载小说到电子阅读器上时有良好的显示效果。格式化不仅仅是美化你的文档，它要做的，是将你的文件干净、清晰地转换成 EPUB、MOBI 和任何其他格式。

所有的写作者都有些个人的小习惯，会不自觉地在 Word 文档里添加各种功能。比如在每行末尾多一个空格，每段开头多一个制表符，或者在进入新页面时加上一连串回车符，这些看起来不足为道的小毛病，转换成电子书格式时可能导致读者浏览文本时页面滚动错误，或者在某些地方出现令人惊讶的巨大空行。

创建新的 Word 文档或清理旧文档时，有很多技巧可用，例如如何插入分页符以建立新页面。熟练掌握 Word 中的"样式"功能，为章节标题和文本创建固定格式，这样就不必逐行应用这些样式了。

把文档转换为 EPUB 和 MOBI 是一门艺术。逐步操作的指南很多，请找来读一读，搞清楚自己应该怎么做。转换完文件后，请务必将之上传到阅读器试读，验证所有内容是否已按你的要求显示。

注意你的元数据

元数据（metadata）是"关于数据的数据"—— 但对你我来说，元数据是一系列看不见的标签和提示，你可以把它们添加到你的电子书文件中，以便读者更容易找到你的书。在网上找一找为你的小说创建有效准确的元数据的建议。这个过程有点像你架设网站时学习搜索引擎优化（Search Engine Optimisation）。你希望通过恰当设置的元数据让人们频繁地看到你的书，也能轻松找到它。

电子书元数据的设置方法之一是在产品描述中引用精彩评论，并将小说列入准确的类型子类别（genre subcategories）。

指定子类别

如果你想让电子书平台把小说推荐给与之类型相符的读者，就需要弄清楚你的小说属于平台上的哪个类别。例如，亚马逊有许多不同的犯罪小说子类别。有些子类别作品繁多，竞争更激烈。因此，为你的书选择合适的分类定义（category definition），会有更大概率在某个类别或子类别的畅销书排行榜上名列前茅。

选择价格

许多作者选择以75便士（或99美分）的价格推出电子书，这是 KDP 允许的最低标价。这些作者希望读者无须斟酌太久就买下自己的小说。他们还意识到，自己有必要尽快积累读者评论，所以他们优先考虑读者的阅读量而非价格。

从收入的角度来看，要想获得同样的收益，99便士图书的销量必须是1.99英镑图书的4倍，而非2倍。这是因为如果你的书定价低于某一水平，亚马逊的销售佣金（也即该公司从你的书籍价格中抽取的份额) 会翻倍。如果你有一套自信的营销计划, 用更高的价格来吸引人们对你的小说的关注, 可能是更好的策略。你可以随时降低售价, 这种做法可能在作品产生更多需求后更加有效。

一些作者认为, 亚马逊的算法 (见下文) 倾向于按价格节点对图书进行分类 (因此, 亚马逊会向99便士图书的买家推荐更多99便士图书)。如果是这样的话, 你就要考虑, 倘若你的书与其他低价图书过早关联, 就会在后期提高定价时显得过于扎眼。此外, 低价书籍似乎在热门排行榜上表现不佳。

小建议

如果你要降价, 请保证仅在促销广告限定的时间段内进行, 以此鼓励读者立即购买。你要坚持你的决定, 否则人们会感觉上当受骗。

分析算法

关于在线书店的算法, 尤其是亚马逊的算法, 你可以在网上找到很多讨论。我们认为, 这些复杂的计算机代码有点像肯德基的食谱: 没有人确切知道其中包含了些什么, 但很多人认为它们的算法理念相当好。亚马逊的算法决定了在排名搜索结果中出现的内容, 包括书籍在 "最受欢迎" 排行榜和 "畅销榜" 中所处的位置。一些经验丰富的自助出版人认为, 他们非常善于发现亚马逊何时改善或改变它的算法, 因为当作者开始实施自己久经考验的营销策略时, 网站却突然开始呈现出不同的行为和结果。

要记住

除非你有意了解, 否则你不需要考虑算法。一些作者花了大量的时间来研究如何从亚马逊获得最大的收益。你不如去写下一本书, 因为让你在平台曝光率翻倍的最好方法, 是把你的在售书籍的数量翻一倍。

考虑制作纸质书

如果你想把你的电子书印出来, 可以使用亚马逊的数字印刷服务 CreateSpace (它在2012年注册了131340个国际书号), 或者去找 Lightning Source 这样的印刷商。如果你希望电子版和纸质书同时上市，需要在完成电子书的时候就着手处理制作纸质书的工作。尽管纸质书销售利润不高，但如果能进入亚马逊畅销书排行榜，需求可能会很大。

让你的书引起读者的注意：营销

市场营销是大多数成功的自助出版作者都很了解的话题。这份了解要么来自他们以前的职业生涯，要么是因为他们曾在网上努力自学。

其实，我们在第五部分讨论的许多问题都与市场营销有关。关于书名、价格、书籍主题、类型流派等的决策，都是广义上的营销决策，因为它们都与你如何瞄准消费者有关。

就自助出版而言，你可以在网上和已出版的指南中找到大量信息，以帮助自己规划营销策略。你也可以花钱向市场营销专家求助。不论如何，最重要的是你真的有一套策略，不管它具体是什么样的。如果你不知道如何撰写新闻稿，对推特毫无兴趣，一想到使用脸书就浑身冒冷汗，那么，这些工具永远不会成为你推广自己小说的途径。

如今，就连传统出版社的作者也在学习如何借助社交媒体和创新思维推广自己的作品，所以本节内容对所有作者都适用，无论他们的作品是怎样出版的。虽然出版社有专业营销人员，但没人比你更雄心壮志地为你自己的小说助力，如果你了解一点专业知识，就能帮助你监督出版社的营销活动。

制定营销计划

许多自助出版作者在市场营销上失败，是因为他们尝试了数百种不同的方法，却没有花时间坐下来，对如何吸引读者关注自己的作品做一番规划。

小建议

不要盲目模仿某个作者的策略，以为别人的方法也适用于你。在如何向公众展示你的小说方面，你要相信直觉。想一想你的读者聚集在什么地方 —— 无论是线上空间还是线下场所。利用你对读者和小说类型的了解来设计一套合适的营销计划。

我们建议尽早拟定营销计划，最好是在出版之前几个月。花时间做好计划，至少可以让你的市场调研更聚焦，也可以让你适时调整营销工具的使用方式。有了计划，也会促使你安排推广活动，区分出版前要准备的事项和出版之后要实施的策略。

冲出大门：最初90天

亚马逊网站有一种搜索图书的方法，是按过去30天或90天内出版的条件过滤搜索结果。老顾客使用这一选项来发现新书。因此，从营销角度来看，自助出版之后的90天最为重要。在这段时间里，你有最佳机会找到读者，赢得关键评论。关于这方面的更多建议，请参见下文"为你的书收集评论"。

你的书刚上架的这段关键期，要在你所写的小说类型的读者群中找到买家，想办法影响他们。也许你想通过社交媒体引起人们的兴趣。如果是这样，你就要在自己的书出版之前就在脸书或推特上建立粉丝群。你可能想通过图书评论网站Goodreads、亚马逊网站或网络论坛Kindleboards与读者互动。你需要提前与读者接触，这样，当你告诉他们你的书已经出版时，你就已经有了一定声量，读者就会倾听你的声音。

你在自助出版社群中的地位

许多自助出版作者本着慷慨合作的精神团结在一起。不少人觉得他们彼此"同舟共济"，可以互相鼓励，从彼此的错误中汲取教训。（在你成为畅销书作者之后，情况可能会变得更具竞争性。)通过写博客、在论坛上发表文章、在推特上关注其他作者、评论其他自助出版图书等做法加入这个作者社群，可以为你自己的书建立起现成的读者群体。

然而，你与读者之间的关系始终最为重要。如果你想建立一份事业，而不仅仅是只出版一本书，你必须一直想办法与读者展开对话，这意味着要给他们回复的机会，并保持对话的开放性。

为社交媒体进行时间安排

有证据表明，网络用户倾向于在一天的不同时段购买特定类型的小说。例如，爱情小说的读者倾向于在傍晚上网。犯罪和惊悚小说的销量在天黑后上升。在社交媒体上发布公告的时间段要有营销策略，契合你的作品和读者的类型。

为你的书收集评论

你的小说要建立名声，评论至关重要，因为亚马逊上有一个很受欢迎的工具，用户浏览图书类别时，不光可以根据受欢迎程度排序，还可以选择根据用户评价来排序。

随着好评的积累，你的书排名会上升，同时能获得更多评论。在你第一次出版小说时，不妨鼓励亲朋好友阅读，如果他们喜欢，让他们去网站上发表好评，但不必强求他们。浏览亚马逊的读者非常精明，很容易就能判断出作品的评论是不是来自你的七大姑八大姨，他们从未对网站其他商品做过任何评价，而且那些评论表明你的书他们压根没看过几页。你需要的，是你朋友圈里的读者花些时间读读你的作品。

可以从你的作品中获得经济利益的人（比如你的配偶），请不要让他们评论作品，亚马逊会删除这些评论。

"免费日"策略

如果你加入了 Kindle 精选计划，花点时间计划一下是否使用"免费日"服务。在售的电子书，每90天中有5天可以免费赠阅。你可以把这些日子集中在一起，也可以把它们分散开来。免费日是吸引新用户下单的好方法，有几个网站可以帮你把免费信息通知给订阅用户。

那些研究算法的人（见上文"分析算法"一节）认为，免费图书下载会影响畅销书榜的排名，只是影响程度相对较小。（有些人认为，10次免费下载可带来一本书的销量。）然而，更多的读者意味着更多的评论，这本身就能提升你小说的曝光度。"免费日"是否符合一本书的长期利益，作者们意见不一。

小建议

在家人和朋友之外，你可以把书分享给其他你信任的人（也许是你从网上论坛认识的）。如果他们有机会在出版之前就读到你的作品，那么，等作品一上线，就可以让他们发表评论。不过，你免费提供给他人阅读的作品，不会显示亚马逊"认证购买"标签，所以这些早期读者需要在评论中声明自己以诚实评价作为交换，免费得到了这本书的样稿。在这之后，如果你觉得自己能放得开，可以找找在推特、脸书或任何写作社区上给你留言的人，问他们是否愿意发表评论。

亚马逊网站本身就是一个很适合找人阅读和评论你作品的地方，方法如下：

✓ 查看竞争对手的评论，点击积极和有用的评论。（你只需要乐于分享自己评论的人。）看看这些评论的用户是否在个人资料中提供电子邮件地址或博客地址。如果有，你可以直接联系他们。

✓ 亚马逊在网站上列出了顶尖评论员的名单。有些人会对各种产品写评论，从猫砂到开瓶器，所以要小心选择。你应该找那些写过很多书评的人，给他们发个消息，看看他们是否对你的书感兴趣。

✔ 找一款可以根据一系列标准对亚马逊评论者进行分类的软件。你可以搜索特定类型书籍或特定作者的所有评论者，或是只查看留了电子邮件地址的用户名单。

小建议

你可以在 Goodreads 网站上采取类似的方法，这是一个在线阅读社区，热情的读者在这里对自己正在阅读的书籍发表评论。为什么不通过竞争方式提供一些免费样书呢？花点时间找出什么人喜欢你这一类型的书，什么人经常发表评论（主要是好评）。联系他们，提供阅读样稿，换取公正的评论。

Goodreads 是越来越受读者欢迎的网站，他们没事就喜欢上来看看。2013 年年中，该网站号称已拥有 2000 万国际会员，是 12 个月前注册会员数的两倍。会员们会创建自己的"图书馆"，其中都是自己喜欢的书籍，他们还会对这些书进行评分。作为回报，他们会收到其他书籍的试读推荐。你可以在该网站上同时以作者和读者身份建立个人账户。2013 年初，亚马逊收购了 Goodreads，这说明了该网站的影响力有多大。

至于其他媒介的评论，报纸和杂志不太可能注意到你的书，一些博客博主也不太愿意评论自助出版的小说。尽可能多地研究书籍博客和评论网站，找到那些与你的小说类型特别相关的，看看哪些博主最有可能给你提供评论。私人的、有专业感的联络最有说服力，因此，请给每个人分别写邮件，提供一份你的小说的清晰明了的信息表，并提供一份可供评论的样稿。务必在邮件中包含一些已有的评论、推特帖子、网站链接，并表明你愿意联合撰写博客文章或接受采访。

警告！

等你在写作和阅读社群中站稳脚跟，你就可以开始评论其他作者的书，评价尽量积极、对作品有所帮助，同时培养诚实可靠的声誉。换句话说，不要给一本糟糕的书好评，但也不要和你的同行写作者为敌。有时候，找个借口保持沉默，比发表一篇有潜在破坏性的评论容易得多。我们听到过不少作者的故事，他们表现得非常不专业，出于报复的目的，发表低星级差评。此外，你可能会在论坛上看到要求与其他作者"交换评论"的请求。哪怕对方作者坚称自己可以做到公正无私，你也应尽力避免这类承诺。如果评论是为了得到回报，拿来交换的话，那么，双方的评论都不可能完全诚实。

无论你选择哪种方法收集评论，一定要专业。永远不要期望评论者会自行购买你的书进行评论，务必向他们提供书的简介和详细资料。如果你从之前的评论中摘录了一些好评，可以分享给大家。一开始不必发送小说全文。给潜在的评论者发送一封电子邮件，告知详细信息，询问他们是否有兴趣撰写书评。如果感兴趣，问他们更喜欢以哪种格式收到样稿。采取这些额外的步骤，可以确保对方的评论是真诚的，也方便你过几个星期之后跟进，询问他们是否已经读过了你的小说。

架设个人网站和博客

随着社交媒体不断普及，拥有一个专业网站在营销方面的重要性似乎越来越小。但实际上，推特和图片社交平台 Instagram 上的信息会源源不断地流动，就像一场持续进行的对话，话题不断变化，给人一种短暂的碎片式的印象。我们的结论是：你仍然需要建立一个关于你和作品的信息中心 —— 在这个地方保存你获得的评价、新闻简报，展示你作品的样章。

架设网站或博客的想法可能会让人望而生畏，但是有很多工具和软件包可以让它变得更容易。几乎每个小企业主都需要在网上展示自己，自助出版的作者也不例外。

不要混淆网站和博客。网站通常发布的信息较为固定，并保持更新；而博客是一个平台，你可以发表长于140个字符的文章。网站可以从博客访问，反之亦然。没错，使用某些博客平台，你可以设定一个固定开始页面并将之作为你的网站。你需要考虑架设博客和网站的目的，以及如何使两者发挥出最大的作用。

你的网站必须有一个有吸引力的主页 —— 这是便于人们来了解你的书时，吸引他们进入你网站的不同页面。主页提供了你身为一个作家的信息、其他个人信息，以及你对自己作品的独家见解。多浏览一些作家网站，看看它们整合了哪些类型的页面。一般来说，你的网站展示的是相对静态的信息，如果你写了一本新书，有一些非常重要的新闻要分享，或者想要更新列出的书评，你就更新网站。

你的博客可以讨论、分享观点，可以引发对话并邀请他人发言。博客的首页展示最新发布的文章，因此用户每次访问时页面都会更新，呈现出不同内容。

小建议

人们访问你的博客是因为喜欢你的写作。所以，请继续写下去！任何主题都可以成为博文内容，从出版、写作经历，甚至新生活对你家小狗产生的影响。但在这里要考虑一下受众群体。很多作者会在博客中分享自己的自助出版经验，所以时常会有其他写作者阅读他们的博客，这很好，因为其他写作者也是读者。但如果你想吸引更多读者来关注你的博客，请思考一下什么样的内容能够让他们产生兴趣，或是与书籍主题相关，或是更多地介绍一下自己（比如每天都做些什么），而不只是如何制作不同格式的电子书等技术性问题。

在你写完一篇博客文章后，务必通过推特和脸书进行推广。记住，每篇文章都有一个永久链接，所以如果这篇文章跟时事贴得不那么密切，你可以将博文添入推特队列，日后可以提醒人们阅读这篇文章。如果你写的是写作或阅读类文章，相关社群里感兴趣的人就会转发你的博客链接。

如果你在静态的网站主页上展示推特和脸书的动态信息流，这个网站就不再是静态的，并且能够享受更好的搜索引擎优化效果。关于这两种社交媒体工具的更多信息，下文还会说到。

请务必在网站和博客上设置联系人表单（contact form）。请访问者留下姓名和电子邮箱地址，并保证不会外泄信息。读者可以告诉你他们有多喜欢你的书，你也可以请他们注册一份电子报（newsletter），你可以每月一次向他们发送最新的信息或想法。一些读者不喜欢注册电子报（此外，在你写作期间，持续运营电子报是很难的），但可能很想听到你下一本书出版的消息。

一定要有一套记录访客地址的系统。一些网站和博客包含自动收集和归档此类信息的工具。但要小心，收集的地址超过一定数量，平台通常会收取额外的管理费，而且可能相当昂贵。

你可以在个人网站之外培养个人公众形象。加入各种阅读和写作社群，留下自己的网站链接。别忘了在亚马逊的作者中心创建个人资料。你应该仔细思考一下，资料中的哪些部分对读者来说最为有趣，哪些私人信息你希望有所保留。你还应该考虑你在虚拟世界中的"声音"，也即你的"人设"。除非读者觉得舒服自在，否则，他们不会想要进入你的虚构世界。

踏入社交媒体

社交媒体无疑为所有作者提供了一套强大的营销工具。越来越多的读者通过网络与最喜欢的作家交流，并感受到了乐趣。由于写作是一份孤独的、离群索居的工作，作家们自己也喜欢在推特和其他社交媒体上与同行交流。

作家能通过社交媒体卖出多少书，目前还不清楚。据维索图书公司（Verso）最近的一项调查估计，12％的图书是通过社交网络发现的，而50％是通过个人推荐传播的。我们认为，两者是互相促进的。所以请继续在社交网络上发言吧。

这里，我们只分析两种社交媒体工具：推特和脸书。如果你认为其他哪些平台对自助出版作者最有意义，我们的分析也同样适用。不同的社交媒体平台吸引不同的人群。许多人认为，脸书这种社交媒体工具已经被18岁以下的人群遗忘，他们觉得这不过是他们父母的在线论坛。然而，在30岁以上的用户中，脸书的受欢迎程度有增无减，也许非常适合你的小说。

小建议

有些作家整天待在网上，一边写作一边更新。但大多数人更喜欢将这两种活动分开，为创造性思维留下适当的空间。一位作家告诉丽兹（本书作者之一），她用一台设备写作，另一台设备收发电子邮件和社交媒体，这样，她在工作时间可以完全不使用社交媒体，以免写作分心。

推特上的趋势

当你读到本书时，可能已经有另一种社交媒体工具超越了推特，一如推特出现后，迅速超越了一度辉煌的脸书。如今，年轻人正成群结队地在 WhatsApp 和 Snapchat 这类社交应用上注册账号。在这些封闭社群，他们可以放心地进行私密交流。尽管如此，推特仍然是一个公共论坛，开放性可能对其长久存在起着关键作用，因为人们想要传播关于自己的各种各样的事情，而这对自助出版作者来说非常重要！

注册推特很容易。以下是给自助出版作者的一些基本使用建议：

✓ 明智地选择你的用户名或昵称。如果你挑的名字已经有人用了，试着在名字后面加上"作者""作家"或"图书"。但要记住，如果你的用户名太长，人们可能会不想在推文中谈论你，因为光是你的名字就占用了他们140个字符中的太多空间。

✔ 在你的推特主页上放一篇小传，包括你小说的名字，把它和书的封面放在一起，作为额外的营销手段。

✔ 关注其他作者和意见领袖（博主、记者、出版人、经纪人）。看看他们的推文内容，思考你想要表达什么样的内容。

✔ 你关注别人，对方会收到通知，并可能"回关"。

✔ 看看谁在关注你最喜欢的作者，如果你看到有粉丝对你所写的小说类型热情支持，也"回关"他们。普通读者比知名记者或作家更有可能关注你 —— 这些普通读者才是你期望吸引的受众。

✔ 到网上找一些方法，看看如何向粉丝推销自己的书，又不显得太过头。

在推特上打造与自己性格不同的"人设"，其实相当困难。伪造另一重身份似乎无法持续太久。所以，你要做的是在推特上呈现最好的自己。

一些作者担心在推特上没有足够的话题可说，但推特用户也有许多不同的类型，最受欢迎的用户不见得总是发布原创信息。有些人会为自己的粉丝筛选并转发人们感兴趣的信息。这些精选内容，通常会成为转发最多的推文，而获得转发是增加粉丝量的最佳方式。

推特不仅可以用来传播你的想法和关于你小说的信息，它的巨大潜力还在于为你提供一个开始与读者对话、建立关系的地方。一定要回复粉丝推文，也要学会撰写开放式的推文，提出互动问题。

在脸书上为小说寻找朋友

通过社交网站脸书，你可以扩展朋友圈，分享新闻和照片，它也为作家提供了一个很好的平台，让他们分享关于自己的书的新闻，建立粉丝社群。

小建议

你可能已经有自己的脸书账户，用来与朋友和家人保持联系。仔细考虑一下，你是想也用同一账户以作者身份发布信息，还是想把生活和工作两个方面分开。你对朋友说的事情，不见得每一件都值得对整个世界说，你可能不希望与家庭相关的新信息淹没在大量读者恶作剧式的消息动态里。

你可以选择将作者页面设置为普通的个人脸书空间，或者创建一个脸书公共主页（Facebook Page）。（脸书用"脸书公共主页"取代了早期的"粉丝页面"，以方便读者"点赞"。）作者的脸书公共主页类似于商业品牌偏爱的那种页面。

另外，作者也可以选择使用普通的个人资料页面。这两种选择各有利弊；一些成功的作家同时运营两者。例如，使用普通个人页面的优势之一是，你可以看到粉丝在你的消息流中互动，你可以评论并加入他们的对话。不过你个人可以获得的朋友数量是有限制的，而脸书公共主页上的"点赞"似乎是无限的。

如果你作为作家运营一个脸书公共主页，那么在所有为你的主页"点赞"的粉丝中，通常只有16％的人会被推送你发布的帖子。为了确保你的帖子出现在所有粉丝的消息流中，你必须进行付费推广，费用各不相同。你还可以选择向你的粉丝的粉丝推送更新，或者根据地理位置、年龄、兴趣等对特定用户群体进行定向推广。同样，你需要支付不同的费用。

你的下一篇章

祝你在日后的写作和研究中好运！无论你是刚开始写小说，还是即将签订第一份合同，你现在都已经是这场事业的一分子。我们期待着阅读你想要表达的内容。欢迎！

　　如果你的自助出版作品没有取得太大成功，请不要放弃。再写一本，继续接触读者。请记住，你从畅销书排行榜上看到的一些成功的自助出版作家，已经写作很长时间了。在转向自助出版之前，他们可能已经在出版社工作了很长时间。他们把之前获得的写作和营销经验发挥到了极致，而你还在积累经验。

　　如果你的自助出版工作进展顺利，经纪人或出版社可能会接触你，让你获得翻译权收入，也许还会把你的书变成纸质书，广为流传。

　　一些自助出版的作者不愿放弃电子书收入，但出于可以理解的商业原因，出版社目前不愿意进行仅限纸质书的交易，在承诺为你出版纸质书的同时，也期待你把电子书的权利转让给他们。你必须权衡经济上的利弊。亚马逊本身拥有出版品牌，也会为了签下作品而提供预付款。找几位亚马逊作者聊一聊，看看他们从自助出版平台过渡到亚马逊出版平台有什么样的经验。

　　如需了解有关经纪人的建议，请参阅第16章；关于出版合同的信息，请参阅第18章。

第六部分　4×10个建议

在这部分，你将了解到：

✔ 找到10个技巧帮助你开始写作，并坚持下去。

✔ 听取成熟作者的建议，激发灵感。

✔ 提防常见陷阱。

✔ 从经纪人的见解中获益。

第20章

给写作者的10个建议

在本章中，你将了解到：

▶ 记下你的想法

▶ 用你自己的方式写下你所知道和喜欢的东西

▶ 克制幽默感

▶ 吸引并尊重读者

▶ 坚持下去

写小说很复杂。为了写出一部真正站得住脚的小说，你要做好很多不同的事情。这是坏消息。也有好消息：这些事情大多数都很微妙，它们确实有几分重要，但又不至于影响全局。写小说有点像盖房子，你只需要把少数关键的事情做正确，房子就不会倒塌，你就可以舒适地住在里面。其他的一切都是装饰。小说也一样，把主要的事情做好，有些毛糙的瑕疵，问题不大。（当然，这些有瑕疵的地方你也需要尝试把它们做好，但你应该懂我们的意思。）以下是10条最重要的建议，务必记住。

记录写作日志

无论你如何称呼它，不论采用什么形式，你都需要一本写作日志，好记下写作过程中发生的和你想到的任何事情，包括一句俏皮话、一个段子、无意中听到的对话，等等。日志是你写些自己的想法、做笔记、草拟场景、存放照片和文章以及保留其他所需之物的地方。我们喜欢用硬皮笔记本和铅笔，但具体细节由你决定。

小建议

如果可以的话，买一本带皮筋的本子，就像警察的笔记本一样，如果你打算在本子里夹入各种纸片，这样会更方便。这种设计为你节省了很多时间，每次笔记本掉在地上，你不用捡一大堆东西，而且就算它掉进潮湿茂密的草丛中，你记下的内容也不会受到影响。

要展示，不要解释

很多没有经验的写作者都会犯这样的错误：他们把所有的东西都细细解释给读者听，而不是简单地展示给读者看。如果你向读者解释某件事，他们只能同意。如果你向他们展示某件事，他们会自己得出结论。

"要展示，不要解释"有助于读者融入故事。侦探小说的流行表明了这样一个事实：读者喜欢动脑子。他们想要参与故事，获得满足感。

表20-1中给出了一些关于展示与解释的例子。

表20-1

解释	展示
乔安娜和杰里米一起跳舞。西蒙看着他们，脸上带着嫉妒的表情。	西蒙站在一个黑暗的角落里，看着他们。他的拳头紧紧地握在身旁，下颚的肌肉一突一鼓，像是在碾着硬玉米粒。有人走过来和他说话，但他全没上心。他的眼睛一直锁在那对跳舞的情侣身上。
乔安娜很漂亮。	乔安娜走进房间，气氛顿时为之一变。门旁边一场热烈对话正进行到中途，此时突然停了下来。西蒙意识到，和房间里的其他人一样，他也在盯着她看。与此同时，他发现自己杯子歪到一侧，威士忌溢了出来，洒在鞋子上。

通过展示，你允许读者用他们自己的阐释和标准来看待发生的事。例如，美总是存在于观察者的眼中或想象中。展示一个角色或物体对周围环境的影响，还可以给读者制造意外：如果一个角色一走进房间就让整个房间停了下来，而你后来又揭示她其实相貌平平，这样你无需解释，便能传达出一些关于她的特征。

展示而非解释，还能让人物和情境变得生动。"乔安娜很漂亮"，这很含糊，对故事也没有帮助，还显得很偷懒。你需要努力维持读者的注意力，展示而非解释事物能实现这一目标。

一句话，不要向读者解释某件事，而是展示给他们看。

要记住

写你所知

"写你所知"是最古老的创意写作建议，同时也最容易遭人误解，因为作者们往往会把这条建议颠倒过来埋解 —— 他们认为，他们所知道的东西之所以有趣，是因为他们能为它赋予准确的细节。但大多数人最了解的是日常生活，说实话，日常生活并不是什么了不得的故事。

在你决定要写什么故事之后，你需要思考你到底知道些什么。"你的所知"有两种主要形式：

✓ **背景**：约翰·勒卡雷（John le Carré）的史迈利系列（Smiley Series）小说讲述的是效力于特工机构的人物。勒卡雷十分了解间谍活动、监视和欺骗行为，他还知道这些活动对参与其中的人有什么影响。然而，这些书并不是"关于间谍活动"的，而是关于人，以及他们要如何面对自身承受的特殊压力。勒卡雷的读者发现了一个几乎未知的世界，还看到其中的男男女女如何融入它。读者被迫思考自己在那种情况下会做出什么样的反应，还被要求理解一种与自己不同的道德观念。因此，勒卡雷的"所知"并非小说本身的重点，而只是检验一种特殊人类行为的背景。但话说回来，他的书的大部分趣味，又恰恰来自勒卡雷对一个陌生世界的深入了解，并将之展示出来。

你可以用同样的方式运用自己的经验和知识。想想你的生活，发生在你身上的事情，你做过的事情，以及你知道的事情。以下两个主要方面，肯定能在你的写作中派上用场：

- 你知道而大多数人不知道的某个主题，可能会让读者感到惊奇。在《豺狼的日子》(*The Day of the Jackal*) 一书中，弗雷德里克·福赛斯（Frederick Forsyth）详细描述了获得假护照的方式。大多数人不知道如何做到这一点。这些细节不同寻常，令人震惊，也增加了写作的权威性。所以，如果你对宇航员、深海潜水、核物理学或脑外科手术有所了解，不妨考虑使用其中的一些信息。大多数人对这些事情了解不多，而且可能很感兴趣（否则就不会有纪录片了）。这类信息不要写得太多，你是在写小说，不是在上课。不过，如果你能把这些内容包装得非常有吸引力，人们还是乐意学习的。

- 主题大家都了解，但你知道其中一些别人不知道的信息。很多人都觉得自己对园艺很了解。如果你在描写和一座花园有关的事情，又碰巧知道蛞蝓和蠼螋会在仲夏夜出来大肆活动，而读者可能不知道这一点，那么你就会吸引他们的注意力。请注意，你的信息光是真实还不够。它还必须有趣和 / 或奇怪。你的读者应该想"天哪，我从来不知道！"而不仅仅是"哦"。

✓ 现实主义：如果你所写的内容是自己的亲身经历，就有助于你描绘现实的画卷（也节省了调研时间！）。例如，你曾自己驾车从孟买去往加尔各答，这份经历对你在小说中描述这条路大有帮助。你可以提供故事所需要的生动细节。如果你自己曾感受到过嫉妒情绪，你可以夸大、扭曲和改变自己的真实体验，想象一个角色由于熊熊妒火杀死前情人——你放大了一些情绪，放弃了自我控制，创造出属于自己的虚构杀手。（当然，这是一种过度简化，但你应该大致能明白我的意思。）

对"写你所知"这一点，爱尔兰作家威廉·特雷弗（William Trevor）曾回应说："拜托，别这么做！运用你的想象力。"对此，我们表示认同。

写你喜欢读的东西

很多作家在创作时都会犯这样的错误：写故事时不考虑自己喜欢读什么，这很令人惊讶。"写你喜欢读的东西"这条建议，跟"写你所知"有点类似。如果你大部分时间都爱读历史小说，那么，你自然知道历史小说如何运转，比如情节如何构建，人物如何行动，等等。在这种情况下，你写一部历史小说会更加得心应手。

当然，我们鼓励人们写自己想写的任何内容，但不妨考虑一下你烂熟于心的书，再想想你自己，以及像你一样的人喜欢读些什么，这么做是合乎情理的。之后，你务必把这些喜欢的东西放到自己的小说里。

玩笑：只有它真正好笑的时候才好笑

如果你写出一些具有喜剧潜力的东西，幽默感自然且不显突兀,那很好,把这些内容保留下来。但如果你硬把幽默感塞进小说,让人觉得读着勉强,和小说格格不入,扰乱了整体平衡,也许它就不应该出现在那里。

我们当然不是说完全不能尝试幽默风格。我们只是提醒你要小心谨慎。少即是多。

运用所有感官

如果你和大多数人一样,主导感官是视觉,这意味着你有可能擅长视觉描述。然而,写一本过于依赖视觉描述的书,就像建造一座只有一面坚固墙壁的房子。运用所有的感官体验,可以帮助你与各类读者交流,也为视觉描述减轻压力,不必在所有的地方都依靠它。

但别走到另一个极端去!不要让每一段描述都有五种感官轮番出场。只需记住使用不止一种感官进行描述即可。

所有故事都已经被人讲过,你必须把它讲得更好

你应该已经听过这种说法:"世上没有新故事了"。这是真的。世上没有完全新颖的故事,只有以前写过的故事的种种变体。

然而,每年都有成千上万的故事被写出来。以烹饪做比:每个作家把不同的食材结合起来,改变不同食材的配比,调整烹饪温度和时间,这就相当于找到一种新的方式来呈现他们的故事。

每种故事都有一张很长的变体清单。要创造一个新故事,你可以使用其他讲故事的人一直在用的变体,并以独特的方式将它们组合起来。

是的，所有的故事都被讲过了。但你即将用不寻常的、完全原创的方式讲一个故事，它还没有被人讲过。（第5章提供了有关基本故事类型的信息，以及如何以之作为基础创造新故事的建议。）

找到自己的麦高芬和钩子

阿尔弗雷德·希区柯克（Alfred Hitchcock）发明了"麦高芬"（McGuffin）这个词，用来形容故事中每个角色都想要的东西，或是每个人都想摆脱的东西，又或是人人都以某种方式围绕着它跳舞的东西。史蒂芬·金用"钩子"（Gotcha）一词来形容吸引读者注意力、让他们想要阅读一本书的东西。"钩子"可以是一种情况、一个人物、一句不寻常的话、稍显失衡或错误的事情、古怪的事物、有趣或不寻常的事物、极其荒谬的东西、令人无法抗拒的描述，或只是一个用奇怪方式说出的词语。说到讲故事，希区柯克和史蒂芬·金显然知道他们在做什么。所以，向这些大师学习，保证你的故事里有麦高芬和钩子。（我们在第7章讨论了"钩子"。）

搞清楚你想让自己的故事做什么

请写下三个形容词或短语来形容你自己的书。它们可能是你希望评论者用来描述你小说的三个词，又或是你希望出现在书封上的名人推荐语。这三个词或短语可能是描述同一事物的三种方式，也可能是三种完全不同的描述。

写作时请记住这些描述。你很容易在自己写出来的各种情节中失焦。也许，你可以在每一页、每一个场景或是每一章的结尾问自己，你是否遵循了上面所说的三个描述。如果没有，你可以做以下两件事中的一件: 重写章节, 或者改动三个描述 (部分, 或者全部)。你一开始打算写的小说, 有可能在写作过程中变成了别的东西。记住你的三个描述, 它们可以帮助你判断自己的书是否发生了这种情况, 也可以帮你确定是否需要更加聚焦在初始描述上。

永不放弃

写作进展顺利时, 你只要顺势而为。除非你已经快写完了, 否则不要做编辑工作 —— 在你写得正畅快时, 不要回头看, 写新东西就行了。编辑工作, 留到下雨天去做吧。

如果你这天写得不顺畅, 也别气馁。绝对不要忍不住打开电视看个不停, 就是不动笔。反过来做, 写上几页纸, 就算你感觉写得差劲, 你也会挺高兴, 毕竟你写了点东西。这就像是你感到懒惰的时候去健身房一样: 你做到了坚持不懈, 这让你自我感觉良好。

要是这一天感觉特别糟糕 …… 啊! 真够折磨人的。不是吗?你坐在那里盯着屏幕, 每敲一次键盘, 屏幕上都冒出一个让你觉得无地自容的词语。你的大脑一片空白, 没有任何主意。但你必须写下去。你要写满整整两页纸。先别管质量了 —— 你已经认定了那都是垃圾。写就行了。

你要信任这个过程。就算你什么想法都没有, 仍然写下去。随便写点什么都行: 抱怨邻居的狗太吵、描述一家人的圣诞节、抱怨自己缺少才华、罗列你曾经有过的所有坏主意。只管写。

你写出的这些内容, 有些日后你很可能会用上。(尽量不要写一部讲小说有多难写的小说。我们读过很多这样的作品, 都不怎么样。)

无论你做什么, 都不要停下来。你书架上每本书的作者都有一个共同点，那就是无论他们多么不想写作，他们都从未停止过。所以，如果你想和他们一样出版作品，那就像他们一样，永远写个不停。

没有人能不写就创作出小说来。

第21章

10个常见错误以及如何克服它们

在本章中，你将了解到：

▶ 将谨慎和理性融入写作之中

▶ 专注于把小说写好

▶ 沉浸在写作者的世界里

这 一章包含了一份速查清单，列出了写作初学者容易犯的10个常见错误（排名不分先后）。写作者太容易犯这些错误了，但好在这些错误克服起来也很容易。

推动不公平的战斗

你希望读者为你的主角加油，为反派角色喝倒彩，但你必须确保双方的战斗是公平的。（第8章详细介绍了如何展开"公平竞赛"。）

你很容易爱上自己笔下的英雄豪杰，把他们塑造成完美典范 —— 又漂亮，又机智，又有趣。这很好，只不过别忘了一点：人都有缺点。如果你的英雄没有缺点，读者就无法相信他。同样的道理，反派人物也值得你花心思去写。如果反派人物方方面面都很可悲，那么，当英雄与他们对抗时，读者根本不会在乎。记住，超人也有致命弱点。把武器分别放到主角和反派手里，让他们有资格成为彼此的对手。

忘记聚焦故事的问题

你故事的问题是你冲突的根源。（有关冲突的更多信息，请参见第11章。）故事的问题就是用一句话概述故事产生冲突的原因，也就是你讲述这个故事的原因 —— 没有冲突，就没有故事。所以，好好想想。你的故事里有什么样的问题？你一定要有一个问题。把问题写在一张纸上，贴在你面前的墙上。"约翰爱简，但简爱罗杰"，或者"史密斯将统治世界，除非琼斯能阻止他。然而，史密斯是世界上最富有的人，琼斯却只是个5岁的男孩"。如果你不能像这样把问题写下来，那就一直想，直到能写出来为止。

给得太多

当你跟别人讲一件轶事时，你不会把每一个细节都讲出来。你有意识地选择什么时候开始，什么时候结束，删去不必要的细节，加快节奏，放慢速度。写小说也是使用同样的技巧。告诉读者他们需要知道的 —— 不多也不少。

忽视读者

如果你写故事是为了自己，那很好。为自己写作很容易，因为你可以把很多事情视为理所当然。然而，如果你想让别人喜欢你的小说，就必须设身处地为读者着想。

问问你自己，读者喜欢花很多时间听你长篇大论地探讨自己的童年问题吗？考虑一下那些逗乐你自己的可爱片段，读者会觉得有趣吗，还是觉得难以理解？问问你自己，你有没有提供足够的信息让读者理解你正在讲述的复杂故事。而且，就算你对笔下角色所乘坐的蒸汽火车的每一个细节都很感兴趣，也要停下来想一想，读者会不会因为细节太多而感到不知所措？要时刻为读者着想。

使用被动语态

被动语态会让故事变得缓慢乏味。记住写作的黄金法则：要写"猫坐在垫子上"，而不是"垫子被猫坐着"。

讲故事时候，要想办法让故事保持活跃：故事里要完成什么事情，尽可能使用"作者的现在时"（authorial present）来写，就仿佛你讲述的故事正在发生。大多数小说都是用这种结构来写的。举个例子："琼斯走到了水池边，拿起了一个刚洗过的杯子，放回了桌子上。"（Jones went to the sink, picked up one of the recently washed glasses and brought it back to the table.）这不是现在时，用现在时来写应该是"琼斯走向……"（Jones goes...）或"琼斯正走向……"（Jones is going...）。这之所以叫作"作者的现在时"，是因为作者就在故事"现场"向你讲述你这个故事。

只有一个音符

故事是一支文字构成的交响曲。交响乐可不是只用一个音符、一种速度，甚或一种音量来演奏的，你的故事同样不应该如此。

故事的节奏此一时放慢，彼一时加快。当然要严肃，但也别忘了偶尔轻松一点。想想光和影，喧嚣和安静。

如果你想让人们在幽灵出现时尖叫，那就需要在此之前有一个平静的瞬间。先让读者放下戒备，然后对他们大喊大叫。

请记住，动作场景通常会在中间稍作停顿，进行一段简短的对话，开开玩笑，或是寻找武器。这是故意的。持久的疯狂行动会使人感觉迟钝。你需要偶尔暂停，再回到动作中去，就如同吃了一勺酸奶之后再吃咖喱，咖喱会显得更辣。

重新发明轮子

有时候你可能觉得世上只有你明白写小说是怎么一回事，只有你才知道你的故事有多难讲。好吧，你很有可能正在创作一本前无古人的小说 —— 有可能，但不见得。

当然，你应该尽量保持原创性，但你碰到的许多问题，其他作家早就碰到过了。所以，别试着一个人完成所有事情。阅读所有你能找到的写作指南，边看边自问："这对我正在努力做的事情有什么启示吗？"几乎所有的书对你都有一点帮助，有些书说不定对你有很大帮助。阅读各类媒体书评，了解周围有些什么资源可能对你有帮助。你并不孤立无援，也不是唯一一个碰到问题的人。

忽视重要性

事件必须"紧要"。你不希望读者读到小说末尾之后问："你干吗要告诉我这些？"（如果才读到第一章末尾他们就这么问，那就更糟糕了。）为避免这种反应，你需要讲述一个对你和你的角色都事关紧要的故事。如果作者和角色都不在乎故事里的事，读者又何必在乎呢？

弄清楚你的故事为什么值得讲述，并在写作时牢记这个原因。（关于如何让故事有意义，请参阅第6章。）

失去动力

很多故事进行到三分之一或者一半的时候会碰到麻烦。这很正常，不必担心。也许这个故事没有发展下去的方向了，有时作家不得不承认这一点，然后把它放到一边。（记得要循环利用，以免浪费素材。）然而，更有可能的情况是，你刚刚结束了跑步爱好者所谓的第一轮冲刺；你需要重新振作起来，找到第二轮动力。

最简单的方法就是雷蒙德·钱德勒（Raymond Chandler）所说的"来一个带枪的人"。在许多小说中，在小说中段开始之前，会出现某个元素，如一段信息、角色的到达或离开、内幕的揭示、某个事件、重大发现等。就三幕结构而言（见第7章），这个元素发生在第一幕结束时，有了它，第一幕将在悬念中结束。

感到孤独

很明显，写作是一个人追求的事业，但它不必孤独。我们建议你持续阅读，书是很好的陪伴。加入作家小组是个好主意，不过你也要知道，有些人加入这样的小组是为了批评其他作家，让自己感觉更好。但只要这个小组的其他写作爱好者诚实并乐于助人，加入其中总是个好主意。记住，批评和接受批评，都会让你成为更好的写作者。

第22章

经纪人10问（及其回答）

在本章中，你将了解到：

▶ 谈谈钱

▶ 寻求建议、帮助和培训

▶ 关于社交媒体

在本章中，我们将分享一些有抱负的作者经常向经纪人提出的问题。

作家通常能获得多少报酬？

作为本书作者之一的丽兹有95％的客户都从写作中获得了可观的收入，但统计数据显示，大多数作家的收入远低于全国平均工资水平（英国）。目前没有最新的调查数据能验证作家的薪酬中位数究竟是多少，但2005年的一项调查发现，作家的薪酬中位数仅略高于每年1.23万英镑，这个数字到现在恐怕也没有增长多少。很多作家赚得还要比这少得多。由于个别名作家赚到了巨额收入，这拉高了作家的平均薪酬；在英国，收入最高的10％作家，其收入占全体作家总收入的50％。你可能认为自助出版作者的收入分配会更平均，但根据2012年Taleist网站对1000名自助出版作者进行的调查结果显示，10％的作者挣到了钱，占受访者总收入的

75%，收入中位数仅为每年500美元。

然而，在接受Taleist调查的作者中，只有5%的人认为自己"不成功"。因此，尽管丽兹致力于让作家收入最大化，但我们还是推测，一些作家很幸运，写作并不都是为了钱……而对其他一些作家来说，经济回报则相当可观。

自助出版会让经纪人更青睐我吗？

经纪人总是对未出版的作品感兴趣，也很乐意欣赏你的作品，他们收到的大部分投稿作品，并没有经自助出版流程发布过。

如果你决定先把作品自助出版，并且做得很成功——获得了很多好评，销量很高，还有各种各样的认可——那么你很可能会引起经纪人的兴趣。你的评论和销量越多，对你感兴趣的经纪人也越多。当然，这方面没有硬性规定，但如果你出现在电子书畅销排行榜前列，并且有数百个读者给了四星或五星评论，这就证明读者对你的作品有强烈的兴趣。然而，现实情况是，大多数自助出版作者并没有达到这种程度的成功，所以，在寻找经纪人之前进行自助出版，没有太大优势。

如果你是一位非常成功的自助出版作家，请务必选择一个真正喜欢你的作品、愿意在未来的创作上与你合作的经纪人。一些不太可靠的经纪人，在为你提供经纪服务的时候，更倾向于为你谈一笔出版大买卖，赚点快钱，他们不会为你的长远职业生涯投入大量时间。

经纪人只读了梗概／第一章，怎么可以拒绝我？

大多数人可以根据梗概判断自己是否对一本书感兴趣，这是人们在书店做出购买决定的基础。作为读者，经纪人比大多数随意浏览的人更挑剔，所以，他们更能迅速地对一本书下判断。不过，他们一般都很乐意让作者证明自己，所以会再多读几页文本。但是，如果一个经纪人读了一章，知道自己不想再读下去了……这么说吧，大多数经纪人决定与作家合作，是因为后者的表达和风格，而不是因为作者想出了最独特和最精彩的情节。乏味的写作能轻易地破坏情节里闪现的任何灵感。

所以，除非经纪人从前几章发现你的写作极富吸引力，否则他们没有必要继续往下读，因为他们还不够喜欢你的写作风格。

希望下一个阅读你作品的经纪人能成为你的"天选之人"。

我应该雇用文学顾问或编辑吗？

如果你认为自己的作品需要修改，或是想读一份第三方对你作品的审读报告，你可以咨询朋友、同行、亲戚，甚至是请一个文学顾问。有些文学顾问的确是经验丰富的编辑，能为作者提供很多有用的建议。但也有些顾问并没有这样的经验。看看其他作者的推荐，确定对你有用的编辑人选。只跟合格的审读者合作，他们提出的建议应该具体、有建设性，且符合你的直觉。他们的批评（而非赞美）才是你真正需要的东西，不要被毫无批判性的反馈迷惑。

我应该上创意写作课吗？

如果你有时间、有钱，当然可以上。上这些课程，你可能会每周花一个小时，或是在夏天花一个星期，又或是在人生中花一年时间专注于写作，你一定不会后悔的。多么美好啊！与优秀的导师和整整一屋子写作同仁聚在一起，这对一个尚未发表作品或不自信的写作爱好者来说是非常有趣的，且极具启发性和突破意义。

不同的课程似乎会在学生身上培养出不同培训机构的特色和风格，这取决于课程负责人的品味和个性。有时，这些特点只有经纪人才能察觉，他们读过大量来自不同创意写作课的学生的作品。要小心，别让机构风格影响你太深（例如，只是看到别人的故事里角色都很少，你就把原本设计的诸多角色砍掉，或是看到别人只写中短篇，就把自己的史诗性长篇小说缩成中篇小说）。

最重要的是，尽一切可能受到熏陶、启发和教导。如果你本不是写作者，参加课程也不保证能让你变成写作者，不能保证你会出书，但写作课程通常非常有趣，有可能让你的社交和职业生活发生变化。

经纪人的头号写作建议是什么？

作家都有自己的写作特点。每个读者看到这些特点时，或是因喜欢而痴迷，或是因厌恶而烦忧，经纪人更是这样。丽兹很重视作家对视角的选择。所以她的首要建议是，你每一行文字是从谁的角度来写的，都要小心察知，并使视角始终保持与角色一致（如果你的小说是用第三人称写的，横跨了几个角色，就要仔细区分不同的视角）。视角写得好，是使人物显得精彩的标志。永远不要让你身为作者的视角侵扰小说。

丽兹的另一个建议是，要毫无保留地沉浸到你对写作素材的情绪反应中去。要打动读者，你必须先让自己感受到它。这可能会有一点痛苦。如果感受不到痛苦了，你就有可能写得不对。

没有哪个作家的写作方式与另一个作家完全相同。有些人喜欢无目的地出发，从一个声音或一个场景开始写下去。另一些人则会精心谋划。一些作家按照正式的时间段写作，另一些人则抽空在家里散落的记事本上涂涂写写。因此，切莫盲目听从任何一个作家或经纪人的建议，这一点很重要。找到你自己的方式。

我不用社交媒体：这重要吗？

如果你写了一部精彩的小说，极具吸引力，那么没有出版社会因为你不用推特或其他流行的社交媒体平台就拒绝你。不过，如果你说自己绝对不想上推特，他们也许会觉得有点尴尬，因为出版社知道读者有多喜欢通过社交媒体与自己最喜欢的作者联系。对于不习惯在传统或数字媒体等公共领域发表意见的作者，出版社非常乐意提供支持。他们可以提供培训和建议，并尽量使这种活动变得轻松愉快。然而，如今已经是21世纪了，作家性格太过内向，不擅长社交，真的很叫人为难。

综上所述，远离社交媒体不会妨碍你找到出版社，但向经纪人和出版社提交作品之前，在社交媒体建立起公开的个人形象，无疑能够增加投稿成功的概率。在社交媒体上，你可以接触到你所写的作品类型的粉丝，还能遇到其他作者（出过书的和没出过的）。你会结交朋友，并为自己的努力获得支持 —— 还有很多志同道合、渴望成功的作者都在为你加油打气。

我应该接受小出版社没有预付款的出版合约吗？

这多么令人兴奋啊！但如果你还没有尝试找过经纪人，先去找找看。如果你的书极具市场潜力，那么最好让最有影响力的那些出版社优先考虑，没能谈成，再委托给一家没有预付款的小出版社。你的作品应该获得报酬，也配得上推广营销。

如果你已经走完了投稿过程，或是因其他的理由想接受这桩交易（也许这份合约来自一家专业出版社，比如一家专出爱情类电子书的品牌，你写小说的时候想的也是在这样一家出版社出版），那么你务必仔细检查一下合同里约定的条款。如果你被迫要在交易过程中牺牲太多权利，那么不管是什么交易都不值得接受。如果你有任何合同方面的疑问，也想知道自己能否从这样一家出版社收到版税，不妨咨询作家协会。要确保出版社有良好的财务记录 —— 在网上寻找他们旗下的其他作者，礼貌地咨询他们。

小建议

如果合同没有预付款，又只出版电子书，那么尤为重要的是弄清出版社将在营销和编辑方面提供什么支持。如果实际上没有很强的合作关系，你不如尝试自助出版。

我怎么知道你不会窃取我的创意？

好吧，你没法知道。（我们不会这么做。任何优秀的经纪人都没有时间系统性地阅读和抄袭别人的创意。哦，还有，这么做是不道德的。）创意不受版权保护，所以这个问题的确很棘手。如果你真的担心你的作品遭人剽窃，不妨在投稿时也顺便给自己邮寄一份纸质手稿，把盖有邮戳且未开封的信封保存好。这样，你就可以随时证明你创作这个故事的日期。

要记住

不妨以挂号信的方式向经纪人投稿。如果你日后真的发现另一本小说与你的小说很像，请不要忘记，创意完全新颖的故事很少，而且图书出版通常就像等公交车：同类书籍会一下出现好几本。丽兹的许多作者都一度担心自己的书和别人"撞款"（不是因为创意遭到了剽窃，只是因为类似公交车的道理），但这大多都是他们自己的臆想罢了。世上只有一个你，你的故事也只有你这一个版本。

你能给我推荐其他经纪人吗？

有时，经纪人会推荐他们喜欢的竞争对手给你。有时，他们不想帮助自己的经纪公司以外的任何经纪人！一个经纪人推荐给你的任何人选都值得一试，尽管他们可能只是该经纪人的朋友，而非城里最好的经纪人。

询问那些渴望代理新客户或正在建立作家库的经纪人（也就是说，他们有时间精力服务新客户）。如果有经纪人拒绝推荐其他人给你，别灰心。这可能是一个强烈的信号，表明他们知道你的书很棒，虽然他们自己拒绝了你，但也不想让竞争对手白捞好处……毕竟，没人说过经纪人慷慨又大度。

第23章

来自专业作家的10条建议

我们找了一些已出版过作品的作家，询问他们在出版过程中什么事最需要多加注意。我们在这里分享他们的建议。所有作家都会非常热心地给第一次写作的人提供建议，并强调，只要管理好自己的期望，出版作品就可能带来极大的兴奋感。以下是这些作家给出的最主要建议。

找一位经纪人

一位作家总结如下：

写作者往往天生敏感，这就是为什么需要找一位经纪人代我们对外展现强硬立场，并对我们严格要求。如果没有强大而务实的经纪人，我写完上一部小说后就会放弃，去做别的事情。出版社编辑给我小说的反馈很差，我之前写的小说销量也很惨淡。有经纪人的好处是不管发生什么事，总有人站在你这边。如果你害怕说出什么话来招人反感，经纪人会勇敢地代你告诉出版社（比如你很讨厌出版社给书设计的封面）。有些经纪人说话很直接，即使听起来不一定很友善。他们总是会给你回电话，快速阅读你的剧本。出版社编辑在忙得不可开交、压力很大的时候，有可能会连续消失好几个星期。如果你有幸找到一个在文字编辑方面判断力很强的经纪人，那你就是幸运加倍了。

多听编辑怎么说

听取编辑对文本的看法，做好修改的准备，不过，你必须坚持自己的立场，坚持你真正相信的东西。在最佳出版时机、最佳定价和最佳开本等方面要相信出版社的判断，他们是专家。

脚踏实地

每年都有成千上万的图书出版，但并非所有作者都能名利双收。这不意味着你不能心怀梦想，但千万要脚踏实地。记住，有些职业的发展较为缓慢，要有冷静的头脑和务实的态度。

交易不是一切

书出得多了，最初找到出版社时的那种兴奋感就会荡然无存，甚至会感到腻烦。一位作家说：

把书卖给出版社就像是一段恋爱关系。一开始是互赠礼物，争取彼此的注意，而后慢慢陷入失望和关于金钱的琐碎争吵之中，直到其中一方被更好、更热情的伴侣吸引，拔脚离去。

另一位作家也是如此，签下第一本书时兴奋至极，但到了第二本书，她就没那么激动了：

在我第二次签约的时候，我等了好几个月才能知道他们是否决定与我续约。第一轮交易中对我是热情争取、聒噪吹捧，第二次交易这些都没了，我感觉自己被忽视，一连几个月杳无音信。最终，他们还是跟我签了合同，但这是一段令人沮丧和艰难的经历，我非常感激经纪人给予我专业和情感上的支持。

多提问，但要灵活

尽量了解整个出版过程的进展，不要害怕提问。把握好界限，寻找平衡，不要变成一个令人恼火、咄咄逼人的作者，但你也要坚持自己的立场，提醒对方不要忽视你的存在。保持魅力，态度随和，但不要沉默寡言。他们也并不想你是那样的人。

你可能几个星期都没收到出版社的任何消息，可突然之间，他们要求你立即完成某项工作。这就是他们的工作方式。你要尽可能表现得专业一些。

宣传你的书

随时准备去做任何有助于推广你的小说的事，比如主动为出版社的网站撰稿等等。

如果你在连锁书店找不到自己的书，别像个讨厌鬼一样粗鲁地跟出版社抱怨，你要跟出版社合作，确保你们都能最大限度地利用所有机会 —— 这可能包括在当地书店进行"本地作者"的推广活动。

准备好迎接反高潮

一旦你的书在书店上架，如果卖得不好，你可能会产生一种虎头蛇尾、无声落幕的失落感。一位作家坦白说：

> 有时候，你会看着自己花了一年苦心创作的书，由于在"错误的月份"出版而销声匿迹。出版社忙着处理他们那个星期要出的另外45本书，而你却要在接下来的一年里慢慢疗伤，直到写出下一部作品。

现实情况是，经过一段紧张的写作和出版准备期之后，哪怕一切进展顺利，你的作品往往也不会像你想象中那样引人瞩目，或掀起一阵狂潮。你的书出版了，就相当于你把它送到了世界上，它要靠自己的力量升降沉浮，你有可能感到喜忧参半。

重振旗鼓，再次上路

如果你的书卖得不好，尽量不要往心里去。相反，要振作起来，动手写另一本书。

如果你的书卖得很好，不要让它冲昏了头脑，因为这只会让你在写下一本的时候更加困难，因为你会试图重现第一本取得成功的地方。

好好享受

看到有人购买并阅读自己的书，你会有一种奇妙的感觉，你完全有权感到骄傲。我们采访过的所有作家都有一个共同点：他们仍然热爱写作。归根到底，这个过程是值得的，因为他们谁也没有想过要靠做别的事情来谋生。

提醒自己，你是一个真正的、活生生的作家

如果你的一番努力失败了，提醒自己，有很多人想要写小说，但很少有人真正动笔写，能获得出版的就更少了。碰到有人说自己正在写小说，喜剧演员彼得·库克（Peter Cook）会跟他们说，"我也一样，没写完。"但你确实写完了一部小说。有一天，这部小说可能会出版（也可能不会），但无论如何，你的下一部小说会更好。